Das Obstgut

Schwere Zeiten

Das Buch

Mitte der 60er Jahre heiratet Gerhard Glotz, der größte Obstbauer im Bühlertal, die achtzehnjährige Jutta. Anstatt aber eine stolze Bäuerin sein zu dürfen, wartet auf sie ein mühsames und hartes Leben.

Ihr Ehemann tyrannisiert seine Familie und seine Landarbeiter mit seiner unbeugsamen Härte. Sein ältester Sohn Tobias verlässt als junger Mann nach einem heftigen Streit und der Uneinsichtigkeit des Vaters das Gut.

Den jüngsten Sohn Klaus, den Gerhard ohnehin nicht leiden kann, weil er das Klavier der Landwirtschaft vorzieht, verjagt er erbarmungslos. Auch die Bäuerin lässt Gerhard einfach im Stich, als diese schwer erkrankt.

Eine Familie zwischen dem Schwarzwald und dem Bodensee, die trotz vieler Turbulenzen einen Weg zwischen Tradition und Moderne suchen und finden muss.

Die Obstgut-Saga Band 1

Die Autorin

Barbara Herrmann ist in Karlsruhe geboren und in Kraichtal-Oberöwisheim aufgewachsen. Ihre Liebe zu Büchern und zum Schreiben begleitete sie während ihres ganzen Berufslebens als Kauffrau. Nach ihrem Eintritt in den Ruhestand sind mehrere Bücher (Romane, Reiseberichte, humorvolles Mundart-Wörterbuch) von ihr erschienen. Heute lebt die Mutter zweier Söhne mit ihrer Familie in Berlin.

Barbara Herrmann

Das Obstgut

Schwere Zeiten

Band 1

Bibliografische Information der Deutschen Nationalbibliothek: Die Deutsche Nationalbibliothek verzeichnet diese Publikation in der Deutschen Nationalbibliografie; detaillierte bibliografische Daten sind im Internet über dnb.d-nb.de abrufbar.

2. Ausgabe

© 2022 Barbara Herrmann
Kontakt: Barbaras & Heides Bücherwelt, http://heidezimmermann.de
info@heidezimmermann.de

Herstellung und Verlag: BoD – Books on Demand, Norderstedt
ISBN: 9783756219445

Coverfoto: Irina Borsuchenko-shutterstock.com
Kamenetskiy Konstantin-shutterstock.com

Prolog

Wenn die Sonne über dem Bühlertal aufgeht und der Nordschwarzwald bis ins Rheintal leuchtet, nehmen die Obstbäume und Weinreben alle wärmenden Strahlen auf, sodass wunderbare Früchte wachsen, die mittlerweile in der ganzen Welt bekannt sind.

Davon profitiert Familie Glotz seit mehreren Generationen. Eine Familie die auf ihrem inzwischen stolzen Obstgut, mit Kirschen, Äpfeln, Erdbeeren und Zwetschgen ihre reiche Ernte einfährt.

Das wissen auch die Eltern von Jutta, der Kleinbauer Fritz und seine Hermine. Sie haben vier Kinder, wobei Jutta die Jüngste ist. Die beiden Jungs haben das Dorf zum Ende der 50er Jahre verlassen, weil sie keine Zukunft sahen, und ihre älteste Tochter hat im Nachbardorf einen einfachen Bauer geheiratet, der sie nun mehr schlecht, als recht versorgte.

Für sein Nesthäkchen Jutta aber wollte Fritz einen Großbauern, der ihr den Himmel auf Erden versprechen konnte.

Und so fasste er den Mut und sprach im Dorfgasthof den Großbauern Edwin Glotz an, der mit seinem Sohn Gerhard das Obstgut führt.

„Edwin, kann ich dich kurz sprechen?", fragte er, als der Bauer an ihm vorbei in Richtung Stammtisch ging. Dabei strich er aufgeregt mit der Hand über den blank gescheuerten Tisch.

„Was gibt's?", wollte dieser wissen und war eigentlich mit seinen Augen schon am Stammtisch, bei seinesgleichen.

„Möchtest du dich nicht kurz setzen?" Fritz kam sich komisch und klein vor, weil er am Tisch saß und der Großbauer auch noch in ganzer Körpergröße furchteinflößend vor ihm stand.

Widerwillig setzte sich Edwin, nahm die Mütze vom Kopf und sah sich nach der Wirtin um.

„Bring mir ein Viertele", rief er quer durch den ganzen Gastraum.

Mit arrogantem Blick schaute er auf Fritz, ungeduldig abwartend, was der wohl von ihm wollte.

„Dein Gerhard ist doch schon eine ganze Weile im heiratsfähigen Alter, oder nicht."

„Ja und?" Edwin nahm einen Schluck aus seinem Glas, das die Wirtin gerade hingestellt hatte.

„Na ja, er muss doch jetzt schon Mitte dreißig sein und du brauchst doch irgendwann in naher Zukunft einen Erben."

„Der wird schon noch eine Frau finden, die eine stolze Bäuerin werden will." Edwin schickte sich an, sich zu erheben.

„Warte", rief Fritz. „Ich wollte dir nur sagen, dass ich eine junge, kräftige Tochter habe, die alles gelernt hat, was man können muss, und ich denke, sie wird die beste und schönste Bäuerin weit und breit."

Er hielt kurz an, damit Edwin das Gesagte aufnehmen konnte.

„Nächste Woche ist das alljährliche Zwetschgenfest, das wäre ein Grund, die beiden einander vorzustellen. Schau dir meine Jutta an, sie gefällt dir ganz bestimmt."

Edwin schüttelte den Kopf und strich sich über den Bart. „Warum soll der reiche Obstbauer das arme Mädchen eines Kleinbauern heiraten?"

Fritz war verlegen, damit hatte er aber gerechnet.

„Weil sie eine Jungfrau ist, die in ihrer Bescheidenheit nie einen Mann wegen des Geldes auswählen würde und sie ist folgsam. Ich habe mir Gedanken um ihre Zukunft gemacht und nicht sie und ich würde sie gerne versorgt wissen, weil es hier nicht viele junge Männer gibt, die in Frage kommen. Die meisten sind ja weggezogen in die Städte."

„Gut Fritz, ich schau sie mir an und wenn ich denke, dass es was werden könnte, dann sprechen wir uns."

Am Tag des Zwetschgenfestes zogen sie sich alle festlich an und pilgerten zum Festzelt, wo bereits gefeiert und gelacht wurde.

Fritz saß neben seiner Hermine, Jutta neben ihrer Schwester und ihrem Mann.

„Hermine, ich habe mit dem Erwin Glotz gesprochen und ihn auf die Idee gebracht, dass er und sein Gerhard die Jutta als Bäuerin in Betracht ziehen könnten."

Sein Gesicht war emotionslos und seine Frau starrte ihn mit offenstehendem Mund an.

„Willst du die Jutta auch verkuppeln? Hast du nicht genug angerichtet mit dem da drüben auf der anderen Tischseite?" Dabei nickte sie energisch zu ihrem

Schwiegersohn. Blanke Wut stand in ihrem Gesicht. Ihre Wangen begannen fleckig zu werden, die Augen waren weit aufgerissen.

„Schau dir unsere älteste Tochter an, sie ist ein Frack, sie ist seit zwei Jahren mit einem Säufer und einem Nichtsnutz verheiratet. Eine Frau, die einen Mann und ihre Schwiegereltern alleine versorgen muss und das auf einer Scholle, die keine Erträge abwirft."

Hermine ballte die Fäuste.

„Beruhige dich doch, Frau. Gerade deswegen habe ich dieses Mal darauf geachtet, dass es ein richtiger Bauer ist."

Fritz strich ihr verschämt, fast hilflos über dem Arm, was man ja in der Öffentlichkeit eigentlich gar nicht macht.

Ihre Augen schossen Blitze und schauten ihn wütend an.

„Das ist ein arrogantes Arschloch, dieser Gerhard. Der hatte noch nie eine Frau zum Schmusen abbekommen, und ist viel zu alt für unser Kind. Und dann, wir leben doch nicht mehr im letzten Jahrhundert, wo die Ehen mit Geld zwischen den Eltern verabredet werden", keifte sie.

„Hör auf", zischte er zurück.

„Hör jetzt endlich auf! Ich sage hier, was gemacht wird. Ich bin der Chef im Haus! Wir verabreden nichts, wir helfen nur mit dem Verstand etwas nach. Wenn es klappt, werden wir sie überzeugen und dann wird sie die Bäuerin des größten Obstbauern im Bühlertal. Eine reiche und mächtige Frau."

1

„Klaus! Zum Kuckuck noch mal, wo steckst du?", tönte es energisch, laut und wütend durch das Haus.

Der junge Mann hielt sich sofort die Ohren zu, weil die Stimme des Vaters wie immer unerbittlich klang. Er konnte sie nicht mehr hören, diese schreckliche Stimme, die nur so vor Kraft strotzte, die tief und markig war. Sie duldete keinen Widerspruch. Immer der gleiche dunkle Ton. Er würde nie verstehen, warum diese Stimme so intensiv durch das ganze Haus dröhnen konnte, obwohl sich sein Vater draußen auf dem Hof aufhielt.

Er hatte sich erst vor wenigen Minuten an sein Klavier gesetzt, weil er ein paar Noten in sein Notenblatt eintragen wollte, damit er sie bis zum Feierabend nicht vergaß und weil er unglaublich müde war. Für ihn waren die Wochentage, die reinste Tortur. Sie waren angefüllt mit einer Arbeit, die er zutiefst hasste.

„Was ist denn nun schon wieder", flüsterte er mit einem Seufzer der Verzweiflung, der ihm laut über die Lippen kam. Er ahnte natürlich, dass ihn sein Vater suchte, weil er sich erlaubt hatte, auf sein Zimmer zu gehen. Müde erhob er sich und ging mit schleppenden Schritten die Treppe hinunter. Er musste antworten und hören, was der Vater ihm zu sagen hatte. Nur so konnte er einem größeren Streit aus dem Weg gehen. Eigentlich sehnte er sich nur nach einer kurzen Pause, weil er den ganzen Vormittag hart gearbeitet hatte und sowieso gleich das Mittagessen anstand. Ihn jetzt noch zu rufen, empfand er als Schikane. Seine Mutter würde ohnehin gleich zum Essen bitten.

„Ich bin doch da, was willst du von mir, Vater?", fragte er ängstlich.

Sein Vater, der mächtige Obstbauer Gerhard Glotz, war ein böser, verbitterter Mann, der seine Familie und seine Landarbeiter mit harter Hand führte. Alle zuckten zusammen, wenn er rief, wenn seine laute, grollende Stimme plötzlich lospolterte. Breitbeinig, die Hände in die Hüften gestemmt, stand er im Hof und wartete auf seinen Sohn, der mit langsamen Schritten auf ihn zuging.

„Hast du schon wieder in deinem Zimmer gehockt und mit dem Taktstock gespielt?", schrie er mit hochrotem Kopf, lief dabei mit zwei Schritten auf seinen Sohn zu und schlug ihm mit der flachen Hand mitten ins Gesicht. Dieser fing durch die Härte des Schlages an zu wanken und hatte zu kämpfen, dass er nicht zu Boden stürzte, und sich einer noch größeren Peinlichkeit vor allen Arbeitern aussetzte. Mit viel Mühe blieb er stehen und rieb sich die Wange.

Natürlich erwartete Gerhard keine Antwort von Klaus. Er wusste auch so, dass er recht hatte, und fuhr fort: „Du bist und bleibst ein Waschlappen und begreifst einfach nicht, dass harte Arbeit zum täglichen Leben gehört! Du denkst, du kannst mit deiner merkwürdigen Musik Geld verdienen. Aber das wird bei dir nicht gehen. Du bist nicht mehr als ein einfacher Klimper-Hannes. Du bringst es niemals zu etwas!"

Klaus zuckte unter den harten Anschuldigungen seines Vaters zusammen und senkte verschämt den Blick. Er hatte dem nichts entgegenzusetzen. Möglicherweise hatte der Vater ja recht. Woher sollte er wissen, ob ihm seine große Liebe zur Musik, irgendwann ermöglichen würde, damit sein Geld zu verdienen. Er hatte keine Ausbildung, die Aussicht, eine Musikschule besuchen zu können, war so weit weg wie der Eiffelturm. Wahrscheinlich lag deshalb der Vater ja gar nicht so falsch. Er selbst hatte ja auch immer wieder seine Zweifel. Niemand hatte ihm jemals gesagt, ob er Talent hatte, ob er gut spielte, ob es sich lohnte, weiterzumachen. Er hatte nur sein Gefühl, und dieses Gefühl sagte ihm jeden Tag, dass er spielen musste. Es war wie ein Zwang, wie eine Sucht, diese Liebe zur Musik.

„Scher dich in die Obstpresse, dort wird jede Hand gebraucht!", schrie Gerhard. Mit dem ausgestreckten Arm und blitzenden Augen zeigte er die Richtung an, die Klaus, ohne Widerrede einzuschlagen hatte. „Mach schon, setz endlich deine Beine in Bewegung und tu was!"

Behäbig und mit hängenden Schultern machte sich Klaus auf den Weg. Er biss sich auf die Lippe, weil er wusste, dass es sinnlos war, dem Vater zu widersprechen. Nur seine Mutter, da fragte er sich, warum sie ihm nicht beistand, ihn nicht beschützte. Natürlich konnte sie auch nicht viel machen, das war ihm klar, denn auch sie spürte in regelmäßigen Abständen die Schläge. Aber sie war doch seine Mutter und wenn solche Situationen sind und sie sich nicht traute, dann könnte sie ja abends zu ihm kommen und wenigstens durch eine kleine Umarmung zeigen, dass sie hinter ihm stand. Aber nichts geschah und dabei sehnte er sich schon seit Kindertagen nach ein bisschen Liebe, ein bisschen Zuneigung. Warum sind die alle so zu mir, fragte er sich immer wieder. Mutter, Vater und auch sein Bruder haben ihn nie in ihr Herz geschlossen.

In der Obstpresse stellte er sich traurig neben die anderen Arbeiter. Sie nahmen Saftflaschen vom Band und stellten sie in Kisten, die anschließend in den Keller gefahren wurden. Während er sich der monotonen Arbeit hingab, dachte er an das Musikstück, an dem er gerade arbeitete. Seit Jahren träumte er davon, irgendwann doch noch eine Musikschule besuchen zu können, denn er wusste, dass eine qualifizierte Ausbildung die Basis für seinen Traum war. Nur mit seinen bescheidenen Bemühungen sein Ziel erreichen zu können, das ging nicht.

Er war mit sich selbst unzufrieden und ärgerte sich über seine Feigheit, seine Mutlosigkeit, sich gegen den Vater aufzulehnen. Vor vier Jahren hatte er den Absprung verpasst, nachdem ihm sein Bruder vorgemacht hatte, wie man das bewerkstelligen kann. Aber er selbst zögerte zu lange, hatte sich lieber in seinem Selbstmitleid gesuhlt und war unzufrieden. Mit dieser Unzufriedenheit schwand auch das letzte bisschen Selbstvertrauen, das er sich in seinem Körper bewahrt hatte und damit blieb alles so, wie es immer war.

Inzwischen hatte Gerhard Glotz die Küche betreten, wo seine Frau Jutta, damit beschäftigt war, das Mittagessen zu kochen. Der Schweiß lief ihr über die Stirn, weil die großen, sprudelnden Töpfe und der riesige alte Holzherd eine ungeheure Hitze ausstrahlten. Sie hatte schon oft diesen Zustand verflucht, eigentlich tat sie das fast täglich, und trotzdem war ihr Mann nicht dazu zu bewegen, einen neuen, modernen Herd zu kaufen.

Im Sommer, wenn draußen die Sonne vom Himmel brannte und das Obst geerntet werden musste, hatten sie bis zu dreißig Helfer am Tisch sitzen. Diese Situation belastete sie extrem, denn sie verlangte ihr alle Energie ab und brachte sie täglich an den Rand ihrer körperlichen Kräfte. Es war nur noch eine einzige Plage, doch sie hatte keine Wahl.

Jutta strich sich mit der Hand über die Stirn, um die Schweißtropfen wegzuwischen. Ihr vom Wind und Wetter gegerbtes Gesicht war krebsrot und die schon leicht ergrauten Haare klebten ihr am Kopf, als wäre sie soeben aus einem Schwimmbecken gestiegen. Sie war ein Meter siebzig groß und mehr als nur korpulent. Im Laufe der Jahre hatte sie gewaltigen Kummerspeck angesetzt. Pfund um Pfund hatte sich auf ihre Hüften gelegt und die verschiedenen Körperreifen gebildet, die sie als junge Frau schon gehasst hatte und die sie eigentlich nie hatte haben wollen. Aber es war ihr inzwischen völlig egal. Gerhard interessierte sich nicht mehr für sie. Von einer richtigen Beziehung zwischen Mann und Frau konnte man schon lange nicht mehr reden, wenn es diese überhaupt schon einmal zwischen ihr und Gerhard gegeben hatte. Er hatte noch nicht einmal die einfachsten Höflichkeitsregeln gelernt, was ihr aber erst nach der Hochzeit so richtig bewusst geworden war.

Vorher hatte sie in ihm nur den stolzen Bauern mit seinem Gut gesehen, und sie war dem Druck und dem Zuspruch ihrer Eltern gefolgt, die ihr eingeredet hatten, dass Gerhard, der viele Jahre älter war als sie selbst, eine gute Partie war und sie für ihr ganzes Leben ausgesorgt haben würde. Doch im Nachhinein hatte sie sich nicht erst einmal gefragt, ob es richtig war, dem Drängen der Eltern nachzugeben.

Dabei hatte Jutta damals mit ihren zarten achtzehn Jahren den Sommerfrischler Hans Brämer kennengelernt, der mit seinen Eltern die Ferien im Bühlertal verbrachte. Seine Familie hatte sich das Blockhaus am Waldrand gekauft, um sich im Sommer von der Hektik der Stadt zu erholen. Jutta war dem jungen Mann damals zufällig im Dorfladen begegnet. Sie war am Regal mit ihm zusammengestoßen, weil der Durchgang so eng war, und sie konnte sich an seinen blauen Augen und dem blonden Haarschopf nicht sattsehen.

Auch Hans starrte sie an, fand aber zum Glück seine Sprache gleich wieder: „Entschuldige, habe ich dir wehgetan?", fragte er, und Jutta glaubte, ein leises Lispeln gehört zu haben.

„Noi, s'isch nix", antwortete sie und lief so rot an wie eine Tomate in der strahlenden Mittagssonne.

Hans musste lächeln, er hatte ehrlich gesagt nicht viel verstanden und es störte ihn auch nicht.

Nun wurde auch Jutta bewusst, dass sie aus Gewohnheit in den breiten Dialekt verfallen war und sich überhaupt keine Mühe gegeben hatte, vernünftig zu reden.

„Darf ich dich zu einem Spaziergang einladen?", wollte Hans spontan von ihr wissen, als sie gemeinsam den Laden verließen und auf die Straße traten.

Jutta wurde verlegen, sie sollte sich ja in Kürze verloben, und es schickte sich nicht, mit einem anderen Mann spazieren zu gehen. Andererseits war das Angebot so verlockend, dass sie es schon gerne angenommen hätte. In Sekundenschnelle rasten ihr die Gedanken durch den Kopf und klopften das dafür und das dagegen ab. Was war denn schon dabei, sie tat ja nichts Unanständiges. Doch sie wusste, dass das Risiko groß war, gesehen zu werden, und dass sich ihr Bräutigam brüskiert fühlen könnte. Dennoch verabredete sie sich mit Hans für den Nachmittag hinter dem Blockhaus seiner Eltern, sie konnte einfach nicht anders.

Sie machten einen ausgedehnten Spaziergang durch die Felder und wanderten lange Zeit am Waldrand entlang. Dabei unterhielten sie sich angeregt und Jutta lauschte seinen spannenden Erzählungen. So viele bunte Erlebnisse aus der Stadt, die sie sich nicht hatte vorstellen können und die sie immer wieder zum Lachen brachten. Hans sah in ihr glückliches Gesicht und in ihre strahlenden, funkelnden Rehaugen. Dabei hätte er sie am liebsten umarmt, aber er wollte sie nicht erschrecken.

Ihre haselnussbraunen Haare, hatte sie zu zwei dicken Zöpfen geflochten und in einem Kranz um den Kopf gesteckt. Gerne hätte er gesehen, wie es war, wenn sie die Haare offen trug. Sie war ein zartes Persönchen, das man einfach mögen musste.

„Und was machst du so?" Sie hatte bisher kein Wort über sich gesprochen. Er wollte mehr wissen, obwohl, so ganz viel hatte er auch nicht ausgeplaudert.

„Ich wohne noch bei meinen Eltern und war auf der Hauswirtschaftsschule". Sie stockte und plötzlich verschwand das Lächeln, die Augen blickten in die Ferne und ihre Stimme wurde leise und traurig.

„Ich werde bald einen Obstbauern heiraten."
Sie setzte sich aufrecht hin und holte tief Luft.
„Meine Eltern meinen, dass es so richtig ist und der Bauer ein guter Mann sei."

„Ich muss nach Hause", sagte sie auch schon aus heiterem Himmel, mitten in die traurige Stimmung hinein.

„Ja", antwortete Hans verständnisvoll. Ganz sacht zog er sie an sich und küsste sie zart auf die Wange.

Er wusste, dass es ein Abschied war. Sie hatte ihm ja zuvor erklärt, dass sie heiraten würde, und er spürte, dass es aussichtslos war, sie umzustimmen. Es war bei ihm Liebe auf den ersten Blick, doch das zarte Pflänzchen wurde im Keim erstickt. Jutta lief traurig nach Hause und zum ersten Mal in ihrem Leben hatte auch sie das Gefühl der Liebe entdeckt. Sie spürte das Kribbeln, die Schmetterlinge und die Sehnsucht, und dies nur wenige Minuten nach ihrem wortlosen Abschied.

Dieser eine Nachmittag hatte sie bis ins Innerste aufgewühlt. Wie sollte sie ihren Verlobten heiraten, sich ihm hingeben, Kinder gebären und eine liebende Ehefrau sein, wenn sie jetzt innerhalb kürzester Zeit wusste, dass sie ihn niemals würde richtig lieben können?

Konnte sie zu ihrer Mutter gehen, mit ihr sprechen, ihr das Herz ausschütten? Nein, sie wusste, dass das der Vater verhindern würde.

Und dann kam die Hochzeit. Jutta hatte das Hochzeitskleid von ihrer Schwiegermutter an, das von der Schneiderin geändert und angepasst wurde. Es gefiel ihr überhaupt nicht, passte nicht zu ihr und ihre Haut fühlte sich nicht wohl, wenn sie diesen kratzigen Stoff spürte. Aber es gab kein Entrinnen, denn alle Frauen, die Bäuerin auf dem Hof wurden, haben bisher dieses Kleid tragen müssen.

Der Tag der Hochzeit war ein verregneter Tag und zwischendurch schüttete es sogar, denn der Himmel hatte seine Schleusen geöffnet. Der Himmel weint, dachte Jutta melancholisch, als sie aus dem Arm ihres Vaters auf ihren Bräutigam zuschritt und als sie in sich hineinhörte, war da nichts, kein Gefühl, kein Herzklopfen, gar nichts. Sie hätte noch nicht einmal weinen können, wenn sie es denn gewollt hätte.

Wie sie die Zeremonie überstand, das wusste sie später nicht mehr zu sagen. Was sich aber nach der Hochzeitsfeier abspielte, das wusste sie, würde sie nie mehr in ihrem Leben vergessen.

Das Hochzeitsfest fand im Dorfgasthof statt. Die Eltern ihres Ehemann hatten im Saal des Gasthauses groß auffahren lassen. Es waren mehr als einhundert Gäste geladen, einschließlich der ganzen Honorigkeit des Dorfes. Die festliche Tafel war in Form eines

Hufeisens aufgestellt. Es gab eine Hochzeitssuppe, mit Markklößchen als Einlage, dann verschiedene Braten, reichlich Soße, riesige Platten mit verschiedenen Gemüsesorten, wie Möhren, Erbsen, Bohnen und in der Mitte thronte ein Blumenkohl, dazu Spätzle, Kartoffeln, Kopfsalat und als Nachtisch einen Schokoladenpudding. Traditionell eben, so wie man es kannte und nicht ein Jota anders.

Nach dem Essen folgte der Tanz des Brautpaares, dabei griff Gerhard, so erinnerte sich Jutta, ziemlich derb zu. Mit seiner linken Hand griff er nach ihrer rechten und drückte ihre Finger so stark, dass es gleich wehtat. Mit dem rechten Arm umschlang er ihre Hüfte und seine Hand wanderte langsam zu ihrem Hintern. Der Druck verstärkte sich, obwohl sie einen Wiener Walzer tanzten. Mit seinem nach Alkohol riechenden Atem und seinen feuchten Lippen berührte er kurz ihre Wange. Jutta fand das abstoßend. Ihr graute vor dieser Hochzeitsnacht.

Diese Nacht würde sie in ihrem ganzen Leben nicht vergessen. Sie hatte sich alleine in das ungewohnte Ehebett gelegt. Das Wissen, dass es irgendein Bettgestell, Matratzen, Federbetten und Bezüge aus Gerhards Familie waren, und nicht ein neues von ihr ausgesuchtes Schlafzimmer, bedrückte sie sehr. Aber aufgrund dessen, dass sie alleine und der Tag sehr lang gewesen war, schlief sie relativ schnell ein. Bis es polterte und sie aus dem Schlaf hochschreckte. Dabei fuhr sie in die Höhe und saß mit klopfendem Herzen senkrecht im

Bett. Ihr Ehemann torkelte ins Zimmer, schlug die Tür hinter sich zu, zog sich mühselig aus und zog ihr die Decke vom Körper. Jutta wollte herausspringen, aber seine Hände griffen wie Schraubstöcke zu. Der Gestank von Alkohol schlug ihr entgegen und sein verzerrtes Gesicht, das seine sexuelle Gier widerspiegelte, lähmte sie. Die pure Angst trieb ihr die Tränen in die Augen, während er ihr in Windeseile zeigte, wie ekelhaft die sogenannte Liebe sein konnte, ganz besonders beim ersten Mal. Wie sollte sie das ein Leben lang aushalten, fragte sie sich oft in dieser Nacht. Und wie konnte sie ihm wenigstens etwas Sympathie entgegenbringen, jetzt, wo sie seine Ehefrau und an ihn gekettet war, bis, dass der Tod sie scheidet?

Als er fertig war, rollte er sich von ihr herunter und schlief sofort ein, während sie sich ihr Nachthemd nach unten schob, die beiden Knie hochzog, sich zur Seite legte, den Oberkörper mit den Armen umschlang und sich zusammenrollte, sich ganz klein machte.

Dann erst liefen ihr leise die Tränen über die Wangen. Eine achtzehnjährige junge Frau, die keine Ahnung von Sexualität und männlicher Erregung hatte, die bisher behütet in der Familie lebte, war nun ausgeliefert der Brutalität des Mannes, der eigentlich ihr zärtlicher Ehemann sein sollte. Stattdessen nahm er sie brutal, schnell und rücksichtslos in seinem Rausch. Sie hatte das Gefühl vergewaltigt worden zu sein. Ihr leises Weinen, das ihre Seele nicht mehr erreichte, dauerte die ganze Nacht.

Von diesem Tage an funktionierte sie nur, stemmte den harten Alltag und ließ die Tiraden ihres Mannes

und ihrer Schwiegereltern schweigend über sich ergehen. Es war der einzige Weg für sie, weiterleben zu
können, denn nach einigen Wochen spürte sie die Veränderungen in ihrem Körper und sie war sich sicher,
dass in dieser Hochzeitsnacht ein Kind gezeugt wurde,
weil Gerhard sie für einige Zeit danach nicht wieder
angefasst hatte.

Diese Tatsache, dass ihre Eltern, auch die Gesell-
schaft, ledige oder geschiedene Mütter nicht akzeptierten, machten es ihr unmöglich ins Elternhaus zurückzukehren. Und ja, sie hatte es geahnt. Sie hatte diese
Nacht niemals in ihrem bisherigen Leben vergessen.

2

Nur zu gern kehrte Jutta aus ihren unangenehmen
Tagträumen zurück. Sie hatte eine blaue Wickelschürze
mit Blümchen an und darüber eine weitere Küchen-
schürze gebunden. Ihre dicken, wulstigen Beine steck-
ten ohne Strümpfe in Holzlatschen. Ihren verklebten
Haaren sah man an, dass sie schon lange nicht mehr
vernünftig geschnitten worden waren. Jutta hatte sie
einfach nach hinten gekämmt und mit einem Gummi-
band zusammengehalten. Ihre stattlich ausladende Figur ließ sie heftig atmen, und sie sah an solchen Tagen
abgearbeitet und mindestens zehn Jahre älter aus. So
fühlte sie sich dann auch.

Dabei war sie erst Mitte vierzig und müsste durch
die viele körperliche Arbeit rank und schlank sein. An
ihr Aussehen und an ihre Haare wollte sie gar nicht

denken. Sie legte schon lange keinen Wert mehr auf Attraktivität, Fraulichkeit und all das, was eine Frau hübsch aussehen lässt, weil sie in ihrem Innersten verhindern wollte, dass Gerhard sie so anziehend findet, dass er mehr und öfter sein Verlangen zeigte, als er es tat, wenn sie eher unscheinbar aussah. Obwohl, er war mittlerweile knapp über sechzig Jahre alt und in Sachen Sexualität auch ruhiger geworden, um nicht zu sagen, dass er jeglichen körperlichen Kontakt eingestellt hatte, was ihr natürlich sehr entgegenkam. Sie lebte seit vielen, vielen Jahren in einem Wunschtraum und das musste genügen, denn das Schicksal hat ihr eine Aufgabe zugeteilt, die sie bis zu ihrem oder Gerhards Ende übernehmen musste. Bis dass der Tod uns scheidet, wiederholte sie gedanklich und Mantra artig seit über zwei Jahrzehnten. Jutta hatte ihn kommen gehört.

„Warum schreist du denn schon wieder auf dem Hof herum?", fragte sie Gerhard und würdigte ihn keines Blickes, sondern rührte ohne Unterbrechung weiter in ihren Töpfen.

„Kannst du denn keinen normalen Ton anschlagen? Musst du immer so schreien?"

„Dein lieber Sohn hatte sich gemütlich in seinem Zimmer vergraben, während drüben in der Obstpresse die Arbeit auf ihn wartete", polterte Gerhard. Er nahm sich ein Bier aus dem Kühlschrank und ließ sich auf die Eckbank fallen.

„Er ist und bleibt ein verrückter Möchtegern-Musiker, ein unmöglicher Träumer, ein Nichtsnutz eben. Es ist grässlich mit ihm!"

Er öffnete die Flasche, setzte sie an den Mund und

ließ in aller Ruhe den Gerstensaft in sich hineinlaufen.

Jutta antwortete mit keiner Silbe. Ihr gefiel das auch nicht, aber alles Schimpfen machte keinen Sinn. Klaus war von Anfang an ein schmächtiges und zartes Kind gewesen, seine Finger waren lang und dünn und anscheinend nicht dazu gemacht, schwere körperliche Arbeit zu verrichten. Er war inzwischen zweiundzwanzig Jahre alt, schlank, schmal, blass, mit blonden Haaren, die er wild um sich wachsen ließ. Seine Augen leuchteten stahlblau, und seine Gesichtszüge waren so fein wie die einer Frau.

Jutta schüttelte den Kopf. Keiner aus ihren beiden Familien, die alle Obstbauern und Bauern gewesen waren, hatte etwas mit Musik am Hut, schon gar nichts mit Opern. Sie wusste, dass Klaus der Leidtragende war, und sie versuchte, die Ungerechtigkeiten seines Vaters zaghaft auszugleichen, was ihr aber zusehends weniger gelang.

Ganz anders hatte sich da Tobias, ihr Erstgeborener, entwickelt. Er war stark und hart im Nehmen. Schon als Kind war er jeden Tag mit seinem Vater auf den Obstplantagen gewesen, hatte mit acht Jahren schon den Traktor gefahren und war lieber auf die Felder gegangen, anstatt Fußball zu spielen. Meine Güte, sie sah ihn vor sich, ihren Tobias, diesen kleinen stämmigen Kerl mit seinen wachen, glänzenden Augen. Wissbegierig war er, sog alles in sich auf, was mit der Natur und den Bäumen zu tun hatte. Er hatte doch tatsächlich als kleiner Knirps schon Zwergbäume geschnitten wie ein Alter, ging es ihr spontan durch den Kopf. Dabei hatte er genau gewusst, wie viele Augen er beim Schnitt stehenlassen musste, damit die Ernte im nächsten Jahr wieder großartig werden würde. So ein kleines, feines Kerlchen, und je älter er wurde, desto fleißiger wurde er. Ja, bis er vor vier Jahren als zwanzigjähriger junger Mann nach einem Streit mit seinem Vater Hals über Kopf den Hof verlassen hatte.

Natürlich war das ein Schock für Jutta gewesen. Wehmütig dachte sie an ihren Ältesten. Jedes Wort, jede Silbe, ja die ganze Situation hatte sich tief in ihrem Gedächtnis eingegraben, so tief, als ob es gerade erst gestern gewesen wäre. Es war ein Montag vor ungefähr vier Jahren, als Vater und Sohn, zwei gleich starke Hitzköpfe und Sturköpfe, aneinandergeraten waren. Tobias war vom Feld zurückgekommen, hatte sich vor der Tür die dreckigen Schuhe ausgezogen und war in Strümpfen in die Küche gekommen. Während er sich ein Glas Limonade eingoss, blickte er zu seinem Vater, der am Küchentisch saß und mit seinem Auftragsbuch beschäftigt war. Tobias setzte sich zu ihm und schwieg zunächst für ein paar Minuten.

„Vater, wir müssen reden", begann Tobias schließlich das Gespräch. Er sah seinen Vater fragend an und wartete darauf, dass dieser sein Auftragsbuch zur Seite schob, um sich mit ihm zu unterhalten. Doch Gerhard rührte sich nicht und blickte noch nicht einmal zu Tobias auf, sondern blätterte seelenruhig durch Seiten.

Langsam, aber sicher wurde Tobias wütend, seine Zornesader, die er übrigens an derselben Stelle wie sein Vater hatte, schwoll an. Gut für Jutta zu sehen, pochte sie an seiner linken Schläfe auf und ab. Schließlich begann er auch, mit den Füßen zu scharren und mit dem Daumen und dem Zeigefinger der rechten Hand auf den Tisch zu trommeln.

„Nimmst du mich überhaupt ernst, oder warum lässt du mich hier sitzen wie einen Hanswurst?", fragte er seinen Vater und versuchte, ruhig zu bleiben.

Nach einem kurzen Zögern sah Gerhard von seinem Buch auf: „Es gibt nichts Wichtigeres als das Auftragsbuch, das solltest du eigentlich wissen. Du warst doch in den Plantagen, da kann ja nichts sein, was ich nicht schon weiß. Ich habe meine Augen überall, das ist doch bekannt."

Er war gerade dabei, sich wieder in sein Buch zu vertiefen, als Tobias aufsprang.

„Überall hast du deine Augen, nur nicht da, wo sie gebraucht werden. Hast du schon mal die Bäume angeschaut mit deinen Augen, die angeblich überall sind?"

Tobias stand auf der anderen Tischseite seinem Vater gegenüber, krebsrot im Gesicht, mit hervorstechenden Augen und wirren Haaren.

Wie der Vater so der Sohn, dachte Jutta. Und in diesem Fall wie der Sohn so auch der Vater. Denn Gerhard stellte sich wie ein Gockel auf und starrte in das Gesicht seines Sohnes: „Was fällt dir eigentlich ein, du Rotznase?", rief er aufgebracht.

„Du begreifst gar nichts, Vater! Die Bäume sind bald nicht mehr ertragreich, sie brauchen eine andere Behandlung, und wir hätten schon längst neue Sorten züchten müssen!"

„Blödsinn, unsere Ernte ist sehr gut. Wir haben seit

Jahrzehnten immer die besten Sorten, und ich sehe keine Veranlassung, das zu ändern. Du immer mit deinem modernen Zeug!"

„Aber nicht mehr bei unseren Zwetschgen, der „*Blauen Königin*", rief er. Das wichtigste was wir haben, sind nun mal unsere Zwetschgen. Sie müssen dunkelblau und gleichmäßig groß sein und sie müssen ihren ureigenen Geschmack haben."

Tobis drehte sich weg, um ihn dann wieder anzuschauen.

„Das alles ist nicht mehr gegeben. Ich habe heute mehrfach gekostet, der Saft hat mir kein Glücksgefühl mehr gegeben und wenn das so ist, dann schmeckt auch der Zwetschenbrand nicht mehr so, wie es sein muss."

Tobias hielt sich an der Tischkante fest.

„Warum bist du nur so stur, Vater? Merkst du denn nicht, dass wenig bestellt wird, dass wir keine Großkunden mehr bekommen, dass es insgesamt immer weniger wird?"

„Ja, und? Wir haben genug Kunden. Die großen brauchen wir nicht, die sind mir ohnehin längst zuwider mit ihrem Preisdiktat. Außerdem können wir das Obst verarbeiten. Saft und Schnaps wird immer gekauft."

Gerhard hatte gar nicht richtig zugehört, wie Tobias an der Antwort erkennen konnte.

„Aber du musst doch sehen, dass es so nicht mehr lange weitergehen kann. Die Genossenschaft nimmt uns auch nichts mehr ab."

„Weshalb sollten die uns nichts mehr abnehmen? Die Genossenschaft ist auf den größten Obstbauern im

Tal angewiesen, sie würde uns nie fallen lassen."

Tobias schüttelte den Kopf. „Das glaubst aber auch nur du, Vater. Die Genossenschaft kommt nicht mehr, weil unser Obst insgesamt zu klein ist. Du kannst nicht alles in deine Flaschen füllen. Die Industrie produziert Säfte und Schnäpse viel billiger als wir. Und erlesener sind sie auch."

Nun hatte Gerhard genug, er wollte nichts mehr hören und glaubte das alles nicht, was ihm Tobias vorwarf. Obwohl er es als Hirngespinst eines jugendlichen Heißsporns wertete, fühlte er sich wie ein in die Enge getriebenes Tier. Er duldete nun einmal keine Widerrede und schon gar keine Belehrungen.

Gerhard pumpte sich Luft in die Lunge, die Augen traten hervor, seine Stirn legte sich in Falten und das Gesicht wurde von einer dunklen Röte überzogen. Mit den Händen stütze er sich an der Tischkante ab und raste von der Eckbank hoch. Mit nur einem Schritt stand er neben seinem Sohn.

„Hier wird nur gemacht, was ich sage!", schrie er. „Hast du mich verstanden? Ich bin der Bauer!"

Tobias wollte aber nicht zurückrudern. Für ihn stand zu viel auf dem Spiel, nicht weniger als der Hof seiner Vorfahren, auf den er immer stolz gewesen war und um den er sich sorgte. Er konnte und wollte nicht zulassen, dass sein Vater sich gegen Veränderungen und Anpassungen sperrte.

Zwar zitterten ihm die Knie, und sein Herz bummerte vor Angst, aber wenn er jetzt nicht standhaft blieb, dann brauchte er es nie wieder versuchen.

„Vater, die Lage ist ernst, das Obst an den Bäumen

ist mickrig, verschrumpelt und voller brauner Flecken. Bitte höre auf mich. Gemeinsam schaffen wir das. Ich habe mich schon erkundigt, wie wir schneiden müssen und woher wir neue Bäume bekommen könnten."

Gerhard, der sich mittlerweile wieder hingesetzt hatte, raste noch einmal von der Eckbank hoch und schrie: „Was fällt dir ein? Was willst du eigentlich? Das ist doch alles nichts, was du da vorhast, nur modernes Gehabe, das zu nichts führt. Unsere Eltern haben gewusst, wie man das macht, und sie hatten recht. Hier wird nichts geändert, ist das klar?"

Gerhard stand vor seinem Sohn wie ein aufgeblasener Pfau, mit seiner ganzen Körperlichkeit und seiner unbeugsamen Härte und ließ noch nicht einmal eine ganz normale Diskussion zu.

Blitzschnell überlegte Tobias, ob er wieder einmal nachgeben sollte. Nein, entschied er zum zweiten Mal innerhalb weniger Minuten, jetzt musste er stur sein und seinen Vater zu einem Gespräch zwingen.

„Du ruinierst unsere Heimat und unsere Existenz, und deshalb sage ich dir, dass du dich ändern musst. Tust du das nicht, dann suche ich mir eine andere Arbeit." Tobias wusste, dass er ihn damit reizte. Hopp oder Topp, nun hatte er keine andere Wahl. Innerlich stöhnte Tobias und hoffte, dass sein Vater nicht alles kaputtmachen würde, was sie verband.

„Was, du drohst deinem Vater? Du willst mich erpressen?"

Gerhards Zorn kannte nun keine Grenzen mehr, sein Arm fuhr zurück, und dann krachte seine Hand mitten ins Gesicht seines Sohnes, der völlig überrascht war und zur Seite taumelte. Seine Nase fing an zu bluten und als Tobias das spürte, fasste er in die Hosentasche und zog ein Taschentuch heraus, mit dem er sich das Blut abwischte.

„Nur über meine Leiche, das sage ich dir. Hau ab, verschwinde, ich will dich hier nicht mehr sehen. Ab heute bist du nicht mehr mein Sohn. Geh mir aus den Augen!"

Gerhard ließ sich auf die Eckbank fallen und stützte den Kopf in die Hände.

Tobias hingegen war für einen Moment sprachlos, nein, eigentlich setzte für einen Augenblick sein Herz aus und hörte auf zu schlagen. Sein Vater hatte ihn gerade verstoßen, ihn von seinem geliebten Hof verjagt. Nie in seinem Leben hätte er gedacht, dass er zu so etwas fähig wäre. Ausgerechnet sein Vater, der ihn von Kindesbeinen an mitgenommen hatte, ihm die Obstplantagen nähergebracht, seine Liebe zum Obstbau entfacht und gefördert hatte. Er nahm ihm jetzt seine Heimat.

Seine Mutter stand neben dem Herd und hatte die Hände vor Schreck über ihre Wangen gelegt. Tränen liefen ihr über das Gesicht. Sie wusste, dass ihr Sohn jetzt gehen und sie alleine lassen würde. Nur mit Mühe konnte sie für einen Moment ein lautes Schluchzen verhindern, dann aber brachen bei ihr alle Dämme. Gerhard stand auf, lief zu ihr hin und zog sie an den Haaren durch die Küche.

„Höre auf zu flennen, du Schlampe. Du hast ihn verzogen und nicht hingeschaut und dein anderer Bankert, der faulenzt auf meine Kosten, schrie er."

Während Jutta versuchte, mit ihm Schritt zu halten, damit er ihr die Haare nicht ausriss und es noch mehr schmerzte, als es eh schon tat, ließ er sie plötzlich los, schupste sie so stark, dass sie stolperte und neben den Tisch stürzte, dann trat er ihr mit den Schuhen auf den Oberkörper und trat mehrmals gegen ihren Rücken.

Jutta bekam keine Luft mehr, ihr Körper schmerzte unendlich, der Rücken brannte. Sie blieb zunächst liegen, bis der Schmerz und der Schwindel nachließen. Dann zog sie sich langsam an der Herdstange hoch, strich sich über die Schürze und arbeitete mit zusammengebissenen Zähnen weiter. Sie wusste, dass sie jetzt die Küche nicht verlassen durfte, denn dann würde er erneut auf sie einschlagen.

Tobias hatte zu diesem Zeitpunkt schon die Küche verlassen, ging auf sein Zimmer, kam nach einer Weile mit einem Koffer wieder herunter und verließ wortlos das Haus. Die Gewalt gegen seine Mutter hatte er nicht mehr mitbekommen.

3

Jutta zuckte zusammen. Vier Jahre war das jetzt her. Wenn Tobias wieder da wäre, würde das vieles, vielleicht sogar alles ändern, dachte sie und seufzte. Irgendwie schien alles aussichtslos.

„Du sagst ja gar nichts", brummte Gerhard, „dabei ist allein deine Erziehung schuld. Von Anfang an hast du Klaus verhätschelt und verwöhnt und keinen anständigen Mann aus ihm gemacht. Was soll aus dem Gut werden, wenn er mit seinen zwei linken Händen nicht endlich das Arbeiten lernt?", fragte er seine Frau vorwurfsvoll.

„Ha, du hast doch den Tobias vertrieben und gerade der wäre der Richtige gewesen. Aber wenn das so weitergeht mit deiner Sturheit, dann geht das Gut sowieso zugrunde, dann brauchst du keinen Nachfolger mehr", rief sie und stellte schnell die Teller auf den langen Holztisch.

Die Zornesader auf Gerhards Stirn schwoll an. Jutta hatte einen wunden Punkt bei ihm erwischt, aber das konnte und wollte er nicht zugeben.

Er schritt zu ihr hin, riss ihr in seinem Zorn den Kochlöffel, den sie gerade benutzte, aus der Hand und schlug auf sie ein. Jutta versuchte, mit den Armen ihren Kopf zu schützen.

„Das hast du dir fein ausgedacht. Mir, ausgerechnet mir willst du die Schuld in die Schuhe schieben, dabei ist der Bengel so anders. Man könnte direkt glauben, ein anderer war der Erzeuger!", keifte er und sprach wieder das aus, was ihm immer wieder durch den Kopf ging. Sein Misstrauen hatte sich tief in ihm eingegraben. Niemals konnte es möglich sein, dass aus seinen Genen so etwas wie dieser Schlappschwanz entstanden war. Er hatte Klaus noch nie leiden können, obwohl ihm der letzte Beweis für seinen Verdacht fehlte.

Trotzdem hatte er das den Jungen all die Jahre spüren lassen. Er wusste nicht, wie oft er ihm einfach eine hinter die Löffel, oder wie viele Tritte er ihm gegeben hatte. Und weinte er dann, dann packte ihn erst recht die Wut gegen ihn.

Sein Arm war müde, er ließ von ihr ab und warf den Kochlöffel mit Schwung in den Topf, sodass die heiße Suppe überschwappte und Jutta ins Gesicht und über den Arm spritzte. Es kam trotz der Schmerzen kein Laut über ihre Lippen.

Gerhard setzte sich wieder hin, nahm einen Schluck aus seiner Bierflasche und fiel wieder in seine Gedanken, die er vorhin kurz unterbrochen hatte. Nie war er dahintergekommen, ob Jutta ihn betrogen hatte. Er wusste nicht, wann und wie sie das hätte tun sollen. Und trotzdem wurde er die Gedanken nicht los. Es brodelte weiter in ihm, ohne dass er endgültig Klarheit bekam.

Er, Gerhard, war der größte Obstbauer im Bühlertal. Seine riesigen Obstplantagen, die bis zur Ortenau reichten, sicherten das Einkommen der Familie und das schon seit mehreren Generationen. Seine Vorfahren hatten die Obstpresse und die Schnapsbrennerei eingerichtet, und er hatte den Betrieb all die Jahre so weitergeführt, wie es vom Vater vorgegeben war. Daran würde er auf keinen Fall etwas ändern, denn es hatte sich lange Jahre bewährt.

Natürlich ärgerte es auch ihn, dass Tobias abgehauen war. Er hatte alles verändern und neu organisieren wollen. Fürchterlich war der Krach vor vier Jahren gewesen. Was hatte sich der Junge nur eingebildet, fragte er sich noch heute. Er war doch noch grün hinter den Ohren, und was über Generationen richtig gewesen war, konnte doch jetzt nicht auf einmal falsch sein.

Gerhard hatte sich ihm nicht gebeugt. Seitdem hatten sie nichts mehr von Tobias gehört, und Jutta hatte es nun laut ausgesprochen. Sie dachte, dass er, Gerhard, schuld war am Verschwinden ihres Sohnes. Auch sie war der Meinung, dass der Betrieb in großen Schwierigkeiten steckte und keine Chance mehr hatte. Aber soweit würde es nicht kommen. Nichts würde er verändern, gar nichts. Seine einzige Sorge war sein Erbe, weil er nicht wusste, wer das Gut weiterführen sollte. Dieser kleine Möchtegern-Musiker Klaus garantiert nicht, da war sich Gerhard absolut sicher.

Jutta hatte zu Beginn der Auseinandersetzung wieder nicht auf Gerhards Vermutung, dass ein anderer der Vater von Klaus sein könnte, geantwortet. Sie ließ sich nicht darauf ein und überließ ihn wie immer seinen Zweifeln. Sie spürte noch nicht einmal mehr den Schmerz durch die kleinen Verbrennungen und die Schläge. Energisch öffnete sie das Fenster und rief mit lauter Stimme über den Hof zum Mittagessen.

Klaus, der seine Arbeit wie eine Marionette verrichtete, hing immer noch seinen Träumen nach.

„Klaus! Pass doch auf, die Flaschen fallen gleich hinunter!", schrie auf einmal der Kollege, der neben ihm an der Presse arbeitete, und stieß ihn unsanft in die Rippen.

Klaus schrak auf. Er war wie in Trance und mit seinen Gedanken weit weg gewesen. Als er sah, dass sich die Flaschen angehäuft hatten und immer mehr zur Kante hinschoben, griff er beherzt zu und erhöhte sein Arbeitstempo. „Entschuldige, aber ich habe einen Moment nicht richtig aufgepasst, es wird nicht wieder vorkommen", stotterte er.

„Geträumt hast du schon wieder, und ich habe keine Lust deine Fehler auszubügeln und mich von deinem Alten anschreien zu lassen", wies ihn der Kollege unsanft zurecht.

„Wir müssen alle viel zu viel schuften und wollen nicht wegen deiner Spinnerei Schwierigkeiten bekommen", beschwerte sich der Nachbar ungehalten weiter. „Also, pass jetzt besser auf und arbeite anständig!"

Klaus war froh, dass er nicht mehr antworten musste, denn seine Mutter hatte zum Mittagessen gerufen. Der Vorarbeiter stellte die Maschinen ab und gemeinsam gingen sie hinüber zum Gutshaus.

Die ganze Mannschaft setzte sich an den Tisch und wartete, bis Jutta ihre Teller füllte. Heute hatte sie eine kräftige Gemüsesuppe, Kartoffelsalat und Bratwürste auf dem Speiseplan und füllte jedem den Teller mit Suppe, den Salat und die Würste stellte sie in großen Schüsseln auf den Tisch.

Dann ließ sie sich auf ihren Stuhl sinken. Sie war fix und fertig und hatte kaum noch Kräfte, das Essen einzunehmen.

Klaus sah, dass seine Mutter eine etwas langsame Motorik hatte, außerdem schwitzte sie wie verrückt.

„Mama, hast du was?", fragte Klaus besorgt.

Jutta schüttelte nur den Kopf und schwieg.

Aber er sah die roten Flecken an ihren Armen, an ihrem Kopf und dem Hals. Er ahnte, was wieder los war und schwieg jetzt, obwohl er sich schämte, aus Angst nicht einzugreifen und sich nicht gegen seinen Vater zu erheben.

Er verstand immer mehr, dass er selbst ebenso wenig unternahm, wie seine Mutter, wenn es um ihn ging. Er nahm sich vor, ihr nichts mehr vorzuwerfen, wenn er wieder unter dem Vater litt.

„Kümmere dich um deinen Teller und halte den Mund", schnauzte ihn Gerhard auch schon an.

Klaus zog den Kopf zwischen die Schultern und löffelte seine Suppe weiter.

Nach dem Essen saßen Jutta und Gerhard noch ein wenig am Tisch, der wie ein Schlachtfeld aussah. Berge von schmutzigen Tellern, Schüsseln, Töpfen und Pfannen standen in der Küche und warteten darauf, gesäubert zu werden. Müde blickte Jutta über das Chaos und hätte sich am liebsten ins Bett gelegt. Seit einigen Tagen ging es ihr gar nicht gut, sie hatte Schmerzen am ganzen Körper, die Knochen, ihr Kopf und der Magen taten weh und das nicht nur von den Schlägen. Sie stöhnte auf, sagte aber nichts zu ihrem Mann, denn der hatte überhaupt kein Verständnis für irgendwelche Zimperlichkeit, sondern tat alles mit einer Handbewegung ab, was nach einer Krankheit aussah oder gar eine sein könnte. Und wenn er einen ganz schlechten Tag hatte, konnte es auch sein, dass ihm die Hand ausrutschte. Also immer schön stark bleiben, auch wenn man fast umfällt. Jutta stöhnte erneut leise in sich hinein.

„Willst du nicht endlich anfangen und aufräumen?", blaffte er sie da auch schon unsanft an. „Du musst dich beeilen und heute Nachmittag zur Kirschenernte mitkommen. Wir können das Obst nicht an den Bäumen verfaulen lassen, da muss jetzt jeder mit anfassen! Das müsstest du doch schon bemerkt haben. Dass ich immer alles predigen muss und niemand in diesem großen Haus versucht mitzudenken!"

„Ist ja schon gut. In einer Stunde kann es losgehen", antwortete Jutta mit einem Seufzer, zog langsam ihren schlappen Körper hoch, schleppte sich an den uralten Spülstein und begann ächzend mit dem riesigen Abwasch.

Gerhard hingegen stopfte sich seine Pfeife und goss sich noch ein Bier in seinen Steinkrug. Wie jeden Tag setzte er sich auf die Bank unter dem Küchenfenster und genehmigte sich eine Pause, um das Essen in aller Ruhe sacken zu lassen.

Eigentlich hätte er in die Stube gehen und sich an den alten, wuchtigen Schreibtisch setzen müssen, an dem schon sein Urgroßvater und sein Vater die Geschäfte geführt hatten. In einem der Keller stapelten sich Körbe mit Schnapsflaschen, denn die Zwetschgen hatte er alle zu Schnaps verarbeitet. In einem anderen Raum war es auch nicht besser, dort hortete er unzählige Kisten Apfelsaft aus dem letzten Jahr und im dritten Lager standen massenhaft Kisten, gefüllt mit Kirschwasser, das sich, seit er denken kann, prima verkaufen ließ, weil Schwarzwälder Kirschwasser eigentlich ein Markenprodukt war, nur bei ihm nicht mehr.

Bald würde überall kein Platz mehr sein, wenn er nichts verkaufen konnte.

Sein Obst wurde von der Genossenschaft nicht mehr genommen. Zwei Supermärkte hatte er inzwischen aufgesucht, aber die hatten ihn an einen Chefeinkäufer im Rheinland verwiesen, und als er dort angerufen hatte, war er mit wenigen Worten abgefertigt worden: Man bräuchte kein Obst mehr und hätte schon genug Lieferanten. Also musste er wohl oder übel die Ernte erneut zu Schnaps und Saft verarbeiten. Dass ihm Tobias genau das schon vor Jahren prophezeit hatte, verdrängte er tunlichst. Außer ein paar kleinen Geschäften kaufte im Moment niemand seine Erzeugnisse, und das Geld wurde immer knapper. Seit Wochen schon musste er die Gehälter und die laufenden Kosten vom Sparbuch bezahlen. Er hatte den Eindruck, als ob ihn die Angestellten der Sparkasse deswegen ein paar Tage zuvor mit mitleidigen Blicken gemustert hatten, aber sicher war er sich dieser Vermutung natürlich nicht. Dieses peinliche, unangenehme Gefühl unterdrückte er einfach.

Das würde schon wieder werden, sagte er sich immer und immer wieder, die würden schon noch kommen, um bei ihm einzukaufen. Über die Jahre war es immer wieder mal besser, mal schlechter gegangen. Doch noch nie war aus einer kleinen Krise eine große geworden. Immer hatte er sein Lager früher oder später räumen können. Damit tröstete er sich.

Schließlich erhob er sich und rief laut in die Küche: „Ich gehe mal schnell zur Bank." Eine Antwort brauchte er nicht abzuwarten, es widersprach ihm sowieso niemand. Zielstrebig fuhr er mit seinem Auto ins Dorf zur Sparkasse.

„Grüß dich", sagte er zu Karl hinter dem Schalter, nahm seinen Strohhut ab und drehte ihn verlegen in den Händen. Es fiel ihm, dem stolzen Obstbauern, doch nicht so leicht, um Geld zu bitten. Zu Hause auf der Bank vor dem Küchenfenster erschien ihm der Gang zur Sparkasse ganz leicht. Was war denn schon dabei? Niemand würde dem großen Obstbauern Gerhard Glotz den Respekt versagen, und auch der Karl würde sich nicht gegen ihn stellen. „Kannst du mir ein bisschen Kredit auf mein Konto geben? Ich brauche noch ein paar Wochen, um meinen Schnaps und meine Säfte zu verkaufen."

Karl zog die Nase kraus. „Du hast ein großes Problem, Gerhard, du wirst deinen Schnaps nicht mehr los. Die guten Zeiten sind leider vorbei, und einen einfachen Kredit kann ich dir beim besten Willen nicht mehr geben. Du musst mir Sicherheiten bringen, das musst du verstehen. Die Plantagen reichen mir natürlich nicht, die sind ja abgewirtschaftet, es muss schon das Gut sein", erklärte er Gerhard mit ruhiger Stimme und zuckte dabei entschuldigend mit der Schulter.

„Spinnst du? Ich will doch nur was zur Überbrückung! Ich bin der größte Bauer hier! Das ist ja eine Demütigung, was du da verlangst! Was glaubst du wohl, wen du vor dir hast?", schrie er mit hochrotem Kopf. Wild und wütend wedelte er mit den Armen umher und konnte sich kaum beruhigen.

„Gerhard, hör mir zu! Ich kann nicht, selbst wenn ich das wollte. Ich muss mich gegenüber meinem Vorstand rechtfertigen. Niemand glaubt mehr an deinen Erfolg, und deswegen gibt es ohne Sicherheiten auch kein Geld. Du kannst dir das überlegen."

Karl sah, wie Gerhard zusammenzuckte, aber er musste hart bleiben. Überall im Dorf ging schon das Gerede umher, und alle sprachen über den größten und wichtigsten Bauern, der den Blick für das Notwendigste verloren und die Zeichen der Zeit nicht erkannt hatte.

„Gerhard, lass deinen Tobias suchen und versöhne dich mit ihm, vielleicht könnt ihr zusammen das Unvermeidliche verhindern. Du kannst dich nicht verschließen, nicht zusehen, wie dein Anwesen in den Ruin geht."

Karl blickte Gerhard eindringlich an. „Überlege dir das gut."

Gerhards Augen wurden immer größer, sie schienen bald herauszufallen. Damit hatte er nun gar nicht gerechnet. Das, was Karl von ihm verlangte, war jenseits von gut und böse und jenseits von jeder Vorstellung. Er war für einen Augenblick wie erstarrt. Niemals hätte er sich ausmalen können, dass man dem größten Obstbauern im Dorf den Respekt verwehrt. Aber verwehrte man ihm den Respekt, oder verwehrte man ihm nur das Geld?

Nein, die Bank verwehrte ihm eindeutig den Respekt, weil bei ihm eine Institution nie hinterfragt und misstraut, ganz egal um was er bittet. Er hätte genauso gut einen Antrag auf EU-Fördermittel stellen können und fragte sich, ob ihm Karl das auch verweigert hätte?

„Es gibt einen neuen Fördertopf für die Kultivierung neuer Obstsorten, bei der EU, dann stelle dort einen Antrag für mich."

„Auch das kann ich nicht ohne Sicherheiten, Gerhard." Karl schüttelte fast mitleidig den Kopf. Anträge auf Fördermittel werden natürlich auch unter dem Vorbehalt der Bonität bearbeitet.

„Du musst den Hof als Sicherheit hinterlegen, wenn

du unbedingt Geld haben möchtest."

Gerhard stieg die Zornesröte ins Gesicht.

„Euch werde ich es zeigen, euch Halsabschneider, euch Neider! Unter die Erde müsst ihr mich bringen, wenn ihr mich am Boden sehen wollt. Niemals wird mein Gut untergehen! Ich, Gerhard Glotz, schaffe es auch ohne euch! Der Teufel soll euch holen!", rief er völlig außer sich, riss mit roher Gewalt die Tür auf und stürmte aus der Bank.

Jutta hatte mit endloser Mühe die Küche in Ordnung gebracht. Insgeheim hoffte sie, dass der Alte noch eine Weile wegbleiben würde. Schwer atmend ließ sie sich auf einen Stuhl in der Stube fallen. Sie spürte, sie musste zu einem Arzt, allein würde sie das nicht mehr schaffen. In einem günstigen Moment würde sie Klaus bitten, sie hinzufahren. Sie ahnte, dass es nicht nur eine Unpässlichkeit war, unter der sie zu leiden hatte. Es war unbestritten, dass ihrem Körper ein größeres Unheil zu schaffen machte. Aber wer konnte den Haushalt führen, wenn sie sich niederlegen musste? Wer würde das Gut retten? Sie wusste keinen Rat mehr.

„Herr, Gott! Warum muss ich mich jetzt so schlecht fühlen? Welche Krankheit sucht mich heim? Bitte hilf mir, ich werde doch gebraucht", flüsterte sie.

Seit Tagen überlegte sie, was sie tun könnte, um eine Auszeit zu bekommen. Sie konnte sich nicht erklären, warum sie sich so komisch, so schlapp und so schlecht fühlte. Meistens schlürfte sie nur noch, weil die Beine so schwer waren und schmerzten, die Arme hatten keine Kraft mehr, der Kopf brummte ununterbrochen und auch mit Kopfschmerztabletten fand sie keine Linderung. Sie schnappte nach Luft, sie atmete schwer und ihr Nacken und der Rücken waren so verspannt, dass sie nur noch ein ständiges Stechen wahrnehmen konnte. Erst jetzt, als sie nachdachte, wer ihr helfen könnte, bis sie wieder gesund ist, stellte sie fest, dass es keine Familienmitglieder mehr gab, die sie bitten könnte. Gerhards Eltern waren schon vor einigen Jahren verstorben und an sie zu denken schmerzte sie immer noch, vor allen Dingen, wenn sie an ihr Leben gleich nach der Heirat dachte. Auch die vielen Jahre danach, als sie die beiden Alten pflegen musste, waren kein Honigschlecken, weil sie ihre Schwiegertochter behandelt haben, wie ein Stück Dreck.

Ihre Gedanken schweiften heute zum vermehrten Male ab und tauchten in die Vergangenheit ein. Sie erinnerte sich an den Tag nach ihrer Hochzeit. Bereits um fünf Uhr in der Früh erhob sie sich, sie hatte ja ohnehin kein Auge zugetan. Leise schlich sie an der Schlafkammer der Schwiegereltern vorbei, um sich in dem sehr einfachen Bad zu waschen und die Zähne zu putzen. Anschließend legte sie sich einfache Arbeitskleidung, einen grauen Rock und eine kurzärmelige Bluse, sowie darüber zum Schutz eine Wickelschürze an. Ihre Füße steckte sie in Holzclogs und ihre Haare legte sie geflochten um den Kopf und steckte sie mit Nadeln fest.

Als sie nach unten in die Küche kam, in dem Glauben noch ein wenig alleine sein zu können, stockte ihr beim Eintreten der Fuß. Da saß ihre miesepetrige Schwiegermutter und hielt sich mit den Händen an einem Kaffeebecher fest und neben ihr saß der Altbauer, der nur ein Wasserglas vor sich zu stehen hatte. Sein Haupt war mit einer Mütze bedeckt, so als würde er gleich losgehen.

„Guten Morgen", sagte Jutta leise und freundlich. Sie lief zum Herd, auf dem ein Kochtopf mit angebrühten Lindes-Kaffee stand, nahm eine Schöpfkelle, die danebenlag und versuchte etwas Kaffee mit möglichst wenig Satz in einen Becher zu geben.

Beide antworteten ihr nicht. Sie stierten einfach vor sich hin.

Nach einer gefühlten Stunde, obwohl es bestimmt nur wenige Minuten waren, öffnete sich erneut die Tür und Gerhard kam herein. Er ließ sich auf die Eckbank fallen.

„Gib mir Kaffee", herrschte er seine frisch angetraute Ehefrau an, ohne einen freundlichen Gruß am Morgen.

Jutta nahm einen Becher aus dem Regal, füllte ihm Kaffee ein und stellte ihn hin.

„Ja und? Kein Marmeladenbrot?", keifte er.

„Woher soll ich wissen, was du am Morgen frühstücken möchtest?"

Gerhard fuhr den Arm aus und schlug ihr mit der flachen Hand auf die echte Wange. Sie erschrak und lief auf die andere Seite der Küche. Während sie die aus den Augen quellenden Tränen weg blinzelte, schnitt sie schnell eine Scheibe von dem auf dem Küchenschrank liegenden Brotlaib ab, strich Margarine und Marmelade darauf und stellte es vor ihn hin.

Seine Mutter Gretel hatte das alles schweigend beobachtet. Dann erhob sie sich.

„Es ist besser, du fügst dich hier gleich richtig ein, dann gibt es weniger Komplikationen. Als angehende Bäuerin musst du nämlich alles machen. Das Haus, die Wäsche, den Garten, die Mahlzeiten, auch das Mittagessen für die Arbeiter und mit auf das Feld gehen musst du auch."

Lauernd wartete sie ab, ob Jutta protestieren würde. Die aber dachte nicht daran, fragte sich allerdings, was wohl dann noch für die alte Bäuerin an Arbeit übrigblieb.

„Heute ist die Waschküche dran", rief Gretel mit zynischem Unterton. „Dort liegt die Wäsche, die du im Kessel kochen kannst. Alles andere ist Handwäsche. Beeile dich, damit du rechtzeitig das Essen auf den Tisch bekommst."

Jutta erschrak, als sie die Berge von Wäsche auf dem Boden der Waschküche liegen sah, sie füllte mit dem Schlauch den Kessel und zündete das Feuer an. Dann gab sie aus dem Eimer einige Becher Omo hinein und schnippelte ein Stückchen Kernseife dazu. Nun hieß es warten, bis das Wasser kochte. In der Zwischenzeit füllte sie je eine kleine Blechwanne mit kaltem, dann mit warmem Wasser, nahm das Waschbrett und wusch die zum Teil schwere Arbeitskleidung der Männer, den sogenannten blauen Anton. Dabei schubberte sie sich von der ungewohnten Arbeit die Knöchel auf. Am schlimmsten aber war, dass sie die Kochwäsche, etwa zwei Stunden später, nachdem sie auch diese über das Waschbrett bearbeitet hatte, sehr oft spülen musste, damit die Seifenreste raus waren. Zu guter Letzt hängte sie alles im Garten auf.

Als sie in die Küche kam, sah sie, dass es bereits nach zehn war und das Essen stand noch nicht auf dem Herd.

„Was soll ich kochen?", fragte sie ihre Schwiegermutter Gretel.

„Wochentags gibt's immer Eintopf. Wir müssen sparen. Heute sind zwanzig Männer auf dem Feld. In den Eintopf kommt nur einmal in der Woche Wurst oder Fleisch."

Jutta nickte und rannte in den Garten. Sie entschied sich für Kohlrabi-Eintopf. Die Knollen lachten sie gerade so schön an. Fleisch brauchte sie nicht, sie hoffte, ein Einmachglas mit Brühe in der Speisekammer zu finden. Im Keller schälte sie eine große Schüssel Kartoffeln, dann putzte und schnitt sie das Gemüse und trug alles in die Küche. In einem übergroßen Topf setzte sie nun die Suppe mit ein paar frischen Kräutern an.

Pünktlich um zwölf kamen die Arbeiter und Jutta hatte noch keinen Tisch gedeckt. Sie hatte schon bemerkt, dass die Suppe noch fünf bis zehn Minuten brauchen würde und fürchtete den Ärger, der auch nicht lange, auf sich warten ließ.

Gerhard trat an den Herd und sein Vater setzte sich zu den Männern.

„Wieso ist der Tisch nicht gedeckt und warum steht die Suppe noch auf dem Herd?", schrie er.

„Jetzt sitzen die Männer rum, die ich bezahlen muss. Das geht so nicht. Die Mittagspause ist kurz!"

Jutta lief der Schweiß, wohl eher der Angstschweiß, über das Gesicht. Noch ehe sie sich umdrehen konnte, krachte die Hand ihres Mannes auf ihre Wange, diesmal allerdings auf der anderen Seite und Gretel schnappte sich schnell aus dem Küchenschrank die Teller, die sie auf den Tisch stellte, dann folgte das Besteck. Zum Schluss drehte sie sich zu Jutta um.

„Das hast du verdient. Du musst lernen, schneller zu arbeiten. Jetzt wo du da bist, kann ich mich etwas schonen. Stell die Suppe auf den Tisch."

Jutta tauchte aus der Vergangenheit auf und wischte sich die Tränen von den Wangen, so schlimm waren die Erinnerungen an ihren Einstieg in die Familie. Sie fühlte den seelischen Schmerz, als ob es gestern gewesen wäre. Schnell schüttelte sie die trüben Gedanken ab und lauschte noch einen Moment ihrem Unwohlsein hinterher.

Zur gleichen Zeit brauste Gerhard auf den Hof, stieg aus dem Wagen und warf die Tür laut zu. Mit schnellen Schritten und wutverzerrtem Gesicht stürmte er zu seiner Frau.

„Was sitzt du hier herum? Hättest du nicht schon den Traktor herausfahren können? Mach schon, es ist allerhöchste Zeit, loszufahren", schrie er und rannte in die Brennerei. Dort scheuchte er mit Gebrüll fünf seiner Männer, die er für die Kirschernte brauchte, auf den Hof.

Inzwischen hatte Jutta den Traktor aus der Scheune gefahren und den Hänger angebracht. Sie hatte auch schon Tücher, Körbe, Harken und Werkzeuge herbeigeholt. In Windeseile saßen alle auf, tunlichst darauf bedacht, keine Zeit zu vertrödeln, um ja nicht den Unmut des Bauern auf sich zu ziehen.

Stundenlang schüttelten die Arbeiter mit ihren Armen die Kirschen von den Ästen. Diese fielen in die ausgelegten Tücher, die ein Aufschlagen der Früchte verhindern sollten. Dies war eine äußerst beschwerliche und veraltete Vorgehensweise, denn normalerweise wurden Maschinen eingesetzt. Jutta war damit beschäftigt, das Schüttelgut in die bereitgestellten Körbe zu füllen. Plötzlich wurde ihr schwindlig und sie verspürte eine aufkommende Übelkeit. Sie konnte sich nicht mehr bewegen, verdrehte nur die Augen und sank in sich zusammen. Erschrocken liefen die Arbeiter zu ihr und versuchten, sie vorsichtig anzuheben. Doch sie merkten schnell, dass Jutta keine Antwort mehr geben konnte, denn sie blickte mit starren Augen und schmerzverzerrtem Gesicht ins Leere.

„Einen Arzt! Einen Arzt, schnell die Bäuerin!", schrie der eine, während der andere nach dem Bauern rief. Er brauchte einen langen Moment, ehe er begriff und dann umständlich einen der Männer mit dem Traktor losschickte, den Doktor zu holen. Als dieser hörte, was geschehen war, machte er sich sofort auf den Weg.

Der Arzt erkannte sofort, dass Jutta einen Schlaganfall erlitten hatte. Blitzschnell ließ er einen Notarztwagen rufen, der sie in das nächste Krankenhaus brachte. „Hast du nicht gesehen, dass es deiner Frau schlecht geht?", fragte er Gerhard vorwurfsvoll. Doch dieser antwortete nicht.

„Das musst du doch gesehen haben!", schrie ihn der Arzt nun mit zornigem Blick an.

„Das kann dir doch nicht entgangen sein, Bauer! Das kann doch nicht wahr sein! Hast du denn keine

Augen im Kopf?"

Gerhard senkte den Blick und zog es vor, auf eine Antwort zu verzichten. Er wusste nicht, wie ihm geschah, und war völlig leer. Langsam lief er ohne sich noch einmal umzusehen und ohne sich um seine Leute zu kümmern, davon.

Die Männer und auch Klaus standen da, und wussten nicht, was da passiert war. Die vergangene Stunde ist abgelaufen, wie ein Film.

Klaus strich sich über die Augen. Er fand keine Worte, seine Knie zitterten immer noch, obwohl der Krankenwagen seit einigen Minuten den Acker verlassen hatte. Keiner rührte sich.

„Ja, Leute, wollen wir hoffen, dass es der Bäuerin bald wieder besser geht", sagte der Vorarbeiter.

Alle nickten.

„Ich danke euch auf jeden Fall für eure Unterstützung, bis der Doktor hier war", flüsterte Klaus.

Sie verrichteten schweigend die restliche Arbeit und brachten die Kirschen auf den Hof.

4

Tobias war gerade aus Hamburg zurückgekommen, er hatte sich mit dem Chef einer großen Handelskette getroffen. Seit zwei Jahren arbeiteten sie zusammen und entsprechend groß war das Vertrauen, das sie einander entgegenbrachten. Mühelos hatte er seine ganze Ernte verkaufen und dies als großen Erfolg verbuchen können. Er stellte seinen Aktenkoffer im Büro ab, das sich in den Nebengebäuden befand, und lief mit eiligen Schritten hinüber zum Haupthaus.

„Ich bin wieder da", rief er fröhlich, als er das große Gutshaus betrat.

„Schön, dass Sie wieder da sind, Bauer. Ist alles zu Ihrer Zufriedenheit verlaufen?", ertönte die fröhliche Stimme der Haushälterin Anna aus der Küche. Kaffeeduft durchströmte das Haus. Anna wusste, wenn Tobias von einer Reise zurückkam, wollte er zuallererst einen Kaffee haben.

„Ja. Wir haben unsere Ernte verkauft, Anna."

Tobias ging auf sein Zimmer, tauschte den dunklen Geschäftsanzug mit lässigen Jeans, einem dunkelblauen Pullover und Turnschuhen. Zum Schluss gönnte er sich einen Blick in den Spiegel, und was er sah, stellte ihn sichtlich zufrieden. Er war von mittlerer Größe und schlank, hatte blaue Augen, dunkelbraunes, dichtes Haar und einen wohlgeformten Mund. Seine Haut schimmerte von der Sonne tief gebräunt, und durch die harte Arbeit war sein Körper gestählt. Mit sich im Reinen setzte er sich auf die Veranda, wo Anna schon seinen Kaffee serviert hatte.

Dabei ließ er seine Augen über den Bodensee schweifen. Er beobachtete die großen Personenschiffe und die kleinen Segelboote, die sich auf dem Wasser tummelten. Was für eine himmlische Ruhe, welch herrlicher Ausblick! Tobias atmete tief durch. Dies war der beste Platz, um sich zu erholen, um in sich zu gehen. Es war einfach himmlisch, hier zu sitzen und das sachte Plätschern der Wellen auf sich wirken zu lassen. Besser als autogenes Training, dachte Tobias mit einem

Schmunzeln. Er war dem Schicksal dankbar, hier leben zu dürfen. Wenige Jahre zuvor hätte er sich das nicht vorstellen können.

Mit finsterem Blick dachte er zurück an zu Hause. Er hatte es damals verbittert und sehr wütend verlassen.

Mit nur einem kleinen Koffer und einem Sparbuch mit wenig Geld war er vor vier Jahren davongezogen. Er hatte keinen Plan, welche Richtung er einschlagen sollte. Weit durfte es allerdings nicht gehen, da sonst die Fahrkarte seinen Notgroschen zu sehr geschmälert hätte. Am Bahnhof angekommen, studierte er den Fahrplan. Der nächste Zug, der abfuhr, ging nach Konstanz. Es war schön am Bodensee, überlegte er, und Arbeit müsste er dort auch finden. Das Bodenseeobst war weltweit als Qualitätsprodukt bekannt, und mit Obst umgehen, ja, das konnte er, das hatte er schon als Kind gelernt. Er war fest entschlossen, dieses spezielle Wissen beruflich zu nutzen. Im Zug verspürte er damals große Angst, Angst zu versagen und keine Arbeit zu finden, Angst, irgendeinen ungeliebten Job machen zu müssen, Angst, reumütig zurückkehren zu müssen, und Angst, dass der Vater ihn dann auslachen und verschmähen würde. Diese Ängste schnürten ihm die Kehle zu, als er im Zug nach Konstanz saß.

Dort angekommen, stand er vor dem Bahnhofsgebäude und überlegte, ob er nach rechts oder nach links laufen sollte, was ja eigentlich egal war, denn er kannte sich überhaupt nicht aus. Er ging spontan nach rechts, da sah er nämlich auf der anderen Seite eine Sparkasse. Er brauchte ein bisschen Geld, weil er Hunger hatte und ein Dach über dem Kopf musste er sich auch noch suchen.

Gleich daneben war ein Bistro, dessen Speisekarte signalisierte ihm bei näherer Betrachtung, dass er hier einigermaßen preiswert satt werden könnte.

Während er auf den Service wartete, streckte er sein Gesicht der Sonne entgegen und ließ sich ein wenig streicheln. So konnte er für einen Moment seine Sorgen um die Zukunft vergessen.

Höflich angesprochen, bestellte er sich einen Schmorbraten, mit hausgemachten Spätzlen und einen Salat, und es schmeckte vorzüglich.

Als er sich gut gesättigt zurücklehnte, waren seine Probleme plötzlich wieder da. Was soll er jetzt machen, fragte er sich. Wäre es besser, zuerst ein Zimmer für die Nacht zu suchen, oder aus dem Telefonbuch mögliche Arbeitsplätze aufschreiben, oder einen ganz anderen Weg wählen und die ganzen Obstbauern persönlich aufsuchen. Er schaukelte seinen Kopf hin und her, während er abwägte. Doch relativ schnell war ihm klar, dass er die ganzen Obstbauern persönlich aufsuchen würde, denn er wollte unbedingt sein Wissen einbringen und eine Arbeit haben, die ihm Spaß machte und Spaß hatte er nur auf Obstplantagen.

Tobias suchte sich für den ersten Tag noch einige Adressen heraus, bezahlte seine Mahlzeit und machte sich auf den Weg zum ersten Obstbauern.

Um Geld zu sparen, griff er zu einem Leihfahrrad, das neben den Bahnhof bei einem Fahrradhändler zu bekommen war, und dann radelte er zum ersten Gut. Von außen sah es etwas heruntergekommen aus und, wenn er einen vorsichtigen Blick durch das Hoftor wagte, sah er auch da, dass Ordnung und Sauberkeit nicht gerade großgeschrieben wurden.

Ein leichtes Stöhnen rutschte über seine Lippen. Sollte das der wenig ermutigende Anfang seiner Arbeitssuche sein? Langsam öffnete er das Tor und tastete mit seinen Augen den Innenhof ab. Da kam auch schon ein Mann aus einem Schuppen, ein Mann, der etwas schmuddelig aussah, auch wenn ein Obstbauer oder auch ein Knecht nicht gerade im Nadelstreifen erwartet wird.

„Guten Tag!", rief Tobias freundlich. „Entschuldigen Sie, ich würde gerne den Bauer sprechen!"

„Und, was will er vom Bauer?", brummte der Mann, ziemlich uninteressiert, weil er noch nicht einmal stehen blieb.

„Ich suche Arbeit auf einem Obstgut."

Jetzt blieb er doch stehen und drehte sich ihm zu.

„Als was?"

„Als Landarbeiter, als jemand der sich auskennt, der überall einspringen kann."

Der Mann kratzte sich am Bart.

„Du kannst zur Probe arbeiten. Sagen wir mal für vier Wochen. Geld gibt es nicht und eine Stube wäre noch im Anbau neben dem Kuhstall. Essen kannst du mit uns."

Tobias starrte den Bauer mit offenstehendem Mund an. Dann schüttelte er den Kopf.

„Ne, ne Bauer. Ich arbeite nicht vier Wochen umsonst. Ich bin ein erstklassiger Fachmann, der bescheiden und bereit ist als Arbeiter einzusteigen. Aber ich muss Geld verdienen, ich muss von etwas leben."

Der Bauer lachte laut und klopfte sich dabei auf den Bauch.

„Das habe ich mir gedacht, du Schönschwätzer. Du würdest mir nur reinreden. Ich brauche niemanden, der mir auf der Tasche liegt."

Tobias stand da, wie angefroren. Nun rächte sich, dass ihm sein Vater eingeredet hatte, dass er als Nachfolger nicht extra ein Studium beginnen musste und er gleich in seine väterliche Anlernschule gehen könnte. Zweimal hatte er versucht, seinen Vater zu überzeugen, dass ein Studium der bessere Weg wäre, aber wie immer galt sein Wort und wenn er erst einmal „Nein" sagte, dann war es auch so.

Jetzt stand er ohne Ausbildung da, quasi als Handlanger, als Hilfsarbeiter, als Ahnungsloser. Dabei hat er neben seinem Vater alle Arbeiten gemacht, die auf einem Gut wichtig waren.

Er kannte sich mit Bäumen und den Obstsorten aus, er war dabei, wenn sein Vater mit der Genossenschaft verhandelte, er war dabei, wenn dieser zur Bank fuhr.

Nur in die Bücher, in die ließ ihn sein Vater nicht hineinschauen und letztlich durfte er auch keine weitreichenden Entscheidungen treffen. An der Stelle war er der Ansicht, dass er das machen könnte, wenn er den Hof übernommen hat, noch sei er der Chef. Wie soll er jetzt nur eine adäquate Arbeitsstelle finden?

Tobias drehte sich um und schlürfte enttäuscht von dannen. Fast mutlos schwang er sich auf das Fahrrad und radelte zur nächsten Adresse.

Als er ankam, sah er sofort, dass es ein großes stattliches Gut war, was in sehr beeindruckte. Er stellte sein

Fahrrad ab, strich seine Hose glatt und klingelte an der imponierenden Eingangstür. Eine Hausdame öffnete und schickte ihn zum Verwalterhäuschen, nachdem er ihr sein Anliegen vorgetragen hatte.

Der Verwalter begrüßte ihn sehr aufgeschlossen und freundlich und als er ihn nach seinem Studium fragte und Referenzen sehen wollte, musste Tobias ihm erklären, dass er bisher auf dem Hof seines Vaters gearbeitet hat und, dass er das alles nicht vorweisen konnte. Damit war auch die ehrliche Erklärung des Streits mit dem Vater von Nöten, die dann zur Ablehnung führte.

Enttäuscht fuhr er zurück in die Stadt. In Bahnhofsnähe nahm er sich in einer einfachen Pension ein Zimmer für eine Nacht.

Am nächsten Morgen entschied er nach dem Frühstück, dass er keine Adressen mehr raussuchen wollte, sondern der Nase nach auf der Landstraße entlang radeln und einfach weiterzusuchen würde. Dieses Prozedere machte er sechs Tage lang, arbeitete sogar stundenweise bei dem einen oder anderen Bauer, aber es war einfach nichts dabei.

Und dann, als eine neue Woche anfing, hatte er Glück. Gleich der zweite Obstbauer an diesem Tag, dessen Gut er schon von der Landstraße einsehen konnte, stellte ihn ein. Bauer Händel war schon älter und gesundheitlich etwas angeschlagen, als Tobias bei ihm vorsprach. Eigene Kinder waren nicht da, und seine Frau machte sich große Sorgen, dass ihr Mann die schwere Arbeit bald nicht mehr alleine schaffen würde. Seit Monaten hatten sie einen Helfer gesucht, auf den sie sich verlassen konnten, und drei faule Kerle hatten sie schon davonjagen müssen. Aber Tobias brachten sie gleich wegen seiner offenen und ehrlichen Art Vertrauen entgegen. Rasch wurde der Bauer wie ein Vater für Tobias, sodass sich dieser umsorgt und zu Hause fühlen konnte. Er war ja auch erst zwanzig Jahre alt und musste erst einmal die Tatsache verarbeiten, von seinem Vater vom Hof gejagt worden zu sein. Auch musste er lernen, von heute auf morgen auf eigenen Beinen zu stehen und sich in der Fremde zurechtzufinden.

Von Anbeginn an arbeiteten Bauer Händel und Tobias Hand in Hand und waren sich auch in den Dingen einig, die Gerhard kategorisch abgelehnt hatte. Tobias übernahm die schwereren Arbeiten, und der Bauer gestattete ihm, weitere Landarbeiter einzustellen, die er sehr sorgsam auswählte. Die beiden waren so erfolgreich, dass der Gewinn im Jahr darauf mehr als verdoppelt werden konnte. Bauer Händel und seine Frau überlegten nicht lange: Als die Zeit nach etwas mehr als zwei Jahren reif war, überschrieben sie Tobias das Gut mit den präzisen Auflagen ihr Alter abzusichern und zogen ins Gartenhaus, das immer den Eltern des Bauern als Ruhesitz diente. Für diesen Zweck war es seit Generationen vorgesehen und an diese Tradition hielten auch sie sich nun. Tobias war gerührt und wollte darauf bestehen, dass die beiden im Haupthaus wohnen blieben. Doch sie winkten energisch und entschlossen ab.

So zog Tobias von seiner kleinen Gesindestube als Obstbauer ins Haupthaus des Händel-Hofes, ein großes, prächtiges Gutshaus, das mit seiner weißen Fassade in der Sonne glänzte. Umgeben war das Gebäude auf der einen Seite von einem wunderschönen Park und auf der anderen Seite blickte es stolz auf den See. Anfangs fühlte er sich allein mit der Haushälterin richtig verloren in diesem eindrucksvollen Haus. Doch mittlerweile hatte er sich an die großzügige Lebensweise gewöhnt.

Tobias blickte auf. Wie lange hatte er so vor sich hingeträumt? Er sah zur Uhr und erhob sich. Es war an der Zeit, Bauer Händel und seiner Frau einen Besuch abzustatten. Jedes Mal, wenn er unterwegs gewesen war, berichtete er ihnen, was es Neues in ihrem Betrieb gab. Er ließ sie teilhaben an den Dingen, die in der Vergangenheit ihr ganzes Leben bestimmt hatten. Und die beiden wiederum waren stolz darauf, dass Tobias sie nicht vergaß und sie regelmäßig besuchte. Das eine oder andere Mal bat er sogar den Bauern um Rat, was dieser dankbar aufnahm und ihn auch mit Stolz erfüllte.

„Habe ich es mir doch gedacht, dass ihr hier auf der Terrasse sitzt", begrüßte sie Tobias. Die beiden saßen gemütlich unter dem Sonnenschirm und hatten ein Buch in der Hand. Er gesellte sich dazu und setzte sich auf den freien Stuhl gleich neben dem Bauer, der sein Buch zusammenklappte.

„Ja, es ist zu schön hier. Sieh doch! Der See glitzert in der Nachmittagssonne und die Rosen duften um die Wette. Ist das nicht ein Paradies?", fragte Bauer Händel.

„Mir wäre es lieber gewesen, ihr hättet euren Wohnsitz bei mir im Haupthaus gelassen, aber das wisst ihr ja."

„Mein lieber Tobias, du bist für uns wie ein Sohn und wir wissen, dass du unser Erbe in unserem Interesse weiterführen wirst, und zwar so, als ob wir verwandt wären. Wir sind dem Herrgott deshalb dankbar, dass er dich vorbeigeschickt hat, weil du unser Lebenswerk erhalten wirst, aber das Gartenhaus, das in Wirklichkeit ein großes Haus ist, ist uns genug. Wir brauchen nicht mehr Platz, denn meine Eltern waren hier auch zufrieden, als sie sich zurückgezogen hatten. Lass uns die Zeit, die wir noch haben, hier erleben. Wir werden glücklich sein. Du wirst es schon sehen", sagte der Bauer mit großer Überzeugung.

Tobias schüttelte den Kopf. „Du bist und bleibst stur. Wir hätten alle doch genug Platz drüben gehabt. Aber ich respektiere natürlich euren Wunsch, hier zu leben. Und danke für das große Vertrauen, das ihr mir entgegenbringt."

So hätte er sich seine eigenen Eltern gewünscht, vor allem seinen Vater, der ihm überhaupt nichts zutraute. Mit ihm hatte er sich überworfen. Er hatte früh gesehen, dass der Betrieb verändert werden musste, aber sein Vater hatte ihn nur angeschrien und sich dagegen gesträubt. Er hatte nicht akzeptiert, dass Tobias es gut meinte, und ihn so sehr beleidigt, dass er ganz spontan seinen Koffer gepackt hatte. Was sie wohl jetzt machten? Vor allen Dingen seine Mutter, wie mochte es ihr gehen? Und sein kleiner Bruder, der kleine, zarte Klaus? Was war aus ihm geworden? Hatte er auch die Eltern verlassen? Verdenken können, hätte er es ihm nicht. Schließlich hatte er ganz andere Vorlieben, und der Vater war überhaupt nicht nett zu ihm. Ich war es aber eigentlich auch nicht, dachte Tobias, ich habe ihm auch nicht geholfen und ihn nicht in Schutz genommen.

„Tobias, wo bist du mit deinen Gedanken? Du hörst mir ja gar nicht zu", fragte der Bauer und schüttelte Tobias am Arm.

Tobias erschrak. „Was hast du gesagt? Entschuldige, ich war in Gedanken zu Hause bei meiner Familie."

„Ich habe bemerkt, dass du nicht anwesend warst. Was ist mit deiner Familie, dass du gerade jetzt an sie denken musst?"

„An meine Mutter und an meinen Bruder habe ich gedacht. Weißt du, mein Vater war immer sehr, sehr streng und hat meine Mutter traktiert, bis sie in Arbeit versank, und ihr nichts weiter übrigblieb, als uns Söhne einfach mit allen anderen Arbeitern gemeinsam zu versorgen. Er hat auch nie davor Halt gemacht uns alle zu schlagen, wenn er wütend genug war." Tobias fuhr sich mit der rechten Hand über die Augen, als wollte er böse Geister vertreiben. „Obwohl, mich hat er eigentlich weitestgehend in Ruhe gelassen. Aber meine Mutter, die musste alles aushalten, abfedern und ertragen. Es war zwischen ihr und uns Kindern so, als wären wir Fremde gewesen. Solange ich denken kann, hat sie uns nie in den Arm genommen, getröstet, uns geherzt oder geküsst. Heute fange ich an zu begreifen, nein, heute weiß ich, dass sie nichts dafürkonnte, dass eigentlich mein Vater daran schuld war. Sie war einfach völlig überfordert und erstickte fast an der vielen Arbeit, die er ihr gedankenlos, sogar rücksichtslos aufgebürdet hat und was noch schlimmer war, wir mussten manches Mal zusehen, wie er sie schlug."

Er stand auf und tigerte auf der Terrasse hin und her. „Ich schäme mich, habe ich doch lange Zeit meinem Vater nähergestanden als meiner Mutter, weil ich glaubte, dass er sich um mich kümmert und sich Zeit nimmt für mich. Dabei hat er mich nur zum Arbeiten mitgenommen. Und, dass mir die Arbeit an den Bäumen und auf den Feldern Spaß machte, war nicht sein Verdienst, es war purer Zufall, und er hat das einfach nur ausgenutzt."

„Und dein Bruder?", fragte der Bauer interessiert.

„Klaus wollte nicht mit in die Plantagen und hatte sehr darunter zu leiden, aber damals dachte ich, dass mein Vater recht hatte. Ein Familienunternehmen braucht jede Hand, sagte mein Vater immer. Aber Klaus wollte einfach nur Musik machen. Ich verstand meinen Bruder damals nicht."

Er setzte sich wieder auf seinen Stuhl, rückte ihn zurecht und schaute den Bauer an. „Wenn ich zurückdenke, dann plagt mich auch hier das schlechte Gewissen.

Auch ich habe ihn nicht ernst genommen, auch ich habe ihn herablassend behandelt, genau wie mein Vater. Er war so anders, er war so zart besaitet, er war nicht jungenhaft, sondern eher sanft wie ein Mädchen. Ich fand ihn lächerlich und habe ihn verspottet. Weißt du, mein Vater konnte ihn eigentlich noch nie leiden. Und in seinen Anspielungen spürte man in jedem Wort seine Vermutung, dass Klaus nicht sein Sohn ist." Tobias schüttelte den Kopf und schlug sich mit der Hand auf die Stirn. „So ein Blödsinn, solche Gedanken zu haben. Meine Mutter hat dazu auch immer geschwiegen. Wie sollte die arme Frau noch Zeit für einen Seitensprung haben und das in einem Dorf, in dem jeder jeden kannte. Es tut mir so unendlich leid, denn heute sehe ich die

Sache anders. Klaus hätte gefördert werden müssen", erklärte Tobias.

„Du hast bisher nie viel über deine Familie gesprochen", meinte der Bauer.

„Keine Ahnung, warum ich gerade heute so intensiv an sie denken muss. Mir drängte sich vorhin die Frage auf, wie es ihnen wohl gehen mag. Ich habe komischerweise ein Gefühl der Angst, was meine Mutter anbelangt. Wenn ihr Leben die ganze Zeit so weitergelaufen ist, wie ich es von früher kenne, dann muss man sich wirklich um sie fürchten."

„Dann solltest du hinfahren und nach ihnen sehen."

„Nein, das kann ich nicht. Ich habe mich völlig mit meinem Vater zerstritten, ihm vorgeworfen, dass der Betrieb nicht mehr auf dem neuesten Stand ist, dass es wichtig wäre, die einzelnen Bereiche zu modernisieren. Ich habe ihn angebrüllt, geschrien, dass wir die Qualität erhöhen müssen, wenn wir in Zukunft noch weiter Erfolg haben wollen."

„Aber du hattest doch recht. Wir haben das gemeinsam ja auch so gemacht, wie du weißt."

„Schon, aber du kennst meinen Vater nicht. Mit ihm war einfach, nicht zu reden. Ich sehne mich, der Teufel weiß warum, plötzlich danach, mich mit meiner Mutter auszusprechen. Ich weiß jetzt, dass sie ihre Kinder immer geliebt hat, so geliebt, wie es eben ging mit diesem schwierigen Mann. Ja, ich würde sie gerne wiedersehen."

„Dann mache es doch, wenn es dich so sehr beschäftigt."

„Ich kann das nicht", stellte Tobias erneut fest und

schüttelte den Kopf. „Nein, ich lasse mich nicht ein zweites Mal von ihm hinauswerfen."

„Dein verdammter Stolz, nicht wahr, mein Junge?" Bauer Händel goss sich eine Tasse Kaffee ein.

„Ich sage dir: Stolz war noch nie ein guter Berater, wenn es darum ging, eine Beziehung zwischen Eltern und Kindern in Bewegung zu bringen. Du kannst dir, wenn du willst, auch Zeit lassen. Wenn du aber solch ein starkes Gefühl der Sehnsucht hast, wie es aussieht, dann solltest du nicht lange warten."

Bauer Händel merkte, dass er Tobias an diesem Tag nicht überzeugen konnte und wechselte das Thema. „Bist du schon lange wieder aus Hamburg zurück, und wie lief dein Verkauf? Bist du die ganze Ernte losgeworden?"

„Ja, du hast richtig vermutet. Diese Geschäftsbeziehung, die wir gemeinsam aufgebaut haben, ist Gold wert. Sie ist heute das stärkste Bein, auf dem wir stehen. Die Ernte ist weg, alle Säfte, alle Schnäpse und auch das frische Obst. Ich kann die weiteren Anfragen fast nicht mehr bedienen und überlege, ob ich nicht weiter vergrößern sollte. Natürlich wäre mir am liebsten, wenn ich ein bestehendes Gut kaufen könnte. Ich wäre dann schneller im Geschäft, als wenn ich erst neu bepflanzen müsste. Ich werde mich mal umhören, ob irgendwo ein Gut zu verkaufen ist", berichtete Tobias nicht ohne Stolz.

„Gut so, mein Junge, ich gratuliere dir. Natürlich unterstütze ich dich bei einer Vergrößerung", meinte Bauer Händel strahlend.

„Ich weiß, dass du das mit Übersicht und Verstand

in Angriff nehmen wirst."

„Danke für dein Lob und dein Verständnis, das ist Balsam auf meiner Seele." Tobias strich seinem Freund über den Arm.

„Ach geh, das ist doch selbstverständlich. Ehre, wem Ehre gebührt. Dabei fällt mir ein, dass nur drei Kilometer weiter ein Obstbauer ist, mit dem ich einige Jahre zusammengearbeitet habe. So wie ich hörte, hatte er einen Herzinfarkt und muss nun kürzertreten. Ich werde ihn die nächsten Wochen mal besuchen. Vielleicht können wir übernehmen, wenn er nicht mehr kann. Kinder hat er auch keine und wenn auch er mit seiner Frau in seinem Gartenhaus leben kann, dann sieht er so wie ich, wie sein Gut gehegt und gepflegt wird."

„Oh ja. Das ist eine gute Idee. Sag mir Bescheid, ob er Interesse hat. Es wäre wunderbar, wenn wir das arrangieren könnten." Tobis erhob sich und nickte seinem väterlichen Freund zu.

Zurück im Gutshaus lief er gleich zum Anleger. Dort in seinem kleinen Bootshaus hatte er ein Ruderboot zu stehen. Er musste sich jetzt etwas abreagieren. Er zog es heraus, ließ sich hineingleiten, ruderte und ruderte und merkte gar nicht, dass ein Gewitter aufzog, während er mit seinen Gedanken über das elterliche Obstgut im Bühlertal schlenderte.

Als die Wellen sich auftürmten und sein Boot hin und her geworfen wurde, erschrak er und sah die Gefahren, denen er jetzt ausgesetzt war. Der Schreck fuhr ihm in die Glieder, wie sollte er jetzt noch so schnell zurückkommen? Kein Ufer in Sicht, welches er ansteuern konnte. Der Wind tobte und die Wellen schlugen über ihm zusammen. Nachtschwärze breitete sich aus, obwohl es noch mitten im Tag war. Tobias war ein guter Schwimmer und erfahrener Ruderer, aber diese Situation versetzte ihn nun doch in eine leichte Panik. Er war nicht mehr Herr über sich selbst. Es hatte was von drohendem Weltuntergang.

5

Am Abend nach Juttas Zusammenbruch saßen wie immer die Männer des Dorfes im Gasthof am Stammtisch beisammen. Schnell hatte es die Runde gemacht, was Jutta Glotz passiert war. Während sie ihr Bier tranken und ihr Viertel Wein schlotzten, überschlugen sich die Spekulationen.

„Die wird nicht mehr, die Jutta", sagte der Doktor, „das könnt ihr mir glauben. Ich habe in der Klinik angerufen. Bestenfalls sitzt sie im Rollstuhl, wahrscheinlich liegt sie für den Rest ihres Lebens im Bett oder stirbt. Die Ärzte sind der gleichen Meinung wie ich", erklärte er den Männern am Stammtisch, die ihm schweigend zuhörten.

„Das hat er jetzt davon, dieser Sturkopf", meinte der Apotheker, der als erster seine Gedanken laut aussprach. „Ohne die Jutta geht gar nichts mehr, der Haushalt verkommt und der Betrieb läuft mit und ohne Jutta nicht mehr."

„Ein Glück, dass ich dem Gerhard keinen Kredit gegeben habe, denn meine Vermutung hat sich bestätigt", warf Karl von der Sparkasse ein. „Aber dennoch, Leute, wir sind ein kleines Dorf, wir haben immer zusammengestanden, wenn einer in Not war. Wir müssen uns wenigstens um den Klaus und die Jutta kümmern. Wenn der Gerhard den Betrieb verliert, können wir nichts machen, aber seiner Frau und seinem Sohn müssen wir beistehen. Bürgermeister, jetzt bist du auch gefordert. Du musst jetzt ernsthaft mit Gerhard reden und ihn auch zur Vernunft bringen."

„Ja, Männer", antwortete der Bürgermeister, „ich habe mir so etwas schon gedacht. Meine Überlegungen gehen sogar noch etwas weiter. Wir können den Gerhard mit dem Betrieb auch nicht gleich ins Aus schlittern lassen. Ihr wisst, dass da einige Arbeiter mit ihren Familien dranhängen, sie sind auf ihr Gehalt angewiesen. So leicht können wir uns das nicht machen. Ich möchte verhindern, dass die alle entlassen werden. Nur weiß ich noch nicht, wie ich das anstellen soll. Ihr kennt den ja auch, der hört auf nichts und auf niemand. Wie soll ich ihn überzeugen?"

Er versprach trotz seiner Zweifel, baldmöglichst mit Gerhard zu sprechen und eine Lösung zu suchen, aber Karl schüttelte den Kopf. Er glaubte nicht daran, bei Gerhard etwas ausrichten zu können.

Am nächsten Morgen saß Gerhard am Küchentisch und hatte die Hände in den Kopf gestützt. Jutta, die am Tag zuvor ins Krankenhaus gebracht worden war, hatte er noch nicht besucht. Er hasste Krankenhäuser, und irgendetwas hielt ihn davon ab, hinzufahren. Die Angst war es, die ihn lähmte. Zu tief saß ihm der Schreck in den Gliedern. In Gedanken sah er sie immer noch auf dem Feld liegen. Sie hatte merkwürdig ausgesehen, als ob sie schon gar nicht mehr auf dieser Welt gewesen wäre. Die starren Augen und dieser schiefe Mund. Es war gespenstisch, was sich auf dem Acker abspielte.

Hatte er wirklich nichts bemerkt, wie ihm der Doktor vorgeworfen hatte? Er überlegte und blickte aus dem Fenster. Müde war er jetzt und seine Hände zitterten. Nichts war in diesem Moment zu sehen von dem starken und unbeugsamen Mann, der er sonst war.

Nein, das konnte er nicht sehen. Auch er hatte all die Jahre von früh bis spät hart gearbeitet. Das ist nun mal so, wenn man so ein großes Obstgut leiten musste. Der Doktor konnte doch nicht ihm die Schuld geben, dass Jutta zusammengebrochen ist. Nein, das ging nun wirklich zu weit.

Die Küchentür öffnete sich und Klaus trat ein. Den Vater beachtete er nicht. Er nahm sich eine Tasse aus dem Küchenschrank und wollte sich einen Kaffee eingießen, aber mit raschem Blick erkannte er, dass sein Vater sich nicht die Mühe gemacht hatte, welchen zu kochen. Also musste er selbst handeln und sein Frühstück vorbereiten. Währenddessen sprachen sie kein Wort miteinander. Was hätten sie auch besprechen sollen? Klaus war wütend auf seinen Vater, so wütend, dass er es nicht in Worte fassen könnte. Er war schuld, dass die Mutter krank war, er war schuld, dass sie ihr ganzes Leben hatte arbeiten und schuften musste. Solange er denken konnte, hatte er niemals ein gutes Wort, nie Verständnis für sie gehabt, sie gar immer wieder verprügelt. Er hatte sich einfach nicht um seine

Frau gekümmert.

Klaus schmierte sich ein Marmeladenbrot ohne Butter und setzte sich ans andere Ende des Tisches. Am Abend zuvor war er im Krankenhaus gewesen und hatte still am Bett der Mutter gesessen. Sie lag ganz ruhig da, war an Geräte und Infusionsflaschen angeschlossen, konnte nicht reden, sich nicht bewegen, und er saß nur daneben, streichelte ihre Hand, sprach ihr Mut zu, tröstete sie und fragte sich, ob sie ihn wohl hören konnte. Der Arzt, der zwischendurch nach Jutta sah, erklärte Klaus, dass seine Mutter einen Schlaganfall erlitten habe und er nur schwer sagen könne, wie es weitergeht. Die Ausfälle seien wohl beträchtlich. Seine Mutter würde es auf jeden Fall, wenn sie überlebte, schwer haben, möglicherweise würde sie für den Rest ihres Lebens zu einem Pflegefall. Aber man müsse abwarten, die Hoffnung dürfe man sowieso nie aufgeben. Das hatte er ihm zum Schluss noch gesagt.

Klaus blickte seinen Vater an, der reglos dasaß. Er hätte ihn hassen müssen für das, was er seiner Mutter antat. Schon immer wusste er, dass sein Vater keine Gefühle hatte, dass er nur an sich dachte und keine Rücksicht auf andere Menschen nahm. Und er hat es immer irgendwie geschafft, alle in Angst zu versetzen. Es war seltsam, aber seit er seinen Vater am Tag zuvor hilflos auf dem Acker hatte stehen sehen, unfähig das zu tun, was er hätte tun müssen, seit diesem Moment hatte der schüchterne Klaus keine Angst mehr vor ihm.

Plötzlich war sein Vater der Schwache, denn er hatte in einer Situation, die Stärke und Entscheidungskraft erfordert hätte, einfach nicht reagiert. Wie ein hilfloser

Wicht hatte er zugesehen, als Jutta leblos dalag. Klaus fragte sich, ob er sich wohl in der nächsten Zeit ändern würde.

„Hast du dir schon mal die Mühe gemacht, ins Krankenhaus zu fahren? Deine Frau liegt dort schwer krank", fragte er schließlich seinen Vater, biss dabei in sein Brot und beobachtete ihn aus den Augenwinkeln.

„Was geht dich das denn an? Setz dich an deinen Klimperkasten und lass mich gefälligst in Ruhe", maulte Gerhard unsanft zurück.

„Du kannst mich nicht mehr ängstigen. Die Zeit deiner Tyrannei ist abgelaufen. Ich werde mich jetzt, so gut ich kann, um Mutter kümmern, und auf deinen Hof kannst du alleine aufpassen, den gibt es so oder so nicht mehr lange."

Klaus holte tief Luft.

„Nicht nur, dass du Mutter auf dem Gewissen hast, nein, auch unser Zuhause hast du ruiniert. Meinen Bruder hast du auch verjagt. Was bist du nur für ein Mensch? Sag mir, was für einer?", warf Klaus seinem Vater an den Kopf.

Gerhard fuhr hoch, stieß den Tisch weg, warf einen Stuhl um und stand mit einem einzigen Schritt direkt neben Klaus. Er hob die Hand und schlug ihn mit voller Wucht mitten ins Gesicht. Danach verließ er wortlos die Küche. Er wusste nicht mehr, wie ihm geschah, er lief ins Schlafzimmer und zog sich an, dann machte er sich zu Fuß in die Felder. Er wollte niemanden sehen, niemand sollte ihn ansprechen, er wollte alleine sein und überlegen, wie es nun weitergehen konnte mit ihm, mit Jutta und dem Gut.

Klaus blutete aus der Nase. Er ging ins Bad, wusch sich das Gesicht und betrachtete die krebsroten Stellen, die die Hand seines Vaters hinterlassen hatte, im Spiegel. Den Schmerz unterdrückte er und hoffte, dass er keine sichtbaren Hämatome bekommen würde. Dann lief er über den Hof in die Saftpresse. Schweigsam und mit ängstlichen Blicken sahen ihm die Arbeiter entgegen. Sie hatten an diesem Morgen Gerhard noch nicht zu Gesicht bekommen, und das was ein schlechtes Zeichen. Natürlich redeten sie sich die Köpfe heiß über das, was tags zuvor geschehen war. Doch jetzt hatten sie alle Angst, ihre Familien nicht mehr ernähren zu können. „Wo ist denn der Alte?", fragte gleich einer der Männer.

„Der ist weggegangen. Ich weiß nicht, ob er ins Krankenhaus oder anderswo hin ist", antwortete Klaus mit Bedacht. Er wollte Ruhe auf die Arbeiter ausstrahlen.

„Sei ehrlich. Stehen wir jetzt auf der Straße?", wollte ein anderer von Klaus wissen. „Aber lüge nicht", fügte er noch hinzu und hob warnend die Hand.

„Männer, ich weiß gar nichts. Ihr wisst doch, dass ich vom Geschäft keine Ahnung habe, aber er wird sich schon entscheiden. Macht erst einmal wie immer eure Arbeit weiter, ich hoffe, er findet einen Ausweg."

Klaus steckte sich die Hände in die Hosentaschen, um das leichte Zittern zu verbergen. Es war doch nicht alles so einfach.

„Ich werde auf jeden Fall versuchen, meinen Bruder zu finden. Das bin ich meiner Mutter und dem Gut schuldig. Wenn einer das Gut retten kann, dann

Tobias." Er nickte ihnen aufmunternd zu und fuhr auf direkten Weg ins Krankenhaus.

Dort angekommen sah er gleich, dass sich seit dem Abend zuvor nichts, aber auch gar nichts verändert hatte. Seine Mutter lag noch genauso da, wie er sie verlassen hatte.

„Mama, was ist mit dir? Geht es dir noch nicht besser?", fragte er mit einem verzweifelten Ton in der Stimme. Es kam natürlich keine Antwort, das konnte er auch nicht erwarten, aber im Stillen hatte er gehofft, dass sie auf ihn reagieren würde. Die Tränen schossen ihm in die Augen, und er konnte es nicht verhindern. Er war sich seiner Hilflosigkeit bewusst.

„Mama, du musst wieder gesund werden. Du bist doch noch jung genug, um viele schöne Jahre vor dir zu haben. Mama, gib dir bitte Mühe", schluchze er leise vor sich hin.

„Schau, ich werde Tobias suchen, und ich verspreche dir, dass ich ihn finden werde. Du musst dir keine Sorgen machen, es wird alles wieder gut."

Den ganzen Vormittag blieb er bei ihr sitzen und hoffte, sie würde mit ihm sprechen. Als nichts geschah, machte er sich deprimiert auf den Nachhauseweg.

Gerhard war über die Felder gelaufen. Er lief und lief und lief, als müsste er bald irgendwo ankommen. Nach einer Ewigkeit hielt er völlig ausgepumpt und müde an, ließ sich ins Gras fallen und blickte starr vor sich hin. Was bildeten die sich alle ein? Jeder glaubte, ihm nun die Schuld geben zu müssen, aber das würde er nicht auf sich sitzen lassen. Nachgedacht hatte er unterwegs, lange nachgedacht und sich Klarheit verschafft. Er würde nicht klein beigeben und nicht aufgeben. Niemals hatte ein Glotz die Flinte ins Korn geworfen, und dass Jutta krank geworden war, dafür konnte doch er nichts. Jede Frau auf einem großen Gut musste arbeiten, hart arbeiten. Schicksal war das, aber nicht seine Schuld. Gott war sein Zeuge. Er konnte Jutta nun nicht helfen, damit musste sie selbst fertig werden.

Klaus würde er hinauswerfen. Der konnte sich dann um sie kümmern und danach auf seinen Tasten klimpern. Es konnte ihm egal sein, wo er das Geld für sein Leben hernehmen würde, schließlich war er ja alt genug. Es interessierte ihn nicht mehr. Das ungeliebte Balg würde er jetzt entsorgen. Er selbst musste sich nur um sein Gut kümmern. Nichts war wichtiger als das Gut, das musste er retten und genau das würde er tun. Sie würden ihn jetzt alle kennenlernen.

Nachdem er seine Entschlüsse gefasst hatte, ging er auf dem schnellsten Weg zurück zum Gut und betrat schnaufend und nach Luft schnappend die Obstpresse.

Sogleich brüllte er los und trieb alle zur Arbeit an. In der Brennerei saßen die Männer nur herum, weil die Destilliermaschine ausgefallen war. Als Gerhard dies sah, tobte er auch hier und beschimpfte die hilflosen Arbeiter als Nichtsnutze. Innerhalb weniger Minuten hatte er die Maschine aufgeschraubt und versuchte, den Fehler selbst zu beheben. Schweißperlen der Wut und der Anstrengung rannen ihm über das Gesicht, während er sich abmühte.

Aber eine Stunde später musste er klein beigeben, er schaffte es einfach nicht. Er griff zum Telefon und rief eine Firma an, um einen Handwerker zu bekommen. Nachdem sich dieser die Maschine angesehen hatte, meinte er, dass eine Reparatur keinen Sinn mehr machen würde. Zu alt sei die Maschine, und Ersatzteile gäbe es dafür nicht mehr. Ein weiterer schwerer Schlag für Gerhard: Jetzt würde er wegen einer neuen Maschine wieder an sein Sparbuch müssen. Wie lange wohl sein Geld noch reichen würde? Schnell fuhr er zur Sparkasse, um vorsorglich Geld zu besorgen. Mit etwas Glück würde die Rechnung erst später kommen. Es wäre schön gewesen, wenn er das gute Geld noch eine Weile hätte behalten können.

Karl sah Gerhard an und schüttelte nur den Kopf, als er hörte, wofür Gerhard so viel Geld brauchte.

„Gib auf, Gerhard, das lohnt sich doch nicht, eine Maschine anzuschaffen. Du wirst ja jetzt schon deinen Schnaps nicht los. Versuch doch erst mal, den zu verkaufen, damit wieder Geld auf dein Konto kommt."

„Red keinen Schwachsinn, Karl! Ich kann doch nicht mein Obst wegwerfen. Die Ernte muss noch verarbeitet werden, und im Winter habe ich genug Zeit, die Flaschen zu verkaufen."

„Das musst du entscheiden. Ich kann dich nur warnen. Wie geht es denn deiner Jutta, gibt es schon neue Nachrichten?"

Gerhard blickte ihn an, stockte kurz und überlegte. „Der Klaus kümmert sich um sie. Ich habe genug mit dem Betrieb um die Ohren", antwortete er kurz angebunden, drehte sich wortlos um und ließ Karl einfach stehen. Wieder zu Hause sah Gerhard Klaus aus dem Auto steigen. „Du kommst gleich mit in die Küche, ich habe mit dir zu reden", befahl er ihm.

Da war er wieder, der alte Tyrann, dachte Klaus. Jetzt nur nicht schwach werden, nicht in die alten Muster verfallen, sprach er sich Mut zu. Der konnte ihm nichts mehr anhaben, gar nichts mehr.

„Du verschwindest von hier!", warf ihm Gerhard ohne Vorwarnung an den Kopf. „Ich kann dich hier nicht gebrauchen, du bist nur eine Belastung. Also suche dir eine Bude, nimm dein Klavier und ziehe aus. Vergiss nicht, dich um deine Mutter zu kümmern. Ich werde keine Zeit für die Krankenpflege haben."

Klaus war wie versteinert. Er wollte, konnte nicht glauben, was sein Vater soeben gesagt hatte. Er war ja noch schlimmer, als er es bisher erahnen konnte. Wo sollte er so schnell eine Wohnung finden und wie sollte er sie bezahlen? Was für ein entsetzlicher, schrecklicher Tag! Klaus setzte sich wieder ins Auto und fuhr zunächst zurück ins Krankenhaus. Während er die Hand seiner Mutter hielt, erzählte er ihr traurig, was vorgefallen war. Er brauchte Kraft, und er musste eine Lösung finden.

Er hatte keine Ahnung, wen er nun um Hilfe fragen konnte. Noch nie zuvor in seinem Leben hatte er sich Gedanken um eine Schlafstelle oder etwas so Alltägliches wie Lebensmittel machen müssen. Der Vater hatte ihn gerade obdachlos gemacht und ihm seine kranke Ehefrau gleich mitgegeben. Zum Glück würde diese noch für längere Zeit in der Klinik sein, sodass er etwas Zeit hatte, wozu auch immer. Und zum ersten Mal spürte Klaus schmerzlich, was es für ihn hieß, keine Freunde zu haben, keine Freunde, die ihm in seiner Not beistehen konnten.

Er fuhr nach Hause, ging auf sein Zimmer und packte ein paar Habseligkeiten in eine Reisetasche. Auf die Idee, sich zu wehren, sich zu widersetzen, sich mit aller Macht gegen den Vater zu stellen, kam er jetzt nicht mehr. Der Schock saß viel zu tief.

Schließlich stand er auf dem Hof vor seinem kleinen Auto und verstaute seine Tasche. Er hatte auch sein Sparbuch hineingesteckt. Das Geld würde aber nicht weit reichen. Sein Vater hatte ihn all die Jahre nicht für seine Arbeit entlohnt. Zehn Jahre lang hatte er zwar sein Taschengeld eisern gespart in der Hoffnung, sich davon eines Tages eine Musikschule leisten zu können. Doch nun würde er es für eine Wohnung und für Essen hinblättern müssen. Sein kleines Auto wollte er unbedingt behalten. Es kam daher nicht in Frage, in einer Pension zu übernachten. Und einen Arbeitskollegen fragen, ob er bei ihm unterkriechen könnte, wollte er erst recht nicht. Das war ihm viel zu peinlich. Das ganze Dorf würde kopfstehen und alle würden hinter ihm hergaffen. Nein, er musste etwas anderes finden, redete er sich selbst gut zu.

Als einzige Lösung fiel ihm nur die kleine Blechhütte am Krautgarten ein. Seine Mutter hatte diesen Garten auf einem Acker für den Gemüseanbau angelegt, weil der Gemüsegarten beim Haus nicht ausreichte, um für den langen Winter vorzusorgen. In der Blechhütte wurden nur die Gartengeräte aufbewahrt. Als er unter der Regenrinne den Schlüssel herausgefischt und die

Tür geöffnet hatte, überkam ihn das blanke Entsetzen: In der Hütte gab es kein Wasser und keinen Strom, nicht einmal einen festen Fußboden, nur die festgetretene Erde. Er hatte auch nicht daran gedacht, eine Decke oder Kerzen, geschweige denn einen Topf mitzunehmen. Resigniert ließ er sich auf den feuchten Boden fallen und weinte erst einmal. Der ganze Ballast, den er auf seinen noch jungen Schultern trug, schien ihn in diesem Moment, buchstäblich zu erdrücken.

Jeden Abend drehten sich seine Gedanken von nun an im Kreis. Er musste diese entwürdigende Situation ändern, doch seine Ideen, die er am sich am Abend zurechtlegte, waren bei Tage besehen, schon wieder keine mehr, oder sie erwiesen sich als nicht umsetzbar.

Gestern erst hatte er die Idee, zum Arbeitsamt zu gehen und zu fragen, ob sie eine Arbeit hätten. Als er da vorsprach, merkte er, dass es nicht so einfach war.

Der Herr musterte ihn von oben bis unten und, dass er nicht gerade gut aussah, jetzt wo er keine Wohnung hatte, war ja nicht zu ändern. Er fragte ihn nach seinem Beruf oder seiner bisherigen Ausbildung und wollte wissen, warum er entlassen wurde. Auch hatte er keine Unterlagen, wie Arbeitsvertrag, Kündigung und Gehaltszettel dabei.

„Ich habe bisher noch bei den Eltern gewohnt und auf dem Hof meines Vaters gearbeitet."

Klaus stockte. Er wollte nicht die Wahrheit erzählen, es wäre zu peinlich. „Habe mich mit meinem Vater gestritten, deshalb muss ich nun ein Zimmer und Arbeit suchen."

„Verstehe, das ist jetzt richtig kompliziert. Wo wohnen sie denn jetzt?"

„Im Gartenhaus, außerhalb vom Dorf, bis ich was gefunden habe."

„Hat das Gartenhaus eine offizielle Adresse?"

Klaus wusste nicht, was er sagen sollte. Das Wort Acker konnte er ja nicht in den Mund nehmen.

„Glaube nicht, da sind keine Wohnhäuser drum herum."

„Ja, junger Mann. Da kann ich nicht helfen. Ohne Nachweis, dass ein Arbeitsplatz verloren wurde und ohne Wohnsitz, kann ich den Antrag nicht annehmen. Ich denke, das Sozialamt ist der richtige Ansprechpartner."

Der Mann erhob sich und geleitete ihn zur Tür. Für ihn war das Gespräch beendet.

Sozialamt, Sozialamt? Das Wort hatte er noch nie gehört. Aber ein Wort mit Amt, das war wahrscheinlich nicht so gut, wie er jetzt beim Arbeitsamt sehen konnte. Vorgestern war er zwei Dörfer weiter in der Gärtnerei und hatte gefragt, ob sie eine helfende Hand brauchen. Aber da wurde auch nur mit dem Kopf geschüttelt. Seine Aussichten waren richtig mickrig, die Dörfer hatten alle einen Lautsprecher, sodass er mit dem Namen Glotz wohl eher seine Probleme bekam, als dass er einen Vorteil haben könnte.

Überall hatte er nachgefragt, auch in Gaststätten, sogar bei der großen Firma für Klebstoffe, aber weil er weder eine Ausbildung noch irgendeine Arbeitsstelle nachweisen konnte, war einfach nichts zu bekommen. Mittlerweile war er sehr frustriert und spürte, wie nachlässig es von den Eltern war, ihre Jungs nur in die

Dorfschule zu schicken und ihnen keine vernünftige Ausbildung verschafft zu haben. Als ob das Leben auf dem Gut vorprogrammiert gewesen wäre und, dass eine Lebensplanung nur bedingt machbar ist, sieht man ja jetzt.

Wie es wohl Tobis geht, fragte er sich. Auch er hatte von Vater keine Ausbildung bekommen. Ob er eine Arbeit gefunden hatte, von der er leben kann? Auf jeden Fall durfte er selbst nicht aufgeben, nicht deprimiert durch die Gegend laufen. Er hatte Verantwortung.

Seit sechs Tagen lebte Klaus nun in der Blechhütte. Jeden Tag kaufte er sich im Krankenhauskiosk eine warme Suppe für eine Mark und achtzig Pfennig und zwei trockene Brötchen für den Abend, die er in der Einsamkeit mit seinen Tränen benetzte. In der Nacht konnte er ohnehin kaum schlafen, jedes Kleingetier, das durch die Dunkelheit lief, besuchte ihn und krabbelte über ihn hinweg. Eine Tasse Kaffee bekam er immer von den Schwestern im Krankenhaus, wenn er am Bett der Mutter saß. Seine Körperpflege verrichtete er notdürftig im Bach. Er schämte sich zusehends, und langsam musste es allen auffallen, dass mit ihm etwas nicht stimmte.

Sein Aussehen litt, sein ungepflegtes Erscheinungsbild verstärkte sich von Tag zu Tag mehr und seine Kleidung begann zu muffeln. Er fühlte sich hilflos und fragte sich für einen kurzen Moment, ob sein Leben überhaupt noch einen Sinn hatte. Doch schnell verwarf er diesen Gedanken wieder. Seine Mutter brauchte ihn noch.

Als er wieder einmal an ihrem Krankenbett saß, ergriff er ihre Hand, um sich selbst Mut zuzusprechen. Der Arzt öffnete die Tür, um nach seiner Patientin zu sehen. „Wie geht es eigentlich Ihnen?", wollte er schließlich von Klaus wissen. Er hatte das Gefühl, dass mit dem jungen Mann irgendetwas nicht stimmte. Er hatte sich sehr verändert und verlotterte zusehends.

„Mir geht es gut, danke", antwortete Klaus einsilbig.

Der Arzt glaubte ihm nicht. Der junge Mann tat ihm leid und er spürte, dass er sich um ihn kümmern musste. Deshalb zog er sich einen Stuhl ans Bett und begann geschickt, Klaus in ein Gespräch zu verwickeln. Es dauerte nicht lange und der ganze Kummer sprudelte aus ihm heraus, er war noch zu jung, um das alles in sich hineinzufressen. Der Arzt erschrak, als er begriff, was Klaus ihm erzählte. Das war mehr, als man sich vorstellen konnte, und Klaus tat ihm unendlich leid. Was war da nur los in dieser Familie?

Er hatte kurz darauf Feierabend und nahm deshalb Klaus mit zu sich nach Hause, damit er endlich einmal duschen konnte. Dann versorgte er ihn mit sauberer Kleidung und schickte ihn zum Sozialamt, zur Gemeindeverwaltung. Als Klaus hörte, dass die Gemeinde eigene Wohnungen für Bedürftige hatte, staunte er. Das hatte er nicht gewusst. Er dachte, das Sozialamt ist irgendwo und könne ihm nicht helfen, er wusste gar nicht, was für Aufgaben dieses Amt hatte.

So machte er sich also auf den Weg zum Bürgermeister, den kannte er gut. Wie er ja erst jetzt erfahren hatte, wusste dieser immer Bescheid, wo gerade Wohnungen frei waren. Vielleicht konnte er ihm helfen.

Klaus betrat sein Büro und sah, dass er einen großen Stapel Papiere vor sich liegen hatte.

„Grüß dich, Bürgermeister. Ich brauche deinen Rat und deine Hilfe."

Er erzählte ihm vom Entschluss seines Vaters. „Weißt du von einem leerstehenden Zimmer oder einer kleinen Wohnung? Eine Arbeit brauche ich auch. Auf meinem Sparbuch habe ich nur Geld für zwei oder drei Monate, und am liebsten wäre mir eine Wohnung in der Stadt. Ich will ihn nicht mehr sehen, und so wäre ich auch näher am Krankenhaus bei meiner Mutter", erklärte er ihm ohne Luft zu holen, aber fühlbar resigniert und aufgelöst von den Geschehnissen.

„Wo warst du die letzten Tage?", wollte er von Klaus wissen.

„In der Blechhütte am Krautgarten."

„Was? Das ist doch ein Saukerl! Der ruiniert seine ganze Familie! Du hättest gleich zu mir kommen müssen, Klaus. Niemand muss auf einem Acker schlafen, merke dir das für die Zukunft."

Er war erbost und hätte Gerhard am liebsten am Kragen geschüttelt. Wie kann ein Mensch nur so herzlos sein, das würde er nie verstehen.

„Ich kümmere mich jetzt um dich und hoffe, dass ich dir helfen kann."

Dann griff er zum Telefonhörer und rief seinen Kollegen in der Kreisstadt an, der versprach, sich gleich um Klaus und sein Anliegen zu kümmern. Eine Viertelstunde später rief er zurück und gab ihm eine Adresse durch, wo sich Klaus melden konnte.

„Zu der Adresse gehst du jetzt. Es ist ein älterer Herr, der eine Einliegerwohnung hat. Falls es nicht klappt, kommst du sofort wieder her, hast du mich verstanden?"

„Ja, danke. Das mache ich."

„Und wegen einer Arbeit, höre ich mich um. Frage jede Woche einmal bei mir nach."

Klaus nickte freundlich, verabschiedete sich und machte sich umgehend auf den Weg.

6

Die angegebene Adresse fand Klaus mühelos. Er stieg aus und blickte sich in der kleinen Straße um. Lauter Ein- und Zweifamilienhäuser mit Garten, dazwischen auch einmal eine alte Villa. Hübsch sah es hier aus. Zögernd ging er auf das Gartentor des Hauses zu, das ihm der Bürgermeister genannt hatte.

Ein älterer Herr öffnete ihm. Mit seiner Strickjacke und der Nickelbrille auf der Nase sah er wie ein Professor aus.

„Guten Tag. Mein Name ist Klaus Glotz. Der Bürgermeister schickt mich wegen der Wohnung", sagte er höflich.

„Friedrich Kuhn", stellte der Mann sich vor. „Ich habe Sie schon erwartet. Kommen Sie hier durch den Garten." Er zeigte auf den Seiteneingang.

Gemeinsam betraten sie einen Anbau, der sich seitlich am Haus entlang zog. Friedrich schloss die Tür auf und führte Klaus durch eine kleine, freundliche Einliegerwohnung mit drei kleinen Zimmern, einer winzigen Küche und einem Bad. „Das ist aber schön hier", schwärmte Klaus, als er sich umgesehen hatte. Doch gleichzeitig kamen ihm große Zweifel, ob er sich die schöne Wohnung überhaupt leisten konnte.

„Kommen Sie, wir setzen uns in den Garten, da können wir uns in Ruhe unterhalten", meinte Friedrich. Er führte Klaus zu einer Terrasse mit weißen Gartenmöbeln und einladenden, bunten Polstern.

„Erzählen Sie mir von sich, was Sie machen und warum Sie so dringend eine neue Wohnung suchen", forderte er Klaus auf. Ohne zu fragen, goss er Saft aus einer Karaffe in zwei Gläser.

Klaus fand Friedrich sehr sympathisch und erzählte bereitwillig seine schwierige familiäre Geschichte, schließlich hatte er nichts zu verlieren.

„Das Schicksal hat jetzt die Entscheidung getroffen. Ich war vorher nicht in der Lage zu gehen. Aber jetzt muss ich stark sein und mich um meine Mutter kümmern. Und wenn sie aus der Klinik kommt, dann muss ich für sie da sein. Auch wenn sie ein Pflegefall werden und dauernde Pflege brauchen sollte. Nebenbei möchte ich versuchen, mit meiner Musik weiterzukommen. Und eine gute Arbeitsstelle brauche ich auch noch."

Klaus holte tief Luft. „Viel, was ich mir da vorgenommen habe, nicht wahr? Aber ich muss und werde es schaffen. Bitte sagen sie mir, was die Wohnung kosten soll, sie würde mir sehr gefallen." Erwartungsvoll und ängstlich blickte er Friedrich mit großen, fragenden und auch zweifelnden Augen an.

Dieser schwieg noch einen Moment. Was der Junge

ihm da erzählt hatte, musste er erst verarbeiten. Welch ein Drama spielte sich in dieser Familie ab! Langsam hob er den Kopf und blickte Klaus lange und mit großer Bewunderung an.

„Ich glaube, das Schicksal oder, wenn du willst, eine Vorsehung hat dich zu mir geschickt. Du bekommst die winzige Wohnung für zweihundert Mark, und auch sonst kann ich dir helfen. Ich glaube, er da oben wollte uns beiden einen Gefallen tun", flüsterte er.

Dann schwieg er für einen Moment, während er ungläubig seinen Kopf hin und her schüttelte. Er faltete die Hände und schloss die Augen, saß da, als würde er ein äußerst intensives Gebet sprechen. Es war ruhig im Garten. Nur die Vögel zwitscherten fröhlich ihre Melodien in den blauen, strahlenden Sommerhimmel.

Klaus verstand gar nichts mehr. Er hatte doch nur nach dem Preis für die Wohnung gefragt, weil das wichtig für ihn und seine Mutter war.

Der Mann war ihm unheimlich. Seine Andeutungen von Schicksal, Gott und Hilfe begriff er nicht. Und nun saß er da mit geschlossenen Augen, und ihm selbst blieb nichts anders übrig, als abzuwarten. Zweihundert Mark. Das war günstig, auch wenn er ihm einen etwas merkwürdigen Eindruck machte.

„Herr Kuhn! Was ist los mit Ihnen? Haben Sie etwas? Ich verstehe überhaupt nicht, was Sie mir sagen wollen", durchbrach Klaus schließlich das Schweigen.

„Entschuldige, mein Junge, darf ich dich überhaupt duzen?"

Klaus nickte zustimmend.

„Ich wollte dich nicht erschrecken. Du musst ja

denken, ein Narr sitzt vor dir", antwortete er mit einem Schmunzeln. Seine Augen strahlten jetzt wie funkelnde Kugeln. „Das muss ich dir erklären. Ich bin ein alter Mann, war Musiklehrer und Dirigent, zu meinen besten Jahren versteht sich. Meine Frau ist vor drei Jahren verstorben, sie hatte auch einen Schlaganfall wie deine Mutter. Ich musste, nein, ich wollte sie lange und gut pflegen und habe es bis zu ihrem Ende getan. Seitdem bin ich einsam und allein. Wir hatten keine Kinder, musst du wissen. Das Haus ist groß und leer, keine Stimme hat seitdem mehr hier gesprochen, und ich habe lange gebraucht, bis ich mich entscheiden konnte, wenigstens den Anbau zu vermieten, weil mich die Gemeindeschwester und der Bürgermeister gedrängt haben. Und jetzt, wo ich mich endlich dazu durchgerungen habe, kommst du", erzählte er ihm seine kleine Geschichte.

„Verstehst du? Ich kann dir deinen Wunsch erfüllen. Wenn du willst, bin ich deine Glücksfee, dein Schutzengel, dein Vermieter und dein Musiklehrer in einer Person."

Klaus war tief bewegt. Seine Augen wurden feucht und er versuchte die ankommenden Tränen wegzublinzeln. „Ich glaube ich träume und wache gleich in der Blechhütte auf ", flüsterte er.

„Du kannst bei mir Unterricht nehmen, das kostet dich nichts. Schließlich würdest du mir eine ernsthafte und schöne Aufgabe geben. Eine Arbeit kann ich dir auch vermitteln. In unserem Konzerthaus suchen sie eine Hilfe für den Kartenverkauf am Abend. Ich kenne den Direktor sehr gut, bin sogar mit ihm befreundet.

Also hast du, wenn du willst, eine Arbeit. Vormittags könnten wir üben und am Nachmittag könntest du dich um deine Mutter kümmern. Na, was sagst du zu meinen Vorschlägen?"

Jetzt war es an Klaus, sprachlos zu sein. Das gab es doch nicht wirklich, so viel Glück konnte ein Mensch doch nicht auf einmal haben! Und das alles nur innerhalb einer guten Stunde. „Wenn Sie das tun würden, Herr Kuhn, wäre ich der dankbarste Mensch auf der Welt."

„Komm, wir gehen auf den Dachboden. Da oben stehen noch viele Möbel. Suche dir aus, was du gebrauchen kannst. Auch für deine Mutter musst du eines der Zimmer einrichten."

Klaus fühlte sich wie im Schlaraffenland. Wohnzimmerschrank, Tische, Stühle, Betten, Matratzen, Kommoden, Spiegel, Küchenmöbel, Lampen, Vorhänge – es hörte gar nicht mehr auf. Und alles war sehr schön und gepflegt, ja, liebevoll abgedeckt, damit bloß kein Staubkörnchen daran kam. Bei einigen Stücken konnte man gar von Antiquitäten sprechen.

Zwei Wochen später hatte Klaus mithilfe von Friedrich Kuhn die Einliegerwohnung in ein gemütliches Heim verwandelt. Und das alles, ohne einen einzigen Cent ausgeben zu müssen.

Heute musste er nun von zu Hause seine persönlichen Dinge, sein Klavier und für die Mutter einen Koffer mit Kleidern holen. Sein Herz bummerte vor lauter Aufregung, als er mit dem geliehenen Pritschenwagen und zwei Jungs, die Herr Kuhn gebeten hatte, vor den Haus anhielt. Er hoffte so sehr, dass sein Vater nicht anwesend sein möge, denn dann war die Blamage garantiert.

Seine Sorge war allerdings umsonst, lediglich der Vorarbeiter von der Brennerei hat ihn kommen sehen und gefragt, was er mit dem Auto vorhat.

Als er hörte, dass er nur seine Sachen abholte, nickte er und ging wieder zurück zu seiner Arbeit.

Seine Mutter hatte bisher leider immer noch keine nennenswerten Fortschritte gemacht und trotzdem packte er zwei Koffer mit Kleidern und Wäsche, auch ein paar Bilder der Familie nahm er mit, damit ihr wenigstens ein paar Erinnerungsstücke blieben. Zum Schluss suchte er noch im Schreibtisch des Vaters den Ausweis und sonstige wichtige Papiere seiner Mutter und auch von sich selbst, damit sie für alle Fälle gerüstet waren. Zum Glück lagen sie ordentlich und griffbereit in einer Schublade.

Gewissenhaft räumte er alles in der neuen Wohnung in die Schränke. Sein Klavier bildete im Wohnzimmer den Mittelpunkt. Als er das so richtig wahrnahm und registrierte, gar feststellte, dass sich sein Leben in nur ganz kurzer Zeit in eine völlig neue Richtung drehte, konnte er nur ungläubig, aber unglaublich dankbar mit dem Kopf schütteln.

Seine neue Tätigkeit im Konzerthaus hatte er zwei Tage zuvor aufgenommen und war froh, nun jeden Abend neben der Arbeit der wundervollen Musik lauschen zu dürfen. Ab dem nächsten Tag würde er mit seinem geliebten Musikunterricht beginnen, und er war trotz der Sorge um seine Mutter glücklich.

Er hoffte so sehr, dass sie auch wieder gesund werden würde.

7

Seinen Sohn Klaus hatte Gerhard schon seit mehr als drei Wochen nicht mehr zu Gesicht bekommen. Er vermutete, dass er inzwischen ausgezogen war. Schließlich sah er vorsichtshalber nach. Das Klavier war weg und seine Schränke waren leer. Also musste er sich wohl nicht mehr aufregen, dieser Fall hatte sich für ihn dauerhaft erledigt, was ihn sehr beruhigte.

Auch Jutta hatte er bislang noch nicht besucht, er wusste nicht, wie es ihr ging. Anscheinend lebte sie noch, sonst hätte man ihn bestimmt benachrichtigt. Er konnte einfach nicht zu ihr gehen, weil ihm Krankheit zuwider war, und damit wollte er nichts zu tun haben.

Während er sich hinter seinen großen Schreibtisch setzte, kamen ihm für einen kurzen Moment Skrupel. Sie war doch seine Frau! Eigentlich hätte er sich jetzt um sie kümmern müssen. Doch schnell schüttelte er den Kopf. Er konnte ihr ja sowieso nicht helfen, der Junge war bestimmt ab und zu bei ihr. Es war besser, wenn er sich um das Gut kümmerte. Falls sie noch einmal gesund werden würde, hätte sie dann wenigstens wieder ihr Zuhause. Wenn nicht, würde sie wohl oder übel in ein Heim müssen, denn eine Pflege konnte er nicht übernehmen. Während er seinen Gedanken nachhing, klopfte es an der Tür.

„Herein!", rief er ungehalten, weil er eigentlich niemanden empfangen wollte.

„Darf ich dich stören?", fragte der Bürgermeister, als er über die Schwelle trat. Er wartete keine Antwort ab, sondern setzte sich gleich auf einen Stuhl.

„Wie ist die Lage, Gerhard? Hast du deine Ernte verarbeitet und verkauft? Was machen die Geschäfte?"

„Was geht dich das denn an?", fragte Gerhard kalt. „Dich haben doch die anderen Spezies geschickt, um mich auszuhorchen. Kümmert euch um eure Angelegenheiten und lasst mich in Ruhe."

„So einfach kannst du es dir nicht machen. Du hast hier viele Leute beschäftigt, die ihre Familien versorgen müssen", antwortete der Bürgermeister und sah Gerhard böse an. „Es geht nicht nur um dich, mein Lieber."

„Das geht dich gar nichts an. Bis jetzt haben alle ihren Lohn bekommen!", schrie Gerhard wütend.

„Verschwinde, Bürgermeister! Ich brauche dich nicht und all die anderen auch nicht. Die Ernte ist versorgt und jetzt machen wir noch die Abschlussarbeiten. Im Winter verkaufe ich meine Ernte. Alles andere kann euch falschen Fuffzigern sowieso egal sein."

„Gerhard, Gerhard! Du bist so tief gefallen. Ein angesehener Bauer warst du, und jetzt hast du das ganze Dorf gegen dich aufgebracht. Überall erzählt man sich, wie heruntergekommen dein Haushalt ist. Keine Frauenhand sorgt mehr für Sauberkeit. Schau deine Kleidung an, wie du stinkst und wie du aussiehst."

Der Bürgermeister hielt sich demonstrativ die Nase

zu, um zu zeigen, was er meint.

„Deine Gärten und deine Gemüseanlagen sind eine Katastrophe. Aber wahrscheinlich ist es egal, du wirst das Gut ohnehin nicht halten können. Spätestens im Frühjahr geht dir das Geld aus. Keiner im Dorf glaubt mehr, dass du eine einzige Flasche verkaufen kannst", erklärte er Gerhard in der Hoffnung, dass dieser vielleicht doch noch zur Vernunft käme.

„Lass dir helfen, damit deine Arbeiter nicht auf der Straße stehen und dein Hof gerettet wird." Er erkannte aber gleich: Auf Vernunft konnte er bei Gerhard nicht hoffen.

Als Gerhard nicht darauf einging, erhob sich der Bürgermeister schließlich.

„Eines muss ich dir aber noch sagen: Du bist der falsche Fuffziger, nicht wir. Ich wollte dir Hilfe anbieten, die du soeben ausgeschlagen hast. Auch deinen Tobias hättest du zurückholen müssen. Stattdessen hast du den Klaus auch noch hinausgeworfen. Was für ein schlechter Mensch ist aus dir geworden! Deine Frau Jutta hat ein Leben lang für dich gerackert, und du lässt sie einfach liegen und kümmerst dich nicht um sie. Gott wird dich verdammen und der Teufel wird dich holen!", schleuderte er Gerhard entgegen und verließ schnell das Haus.

Von diesem Mann hatte der Bürgermeister ein für alle Mal genug. Er konnte nichts mehr für ihn tun, er hatte es versucht, und es war gründlich danebengegangen.

Gerhard ließ den Kopf auf die Schreibtischplatte fallen. Die Worte des Bürgermeisters hatten ihn mehr getroffen, als er sich eingestehen wollte. Hatte sich wirklich das ganze Dorf von ihm abgewandt? Er wusste es nicht. Ja, wenn er sich Brot holte, grüßte ihn niemand, das stimmte. Es fiel ihm ein, dass die Frauen zur Seite blickten, und auch beim Stammtisch war er schon lange nicht mehr gewesen. Aber erst jetzt wurde ihm bewusst, dass nicht ein einziger mehr bei ihm hereinschaute, weder der Doktor, noch der Apotheker und auch nicht der Lehrer. Sie alle holten sich normalerweise Schnaps und Saft bei ihm. Noch nicht mal der Pfarrer war hier gewesen, seit Jutta im Krankenhaus war. Ja, er war wohl jetzt ein Ausgestoßener, einer, mit dem die Gemeinschaft nichts mehr zu tun haben wollte.

Er stand auf und schleppte sich durchs Zimmer. Mit müdem Blick sah er lange Zeit aus dem Fenster und begriff nichts mehr.

Warum wollten die ihn nur alle nicht verstehen? Er konnte nicht ins Krankenhaus gehen, seine Jutta würde nicken, es jedem erklären können. Und dass er sich gegen den Verlust seines Gutes stemmte, konnte doch kein Grund sein, ihn zu verachten. Das musste er doch tun, es war seine Pflicht. Er schüttelte die Gedanken ab und blickte an sich hinunter. Aber sein Aussehen musste er ändern, da hatte der Bürgermeister schon recht.

Schnell ging er an die Schublade, in der er seine Sparbücher verwahrte, die er nun auf Herz und Nieren prüfte. Zufrieden klappte er sie nach einer Weile zu, denn einige Tausend waren schon noch da. Die Männer würde er spätestens in vier Wochen den Winter über entlassen, also konnte er jetzt eine Magd einstellen, die das Haus und den Garten in Ordnung bringen würde. Im November würde er über das Land reisen und in allen kleinen Getränkegeschäften seine Flaschen verkaufen.

Zufrieden mit seinen Plänen stapfte er in die Brennerei. „Lutz, komm her", rief er seinem Vorarbeiter zu, der ihm gleich entgegenkam.

„Soviel ich weiß, hat doch deine Tochter Esther beim Siedlerbauern gearbeitet, bis sein Hof verkauft wurde, oder nicht?"

„Ja, der Hof wurde verkauft und wird jetzt zum Hotel umgebaut. Meine Esther hat ihre Arbeit verloren. Warum?"

„Schick sie zu mir. Ich brauche eine kräftige Person für den Haushalt", befahl Gerhard. „Aber heute noch. Ich habe es eilig."

Lutz drehte seine Mütze durch die Hände und schlürfte zurück zu den Arbeitern. Als er nach Feierabend nach Hause kam, erzählte er seiner Familie von Gerhards Angebot, meldete jedoch gleich seine Bedenken an.

„Das machst du nicht", sagte die Mutter mit fester Stimme. „Bei dem gottlosen Menschen gehst du nicht arbeiten." Sie schüttelte den Kopf, um ihren Worten Nachdruck zu verleihen.

Esther saß am Küchentisch, sie dachte über das Angebot des Bauern nach. Seit ihrer Entlassung vor drei Monaten hatte sie noch keine Arbeitsstelle gefunden, auch nicht in einer Fabrik, obwohl sie alles versucht hatte. Ihre letzte Hoffnung war jetzt der Hotelneubau. Aber auch das war nicht sicher. Ein so anspruchsvolles

Haus, wie das werden sollte, würde bestimmt keine ungelernten Kräfte einstellen.

Sie dachte an ihre Kindheit zurück. Fast jeden Tag war sie auf dem Obstgut Glotz gewesen. Mit Tobias, dem älteren Sohn, war sie zur Schule gegangen, mit ihm hatte sie ihre erste große und einzige Liebe erlebt, die sie niemals vergessen und auch niemals überwinden würde.

Sie hatten sich damals jeden Nachmittag am See getroffen und sich dort auch zum ersten Mal zart geküsst. Ewige Treue hatten sie sich geschworen. Sie waren unzertrennlich gewesen, und jeder hatte geglaubt, dass aus ihnen das Traumpaar schlechthin werden würde.

Träumerisch dachte sie auch jetzt wieder an diese Zeit zurück, die so bitter geendet hatte. Denn eines Tages war Tobias einfach so verschwunden, ohne sich von ihr zu verabschieden.

Sie hatte zwar erfahren, dass der Bauer ihn hinausgeworfen hatte, doch nie begreifen können, warum sich Tobias nicht die Zeit genommen hatte, wenigstens noch einmal mit ihr zu sprechen. Sie hätte ja auch verstanden, wenn er sich erst später einmal bei ihr gemeldet hätte. Doch sie hatte nie wieder etwas von ihm gehört. Deshalb war sie nun bitter enttäuscht, denn sie hatte geglaubt, dass nichts, aber auch gar nichts sie beide trennen könnte.

Ihre Liebe trug sie seitdem in ihrem Herzen, obwohl sie sich keinen Illusionen mehr hingab. Sie glaubte nicht mehr daran, Tobias jemals wiederzusehen. Und nun suchte sein Vater eine Magd. Es war genau das, was sie konnte und was sie liebte. Sie hatte nie etwas anderes gelernt und immer gearbeitet, damit die Familie genügend zu essen hatte. Es war ihr bewusst, dass sie ihre Zukunft für ihre Eltern und Geschwister geopfert hatte. Wie sonst hätte man sich erklären können, dass eine moderne, junge Frau keinen Beruf erlernt hatte, sondern eine alte, zunehmend verschwindende Tätigkeit, nämlich die der Magd, ausübte.

Ja, Gerhard war ein schwieriger Mensch und jetzt, wo er sich nicht um seine kranke Frau kümmerte, wollte niemand mehr etwas mit ihm zu tun haben. Doch sie hatte keine andere Wahl. Eine Fabrik war ihr zuwider, abgesehen davon, dass sie dort auch keine Arbeit bekommen würde. Mägde wurden auch gar nicht mehr gebraucht, weil es immer weniger Bauern gab, mit Ausnahme natürlich von der Saisonarbeit.

„Mit dem Alten werde ich schon fertig, ich bin genauso stur wie er. Ich muss die Arbeit annehmen. Dort kann ich wirtschaften, wie ich es für richtig halte, bekomme freie Kost und eine Kammer. Das Gehalt brauchen wir dringend, Mama. Spätestens nächsten Monat beginnt der Winter und dann wird Papa bestimmt nichts mehr verdienen. Ich mache es."

„Kind, Kind! Mir ist nicht wohl bei der Sache. Da ist außer dir keine Frau im Haus, die aufpasst", stöhnte die Mutter.

Esther lachte laut. „Schau mich an. Ich bin es gewohnt, hart zuzupacken. Mich kann keiner erschrecken, da mach dir mal keine Sorgen. Wenn er will, kann er mit mir sein blaues Wunder erleben", tröstete sie ihre Mutter.

Sie verließ das Haus, schwang sich auf ihr Fahrrad

und radelte zum Hof.

„Bauer! Wo bist du?", rief sie, während sie ihr Fahrrad abstellte. Als keine Antwort kam, betrat sie das offenstehende Haus und lief zielstrebig in die Küche, den Weg kannte sie noch.

Gerhard stand am Herd und brutzelte sich gerade Eier. Als er hörte, dass jemand die Küche betrat, drehte er sich um.

„Ach, du bist es, Esther. Hat dich dein Vater zu mir geschickt?"

„Ja. Du suchst eine Magd, hat er mir erzählt. Was zahlst du, wenn ich die Arbeit mache? Oh je, das sieht ja fürchterlich aus hier", stellte sie mit einem Blick fest. „Da musst du ja eine Schmutzzulage drauflegen, so schlimm, wie du das hast kommen lassen. Meine Güte, ist das ein Chaos."

„Das fängt ja gut an!", brummte er. „Aber ich will mich nicht mit dir streiten. Ich brauche eine gute Magd, und ich weiß, dass du die Richtige bist. Keine Sorge, ich zahle dich schon gut. Erwarte aber, dass du Haus und Garten tipp topp in Ordnung hältst. Hier im Haus ist alles leer, das hat sich ja bestimmt schon herumgesprochen. Du kannst dir ein großes Zimmer aussuchen. Die Hauptsache ist, dass auf dem Gut wieder Ordnung und Sauberkeit herrschen."

„Weshalb ist denn der Klaus nicht mehr da?", fragte sie ihn neugierig.

„Den habe ich rausgeworfen, weil er genau so frech daherkam wie sein Bruder. Alles Rotzlöffel die Jugend heutzutage. Also siehe dich vor und benimm dich anständig, sonst kannst du auch gleich wieder gehen."

Esther ging auf die Sprüche nicht ein. Sie würde sich nicht die Butter vom Brot nehmen lassen.

„Morgen früh um sechs bin ich mit meinen Sachen hier. Einen schönen Abend, Bauer."

Dann strampelte Esther mit ihrem Fahrrad nach Hause. Sie erzählte den Eltern von ihrem Gespräch mit Gerhard und ihrer Entscheidung und beruhigte sie. Sie sollten sich nicht ängstigen.

8

Der Himmel war schwarz, als ob es mitten in der Nacht wäre, die Wellen schlugen über dem kleinen Boot zusammen und Tobias versuchte, mit nur noch einem vorhandenen Paddel, die Richtung vorzugeben, was ihm aber immer weniger gelang. Blitze zuckten hernieder, die Donner folgten krachend und unheimlich. Der Regen peitschte ihm ununterbrochen ins Gesicht und das rettende Ufer war derzeit nicht zu sehen.

Irgendwie hatte er im Eifer des Gefechts die Orientierung verloren und nun drohte er vermehrt das Gleichgewicht zu verlieren. Die Panik griff immer mehr um sich und erzeugte bei ihm Angst um das Leben und das Überleben. Zu dumm auch, dass er sich in sein Boot gesetzt hatte, ohne irgendjemand Bescheid zu geben. Kein Mensch würde denken, dass er am Vormittag einfach mal so auf den See rausfahren würde, wo er doch so viel zu tun hatte.

Mitten in seine Gedanken hinein tat es einen erneuten Schlag und das Paddel, das er noch festhielt, zerbrach und fiel ihm aus der Hand, denn er war damit an der Bootskante hängen geblieben. Und nun war der Zeitpunkt gekommen, wo er eigentlich aufgeben konnte. Er setzte sich völlig erschöpft hin und hielt sich am Bootsrand fest, damit es ihn nicht binnen Minuten hinausschleuderte, obwohl, dachte er, es ist ja ohnehin egal, ob er jetzt gleich im See versinkt, oder etwas später.

Aber so einfach wollte er es dem Tod doch nicht machen, er würde sich wehren, bis es nicht mehr ging. Doch mehr als ein verkrampftes Festklammern am Boot war nicht. Irgendwann packte ihn die Erschöpfung und nahm ihn mit in eine Ohnmacht.

Als er die Augen öffnete und den Kopf drehte, lag er auf einem Holzsteg am Ufer des Sees.

„Was ist passiert?", fragte er mit dünner Stimme.

„Ich habe sie aus einem kleinen Boot gezogen", antwortete ein Mann, den er nicht kannte.

Sein fragender Blick zeigte den umherstehenden Menschen, dass er nicht wusste, was mit ihm geschehen war. Und als er den Kopf ganz drehte, sah er mindestens zehn Leute um ihn herumstehen.

„Ich bin Franz, ein Fischer und als wir bei dem Gewitter reinfuhren, sah ich deine kleine Nussschale hin und her schaukeln und du hingst von innen am Boot und hast versucht dich festzuhalten. Wir haben dich dann hochgezogen, dein Boot angehängt und dich bei uns versorgt. Ich glaube, dass dir körperlich nichts passiert ist, aber der Arzt kommt gleich."

Franz lächelte ihn an und reichte ihm die Hand, sodass er aufstehen konnte.

Er stand noch etwas zittrig auf den Beinen, nickte zustimmend und schaute zum Himmel. Das Gewitter schien fast wieder abgezogen zu sein und er hatte wohl mehr Glück als Verstand gehabt, dass ein größeres Fischerboot in rechtzeitig gefunden hatte. Dem Himmel sei Dank.

Zwei Stunden später, als er wieder an seinem Schreibtisch saß, konnte er nur langsam begreifen, wie viel Glück er heute hatte oder wie glücklich er sich schätzen konnte, dass er einen Schutzengel bei sich hatte.

Er war aber schlapp und nachdenklich, konnte sich kaum auf seine Arbeit konzentrieren. Wäre er heute ertrunken, hätte er keine Chance mehr gehabt, sich mit seiner Familie auszusprechen. Aber wenigstens mit seiner Mutter und seinem Bruder, wünschte er sich nun, ein klärendes Gespräch zu führen.

Einige Tage danach, saß Tobias in seinem Büro über den Büchern. Der Sommer war mittlerweile vorbei und die Arbeiter bereiteten die Bäume für den Winter vor. Sie legten neue Kulturen auf einem Gelände an, das er im Sommer dazugekauft hatte, denn das mit dem Obstgut im Nachbardorf hatte leider nicht geklappt. Der Bauer verkaufte kurz zuvor bereits an einen anderen Hof.

Den Betrieb hatte Tobias so gut organisiert, dass er seine festangestellten Leute über den ganzen Winter nicht würde entlassen müssen. Lediglich die Saisonarbeiter hatten sich schon bis zum nächsten Jahr verabschiedet. Viel Saft und Schnaps hatte er in seinen großen Fässern gelagert, sodass den ganzen Winter lang abgefüllt und für das Frühjahr vorbereitet werden konnte. Für sein Sortiment hatte er sich viel Neues ausgedacht. So wurden alle Obstbrände in große und kleine, exklusive und einfache Flaschen abgefüllt. Manche hatten Schwarzwälder Bollenhüte auf dem Verschluss, andere wiederum hübsche Trachtenkleider übergezogen.

Die Branche für Reiseandenken riss sich um seine Produkte. Seine kleinen Kuckucksuhren in einem Geschenke-Set gemeinsam mit einem Obstschnaps fanden reißenden Absatz. Mittlerweile hatte er auch eine kleine Kunsthandwerksfirma ausfindig gemacht, die für seine Kirschkonfitüre mit Kirschwasser die Verpackung des Glases aus Stoff herstellte. Sein Sortiment wuchs und wuchs durch seine sprudelnden Ideen. Und so war er seit Monaten ausverkauft. Er konnte nur noch die Aufträge ausführen, die er schon im Frühjahr angenommen hatte, was ihm als geschäftstüchtigem Mann natürlich ganz und gar nicht gefiel. Das war verlorener Umsatz und behinderte sein Wachstum, eine Tatsache, die er so auf keinen Fall stehen lassen konnte.

Jetzt kurz vor dem Winter nahm er sich deshalb die Zeit, nachzudenken. So viele Wünsche konnte er nicht erfüllen. Stets wurde er von den Kunden bedrängt, seine Kapazitäten zu erhöhen, und nun fiel ihm das Gespräch mit Bauer Händel vom Sommer wieder ein.

Gelände zu kaufen reichte aber nicht. Er musste ernsthaft ein Gut suchen, das über einen großen

Baumbestand verfügte und zum Verkauf anstand. Gleich am nächsten Tag würde er die Bank anrufen. Vielleicht hatte er ja Glück und konnte sehr schnell ein neues Obstgut hinzukaufen. Jetzt im Winter war die beste Zeit dafür, da das Land und die Bäume im Winterschlaf waren und zum Frühjahr hin dann alles für eine gute Ernte in die Wege geleitet werden konnte.

Tobias hätte allen Grund gehabt, sich mit seinen vierundzwanzig Jahren auf die Schultern zu klopfen. Er war ein junger Mann, eigentlich erst am Anfang seines beruflichen Lebens und doch schon ein Großgrundbesitzer, ein erfolgreicher Geschäftsmann noch dazu.

Nebenbei hat er eine Ersatzfamilie gefunden, die ihn in ihr Herz geschlossen hatte und immer für ihn da war. Nach allem, was zu Hause passiert war, hätte er das nicht unbedingt erwarten können. Betrachtete er die Sache von dieser Seite, so hatte der Zusammenprall mit seinem Vater auch etwas Gutes gehabt. Vielleicht wäre das ja alles nicht geschehen, wenn er und der Vater sich in manchen Momenten in ihrem Charakter nicht so ähnlich wären. Waren sie sich überhaupt so ähnlich?

Die Liebe zum Obstbau, ja, die Sturheit, wenn es darum ging, ein Ziel zu verfolgen, auch die hatten sie gemeinsam, ebenso die Hitzköpfigkeit, die ihnen damals bei ihrem Streit zum Verhängnis geworden war. Doch im Umgang mit Mitarbeitern und dem Umfeld hatten sie überhaupt keine gemeinsame Grundlage. Sein Vater war rücksichtslos, das war er, Tobias, aber nicht. Er erinnerte sich, dass seine Mutter oft den Spruch gesagt hatte: Der Apfel fällt nicht weit vom Stamm – immer dann, wenn er und sein Vater die gleiche Meinung und die gleiche Vorgehensweise an den Tag gelegt hatte. Doch nun konnten sie beide sich nicht mehr vergleichen.

Während er so dasaß und über den See blickte, musste er plötzlich wieder an zu Hause denken. Eine tiefe Traurigkeit stieg in ihm hoch. Sein Vater hatte sich bestimmt nicht verändert.

Ob der Hof noch die Familie und die Mitarbeiter ernähren konnte? Mit Panik dachte er plötzlich daran, dass er hier nach einem Gehöft suchte und sein Vater unter Umständen das Erbe vielleicht schon längst in fremde Hände hatte legen müssen. Ihm stockte der Atem, ihn schauderte bei dem Gedanken. Spontan zog er den Kopf zwischen die Schultern. Er musste wissen, was der Stand der Dinge war. Ja, am nächsten Tag würde er auch das abklären. Nicht auszudenken, wenn der Hof inzwischen weg war, wenn die Familie irgendwo am Rande der Existenz dahinlebte, während es ihm hier so gut ging wie noch nie zuvor in seinem jungen Leben.

Er hörte einen Wagen auf dem Kies vorfahren. Schnell blickte er aus dem Fenster. Es war Tanja, seine Freundin. Seit zwei Jahren waren sie nun schon zusammen. Sie war eine sehr schöne Frau mit langen, schwarzen Haaren, dunkelgrünen, katzenhaften Augen und einem schön geschwungenen Mund. Auf dem jährlichen Winterball hatten sie sich damals kennengelernt und sofort ineinander verliebt. Ihr Vater betrieb eine

Flotte mit Fähren und Personenschiffen auf dem Bodensee. Er war ein beliebter und angesehener Geschäftsmann rund um den ganzen See. Tobias mochte den netten Herrn sehr und schätzte ihn mit seiner vorbildlichen Geschäftstüchtigkeit und seinem übersichtlichen Handeln als Unternehmer und auch ganz besonders als Mensch.

Ob es mit Tanja die große Liebe war, wusste er nicht und er glaubte es auch nicht so richtig. Eigentlich stand er der Beziehung locker gegenüber. Es war beim näheren Hinsehen zwar mehr als eine Zweckverbindung, aber nicht das große unendliche Gefühl, das man so gerne in allen seinen Farben beschreibt. Sie befanden sich gemeinsam in einem ruhigen Fahrwasser, das von Achtung und gegenseitigem Respekt geprägt war. Welcher Mann war schon gerne alleine? Tobias mochte Tanja sehr. Es war wirklich nicht so, dass sie ihm gleichgültig war. Nein, sagte er sich selbst. Eine tiefe, innige Freundschaft und großes Vertrauen verbanden ihn mit ihr. Aber ob die große und einzige Liebe noch kommen würde? Diese Frage konnte und wollte er für sich nicht beantworten. Sie erschien ihm in seiner gegenwärtigen Situation nicht so wichtig.

„Na, mein Engel, was führt dich mitten am Tag zu mir?", begrüßte er Tanja mit einem Lächeln.

Tanja kam freudestrahlend auf ihn zu, umarmte und küsste ihn. „Drei Tage habe ich dich nicht gesehen. Du kannst doch jetzt nicht mehr so viel Arbeit haben. Warum vergräbst du dich denn?", wollte sie mit einem ernsten Unterton wissen. „Das ist nicht gut. Du musst dich doch gelegentlich auch mal erholen, du brauchst das."

„Ich vergrabe mich doch nicht", antwortete Tobias, „es ist nur noch nicht alles getan, was getan werden muss. Die Vorbereitungen für das nächste Jahr müssen noch getroffen werden. Außerdem bin ich am Überlegen, ob und wie wir uns vergrößern können. Ich bin nun einmal ein viel beschäftigter Mann, das weißt du doch. Und was macht deine Arbeit? Du kannst doch eigentlich auch nicht einfach weggehen und alles stehen und liegen lassen."

„Das nicht gerade. Aber ein bisschen mehr Privatleben kann ich mir schon leisten, wenn ich das wirklich will."

Tanja hatte sich im Zentrum der Stadt eine Galerie eingerichtet. Dort stellte sie Bilder und vor allem Skulpturen von talentierten Nachwuchskünstlern aus, und sie war selbst auch eine wunderbare Bildhauerin. Schon längst hatte sich über alle Grenzen herumgesprochen, welche Schätze bei Tanja zu finden waren. So blieb es schließlich nicht aus, dass aus ganz Europa Interessenten und reiche Kunstliebhaber anreisten, um sich bei ihr umzusehen.

„Ich habe heute ein paar Gäste in die Galerie eingeladen. Es wäre schön, wenn du an meiner Seite sein könntest."

„Oh, dann dient dein Besuch gar nicht unserem Privatleben?", fragte er schmunzelnd und zog sie zärtlich an sich.

„Du Strolch! Willst du mir vielleicht ein schlechtes Gewissen einreden? Das wird dir ganz bestimmt nicht gelingen. Und das weißt du auch."

„Nein", antwortete er ernst, während er ihr sanft über das Haar strich. „Nein, das möchte ich ganz bestimmt nicht. Aber ich bitte dich um Verständnis, mir ist im Moment einfach nicht nach Geselligkeit."

„Was ist los mit dir?"

„Ich musste heute wieder einmal an zu Hause, an meine Familie denken. Irgendwie habe ich ein total ungutes Gefühl und sollte mich jetzt wirklich mit der Angelegenheit ernsthaft auseinandersetzen. Dabei hatte ich geglaubt, dass ich sie schon abgearbeitet hatte, dass sie mir nicht mehr so zu Herzen gehen würde. Entschuldige bitte, aber ich möchte heute Abend die Zeit nutzen und mir darüber klar werden, ob ich nach Hause fahren soll oder nicht", erklärte er traurig.

„Kannst du meine Gedanken verstehen?"

Tanja kannte seine Geschichte. Schon vor langer Zeit hatte er sich ihr anvertraut, und sie konnte ihn verstehen. An seiner Stelle wäre sie schon längst nach Hause gereist, denn niemals hätte sie ohne ihre Familie existieren können. Es war für sie unvorstellbar, mit einem Bruch in der Familie leben zu müssen. Die Eltern und die Geschwister waren für sie neben dem Partner das Wichtigste auf der ganzen Welt.

Sie schlang ihre Arme um Tobias' Hals und sah ihm in die Augen.

„Ja, natürlich habe ich Verständnis für deine Situation! Ich habe dir schon vor langer Zeit gesagt, dass du das nicht so stehen lassen kannst, und dir ausführlich dargelegt, warum du ohne eine Aussöhnung mit deiner Familie nicht glücklich werden kannst. Und du hast immer abgeblockt, du wolltest mir nicht glauben, hast gedacht, dass die Familie Händel dir über den Verlust deiner Familie hinweghelfen kann. Ich habe dir damals schon gesagt, dass das nicht geht, und ich kann dir jetzt nur dringend raten: Fahr nach Hause und versöhne dich mit deiner Familie. Wenn du mich dennoch brauchst, rufe mich an. Ansonsten telefonieren wir morgen", sagte sie.

Als Tanja gegangen war, sah Tobias plötzlich die lachende, strahlende Esther vor sich. Das Mädchen aus dem Dorf, das seine erste, seine ganz große Liebe gewesen war. Niemals nach seinem Weggang hatte er sich mehr bei ihr gemeldet. Schon längst fand er sein Verhalten beschämend. Am Anfang war es ihm überaus peinlich gewesen, denn er hätte ihr schreiben müssen, dass er nur als Knecht arbeitete. Später, als er das Gut übernommen hatte, kam die Angst in ihm auf, dass sie inzwischen geheiratet haben könnte.

Warum hätte sie auf ihn warten sollen? Es hätte ihn geschmerzt, wenn er sie in den Armen eines anderen Mannes hätte sehen müssen. Deshalb ließ er es lieber bleiben und dachte ab und zu an sie, an ihre langen, blonden Haare, die sie zu einem wippenden Pferdeschwanz zusammengebunden hatte, an ihre stahlblauen Augen, die stets Funken sprühten, und an ihren hübschen Mund. Ja, Esther war schön und ließ auch heute noch sein Herz laut schlagen, wenn er sie in Gedanken unter einem der blühenden Kirschbäume sitzen sah. Sie war seine Traumfrau. Dabei legte er für sich schon Wert auf das Wort „war". Schließlich lebte er ja jetzt in einer Beziehung.

Er schüttelte sich und fand sich an diesem Tage selbst etwas wunderlich. Was war nur los mit ihm? Seine ganze Vergangenheit lief hinter ihm her und verfolgte ihn.

In der folgenden Nacht hatte Tobias einen fürchterlichen Albtraum. Er sah seine Mutter vor sich, ganz nah. Sie stand auf dem Hof und rief mit ausgestreckten Armen nach ihm. Er versuchte, ihr entgegenzugehen, kam aber keinen Schritt vorwärts.

„Hilf mir, Tobias, hilf mir!", rief sie unter Tränen, so laut, dass er panisch in seinem Bett hochfuhr.

Nur mit viel Mühe konnte er sich orientieren und in die Wirklichkeit zurückfinden. Schwer atmend lag er da und fuhr sich irritiert mit der Hand über das Gesicht und die Haare. Als er feststellte, dass er nur geträumt hatte, fühlte er sich ein wenig erleichtert.

Er stand auf, schlurfte mit wackligen Beinen ins Badezimmer und bemerkte, dass sein Schlafanzug völlig durchgeschwitzt war. Eine ganze Weile blieb er regungslos vor dem Spiegel stehen und hielt sich krampfhaft mit den Händen am Waschbecken fest.

Nachdem er kurze Zeit später geduscht hatte, nahm er sich ein Mineralwasser und schlich in die kühle Nachtluft hinaus. Seine Mutter war ihm in diesem Traum so nahe gewesen wie schon seit einigen Jahren nicht mehr.

Und nun konnte er die Tränen nicht mehr aufhalten, sie liefen ihm über die Wangen und benetzten sein brennendes Gesicht. Die seelischen Schmerzen, die er tief in sich vergraben hatte, brachen in diesen frühen Morgenstunden aus ihm heraus und suchten sich ein Ventil. Sein Körper bebte vor Erschöpfung.

„Mama, was ist mit dir? Geht es dir nicht gut?", rief er laut in den Nachthimmel. Doch er bekam keine Antwort.

Es machte für ihn nun keinen Sinn mehr, noch einmal ins Bett zu gehen. Es war mittlerweile vier Uhr am Morgen, und er wusste, dass er ohnehin kein Auge mehr zu tun würde. In der Küche brühte er sich einen Kaffee auf und wartete geduldig, bis endlich der Morgen dämmerte.

Gegen neun Uhr fuhr Tobias niedergeschlagen und gerädert zu Bauer Händel, seinem Vertrauten. Dieser wunderte sich über den frühen Besuch, erkannte aber sofort, dass Tobias etwas bedrückte.

Vier Jahre hatte er tagtäglich auf engstem Raum mit ihm zusammengesessen, hatte jeden seiner Gesichtszüge studieren können. Ihm konnte Tobias nichts vormachen. Er war sich sicher, dass der Junge jetzt seinen Rat brauchte, dass ihn etwas beschäftigte, wofür er keine Lösung parat hatte. Schweigend führte er Tobias ins Wohnzimmer, und seine Frau brachte den beiden ebenso schweigend eine große Kanne Kaffee. Bauer Händel gab ihr ein Zeichen, sie alleine zu lassen, und sie schwiegen minutenlang weiter. Es war eine wohltuende Ruhe, die einvernehmlich zwischen ihnen herrschte.

„Was ist passiert, junger Freund?", fragte Bauer Händel schließlich. „Du siehst aus, als ob dir heute in der Nacht alle Gespenster des Sees begegnet wären. Sag? Kann ich dir vielleicht irgendwie helfen?"

Es dauerte noch ein wenig, bis Tobias antwortete: „Gespenster nicht gerade, aber meine Mutter."

Er erzählte vom Vortag, zunächst von seinem Problem während des Gewitters und von dem glücklichen Ende, das allerdings eines Schutzengels bedurfte.

Und dann berichtete er, dass er sich danach intensiv mit seiner Familie beschäftigt hatte, und schilderte in allen Einzelheiten seinem Albtraum in der Nacht.

„Glaubst du, dass mich meine Mutter wirklich gerufen hat? Glaubst du an solche Kräfte? Oder bin ich in der Nacht meinen Tagträumen begegnet? Was war das? Warum bin ich so müde und schlapp, als hätte ich eine ganze Plantage alleine abgeerntet? Mich ängstigt das. Ich werde diese Bilder nicht los. Mich beschäftigt diese Intensität, diese Klarheit, die da stattgefunden hat. Ich hätte jeden ausgelacht, der mir von solch einem Erlebnis erzählte. Nie hätte ich gedacht, dass es so etwas gibt."

Bauer Händel strich ihm beruhigend über die Hand.

„Als Allererstes ist mir jetzt das Herz in die Hosentasche gerutscht, als du mir so ganz nebenbei von deinem Unfall erzählt hast. Du meine Güte! Was hast du dir dabei gedacht rauszufahren auf den See und niemanden Bescheid zu geben?"

Der Bauer konnte sich gar nicht mehr einkriegen, seine Hände fuhren aufgeregt über den Tisch und seine

Augen blickten ihn unruhig an.

„Du hättest sterben können! Ist dir das bewusst?"

Er stand auf und lief hin und her, um der Aufregung entgegenzutreten.

„Ja, ich weiß. Ich habe ja gesagt, dass ich einen Schutzengel hatte." Tobias tat es jetzt leid, dass er den Vorgang überhaupt erzählt hatte. Er hätte das seinem Freund ersparen können, schließlich war er nicht mehr der Jüngste.

„Beruhige dich und setze dich wieder zu mir. Ich habe daraus gelernt und werde das nie wieder machen."

Der Bauer bremste seinen Schritt.

„Was mir überhaupt nicht in den Kopf will, ist die Tatsache, dass du jeden Tag den Wetterbericht im Auge hast, egal zu welcher Jahreszeit und das Gewitter, oder besser gesagt der Herbststurm, war ja angesagt."

„Ja!" Tobias war unangenehm berührt und seine Wangen färbten sich leicht rot, weil er sich schämte.

„Ich hatte das im Hinterkopf, aber meine Gedanken waren einfach im Bühlertal und nicht hier. Es kommt wirklich nicht wieder vor. Komm, setz dich endlich."

Bauer Händel saß wieder am Tisch und nahm einen Schluck Kaffee.

„Es ist möglich, dass du in deinem Traum auf Vorkommnisse reagiert hast. Deine Mutter kann durchaus krank sein, und deine Hilfe brauchen. Vielleicht sind auch Probleme mit dem Gut, mit denen sie nicht mehr fertig wird. Manchmal übertragen sich die starken Gefühle in Verbindungen von Menschen zueinander. Ich glaube daran, dass es so sein kann, und finde das nicht so abwegig. Man hört ja manchmal davon, dass jemand in der Ferne spürt, dass einem Angehörigen etwas zugestoßen ist. Wie oft schon haben Menschen erzählt, dass sie plötzlich ein ungutes Gefühl hatten, und später stellte sich heraus, dass gerade in diesem Augenblick ein nahe stehender Mensch verunglückt ist. Da gibt es viele Beispiele."

„Und du meinst, dass es so gewesen sein könnte?", fragte Tobias.

„Einfacher wäre die Erklärung, dass du zu viel an zu Hause gedacht hast, und so etwas Ähnliches wie dein Gewissen könnte dir einen Streich gespielt haben. Wie du siehst, gibt es auch sehr rationale Erklärungen", meinte Bauer Händel nachdenklich.

„In jedem Fall ist es so, dass du allein mit Nachdenken keine Ruhe und Gewissheit bekommen kannst. Und damit kannst du auch nicht deinen Alltag bestreiten. Du wirst so deiner verantwortungsvollen Arbeit nicht hundertprozentig nachgehen können, der Verantwortung gegenüber deiner Mutter wirst du damit aber auch nicht gerecht. Du musst dir Klarheit holen, sonst wirst du in naher Zukunft keine Ruhe finden", riet er Tobias ernst zu.

Tobias sog die Worte seines Freundes auf wie ein Schwamm. Einerseits ahnte er, dass der Bauer seine Situation richtig beurteilt hatte, andererseits bremste ihn seine über die Jahre festgefahrene Meinung in seinem Handeln völlig aus. „Ich kann doch nicht nach Hause auf den Hof fahren und so tun, als sei ich nur auf einer langen Reise gewesen! Mein Vater wirft mich bestimmt hinaus, darauf kannst du wetten. Der verzeiht mir meinen Abgang nicht, niemals. Du kannst dir nicht vorstellen, wie hart mein Vater sein kann. Er ist unerbittlich."

Bauer Händel schüttelte seinen greisen Kopf. Jetzt erst ahnte er, welche Narben dieses Zerwürfnis mit dem Vater bei Tobias hinterlassen hatte. Da war immer noch der ungeheure Respekt vor dem Vater, was eigentlich positiv zu bewerten gewesen wäre. Aber er war ja auch der Vater, der sich die Vorschläge seines Sohnes ungerechterweise noch nicht einmal angehört hatte, obwohl sie wirklich gut gewesen waren.

Und anscheinend war da noch sehr viel mehr. In dieser Familie schien es nicht gerade liebevoll zugegangen zu sein, nicht gegenüber der Mutter und auch nicht gegenüber den beiden Söhnen. Der Vater musste dominanter sein, als man sich das überhaupt vorstellen konnte, und damit hatte er auch das Selbstbewusstsein seiner Söhne klein gehalten, was Tobias jetzt erst einmal überwinden musste.

Er blickte Tobias ernst ins Gesicht.

„Junge, das kann doch nicht möglich sein. Du bist inzwischen ein gestandener Mann, du bist ein Arbeitgeber, der viele Mitarbeiter führt, du trägst Verantwortung für viele Familien und alle vertrauen dir und verehren dich. Du bist ein Geschäftsmann, ein harter Verhandler. Und nun traust du dich nicht, zu deiner Mutter zu fahren? Habe ich das richtig verstanden, mein Freund?"

„Ja, das hast du. Ich schäme mich, dass ich mich so lange nicht für meine Familie interessiert habe. Aber was werde ich antreffen, wenn ich da ankomme? Was ist mit meinen Eltern, sind sie gesund? Wie geht es meinem Bruder? Ich kann es nicht beschreiben. Es ist ein schreckliches Gefühl des Zwiespalts, das ich jetzt gerade durchlebe und erlebe."

Bauer Händel erschrak über die innere Zerrissenheit seines jungen Freundes. Er konnte verstehen, dass er verunsichert war. Doch nun musste er einen Weg finden, wie er sich langsam und vorsichtig seiner Vergangenheit nähern konnte. Er musste Tobias jetzt Mut machen und ihm helfen.

„Ich verstehe deine Worte, Tobias, und ich verstehe, was du mir da erzählst. Aber ich möchte dir noch einmal zu bedenken geben: Du musst jetzt zuerst mit dir selbst ins Reine kommen, bevor du die Kräfte bündeln kannst, die du für deine Familie brauchst."

Bauer Händel nahm einen Schluck aus seiner Tasse. Mittlerweile war der Kaffee kalt, aber das störte niemanden.

„Sieh mich an", forderte er Tobias auf. „Du hast damals nach bestem Wissen und Gewissen versucht, deinen Vater zu überzeugen, und du hast ihm deine Hilfe angeboten. Doch du kannst nichts dafür, dass er das nicht wollte. Im Gegensatz zu ihm war ich vernünftig, ich wollte das, mich hast du überzeugt. Dass du als Kind und Junge nicht richtig zwischen den Zuwendungen von Vater und Mutter unterscheiden konntest, das kannst du dir doch nicht vorwerfen! Wie kann ein junger Mensch solche Dinge einordnen? Da fehlt doch die Lebenserfahrung. Und dein Verhältnis zu deinem Bruder? Wenn deine Mutter es nicht schaffte, ihre Hände beschützend über ihn zu halten, wenn nicht einmal sie die Kraft hatte, sich aufzulehnen und sich gegenüber deinem Vater zu behaupten, weshalb erwartest du das von dir? Du siehst, du hast damals alles richtig gemacht."

Nach einer kleinen Pause sprach der Bauer weiter: „Jetzt haben dir dein Herz und dein Albtraum gesagt, dass du etwas tun musst. Und nun bist du auch in der Lage dazu. Du bist inzwischen ein unabhängiger, reicher und geachteter Mann. Du bist erfahren und stark genug, Entscheidungen zu treffen. Dadurch hast du die Stärke gewonnen, den Tatsachen ins Auge zu blicken, ganz egal, ob du irgendetwas erfahren wirst, was dir wehtun wird oder ob du an den Stellschrauben drehen kannst. In jedem Fall wirst du mit dir ins Reine kommen können und in der Lage sein, als starker Mann zu entscheiden."

Nach einer erneuten Pause schloss der Bauer seine Ausführungen mit einem Rat, der Tobias in die Lage versetzte, sich seiner Familie in kleinen Schritten zu nähern: „Kannst du denn niemanden im Dorf anrufen, der Kontakt zu deiner Familie hat? In solch einem kleinen Dorf weiß doch normalerweise jeder, was sich hinter den Türen des anderen abspielt. Ich verstehe ja, dass du vorsichtig bist. Aber denke nach, du kennst bestimmt jemanden, der dir helfen kann."

„Den Bürgermeister könnte ich eventuell anrufen", antwortete Tobias. „Er ist ein sehr ernster Mann, der sich vielleicht diskret und zurückhaltend verhält, so hoffe ich zumindest."

„Na bitte, geht doch", sagte Bauer Händel ermunternd und lächelte Tobias zu. Während er aufstand, klopfte er ihm noch einmal ermutigend auf die Schulter. „Geh, mein Junge, und tue deine Pflicht! Du findest sonst wirklich keine innere Ruhe mehr. Ich sage dir das noch einmal, auch wenn ich das schon mehrmals betont habe. Versprich mir, dass du nicht zu lange wartest."

Tobias wurde zusehend ruhiger, die Idee mit dem Bürgermeister gefiel ihm immer besser. Und auch die große Standpauke von Bauer Händel hatte ihre Wirkung nicht verfehlt. „Ja, ich verspreche dir, dass ich mich darum kümmern werde. Ich werde das so schnell wie möglich angehen."

Tobias erhob sich und umarmte seinen väterlichen Freund voller Dankbarkeit. Auf ihn konnte er sich verlassen, er war immer zur Stelle, wenn er ihn brauchte, und seine Lebenserfahrung war ein unerschöpflicher Schatz für ihn. „Ich halte dich auf dem Laufenden. Vielen Dank für deinen Beistand."

„Nichts zu danken, dafür sind gute Freunde doch da. Ich wünsche dir viel Kraft und möglichst gute Antworten von deinem Bürgermeister."

Als Bauer Händel zurück in die Küche kam, blickte ihn seine Frau fragend an. Er setzte sich auf die Eckbank und schwieg. Nach mehr als fünfzig Ehejahren wusste sie, dass sie ihm Zeit lassen musste, und sie ahnte, dass er sich Sorgen um Tobias machte.

Dieser fuhr mit einer Tasche voller Ratschläge zurück in sein Büro. Dort ließ er noch einmal das Gespräch Revue passieren und dann tauchte er mit all seinen Sinnen in seine Vergangenheit ein, wohl wissend, dass er sich dieser jetzt stellen musste.

Dabei war ihm klar, dass es ihn ganz schön Überwindung kosten wird. Immer noch war der letzte Tag präsent, der Tag, an dem er sich mit seinem Vater stritt.

Fast jedes Wort hatte sich in seinem Hirn unauslöschlich eingebrannt. Dabei wäre es doch so einfach gewesen. Sie hätten zusammen in die Plantage fahren können und er hätte seinem Vater erklärt, was er meinte und warum er eine andere Meinung hatte, als er.

Seine Mutter stand zu diesem Zeitpunkt in der Küche und musste mit ansehen, wie sie sich beide anschreien und jeder auf seinem Standpunkt beharrte und keiner nur einen einzigen Schritt auf den anderen zumachte.

Dann, dann sagte sein Vater die bedeutsamen Worte, die letztendlich die Trennung bedeuteten.

War das aber so? Hätte er nicht der Klügere sein müssen, der im Interesse der Familie nachgab, und mit mehr Geduld versuchte, den Vater zu überzeugen? Und, was hatte das mit seinem kleinen Bruder gemacht, der immer und immer wieder unterdrückt und beschimpft wurde, auch von ihm selbst. Tobias stöhnte auf, das Herz blutete ihm, weil er nicht wusste, wie viel Schuld er auf sich geladen hatte.

Besonders schlimm war sein Verhalten zu Klaus. Er war doch sein kleiner Bruder, was störte ihn an dem kleinen schmächtigen Kerlchen?

Damals störte auch ihn, was sein Vater stets durch das Haus brüllte. Klimper-Hannes, Faulenzer, Möchtegernmusiker. Auf einem Hof muss jeder helfen und noch ganz viele Schimpfwörter, Unterstellungen und Vorwürfe.

Ja, und er hatte das von klein an jeden Tag mitangehört, auch gesehen, wie der Vater dem Klaus in regelmäßigen Abständen eine Ohrfeige gab, oder auch mit dem Stiefel in den Hintern trat. Kein Wunder, dass er das alles auch mit den Augen des Vaters gesehen hatte.

Er war so stolz, dass er mit seinem Vorbild auf die Plantagen fahren durfte und er verstand nicht, warum Klaus so faul war. Und was dachte seine Mutter, wenn sie sah, dass er seinem Vater nachplapperte?

Sie musste vermutlich schweigen.

9

Am frühen Morgen fuhr Esther mit ihrem Vater auf das Obstgut Glotz. Sie hatte nur einen kleinen Koffer dabei, denn sie konnte ja jederzeit nach Hause fahren, wenn sie etwas brauchte. Die Haustür stand offen. Sie ging hinein und stellte ihren Koffer auf die unterste Treppenstufe. Ein Zimmer konnte sie sich später immer noch aussuchen. Dann betrat sie die Küche. Gerhard saß am Tisch, ungewaschen und völlig verwahrlost.

„Mensch, Bauer, wie siehst du denn aus?", entfuhr es Esther. „Mir wird ja schlecht, so wie du stinkst. Mach dich auf ins Bad und wasche dich ordentlich. Ich suche dir in der Zwischenzeit ein paar saubere Klamotten. Das geht bei mir nicht. Im Haus muss es blitzsauber sein", rief sie ihm zu und öffnete die beiden Küchenfenster.

Gerhard erschrak über die laute und entschlossene Stimme seiner Magd. Wie aus weiter Ferne starrte er sie an. „Kümmere dich ums Haus und lass mich gefälligst in Ruhe!", rief er laut und zornig.

„So haben wir nicht gewettet. Ich bin nicht die Jutta, mit der du machen kannst, was du willst. Entweder es klappt mit uns beiden oder ich gehe nach Hause", sagte Esther ganz ruhig. Sie wollte ihn nicht über Gebühr reizen. Bedächtig legte sie Papier und Holzstücke in den Herd und zündete rasch das Feuer an, denn es würde dauern, bis der Herd heiß genug war, um ein Frühstück zu machen.

Gerhard stöhnte auf und fuhr sich mit den Fingern durch seine struppigen Haare. Er wollte Esther nicht gleich wieder verlieren. Und dass sie Jutta erwähnt hatte, hatte ihm doch einen Stich versetzt. So erhob er sich lieber und schlurfte mit schleppenden Schritten nach oben.

Esther hörte noch, wie er Wasser einlaufen ließ. Na bitte, er konnte eben doch, wenn er nur wollte! Sie kontrollierte das Feuer und stellte den Wasserkessel auf. Eine halbe Stunde war sie damit beschäftigt, die Schränke zu inspizieren. Sie wollte sehen, was an Vorräten da war. Doch sie fand nichts als ein trockenes Brot, ranzige Butter und einen Schmalztopf. Nachher würde sie einkaufen gehen. Aber jetzt musste sie improvisieren. Sie ging hinaus in den Hühnerstall und holte ein paar frische Eier. Mehl war in der Kammer und Milch konnte sie im Stall holen, wo gerade die beiden Kühe gemolken wurden. In kürzester Zeit hatte sie frischen Kaffee gekocht und ein paar Eierkuchen zum Frühstück gebacken. Während sie den Tisch deckte, hörte sie die schleppenden Schritte des Bauern.

„Sauber siehst du aus. Da wird es gleich viel heller in der Küche. Geht doch, wenn du nur willst", sagte sie, als sie ihn frisch gewaschen vor sich sah. „Setz dich hin und frühstücke erst einmal ordentlich, bevor du hinaus auf die Plantagen gehst."

Jetzt musste Gerhard doch lächeln. So hatte schon lange niemand mehr mit ihm gesprochen. Es tat gut, einen Menschen um sich zu haben, der sich um ihn kümmerte. Wie einsam war er doch gewesen in dem großen Haus, das so verdammt still geworden war in den letzten Monaten. Aber Esther sollte sich nur nichts einbilden, so durfte sie auf Dauer nicht mit ihm umspringen. Wenn sie sauber gemacht hatte, würde er ihr schon zeigen, wer der Herr im Hause war. Doch erst einmal ließ er sich das erste vernünftige Frühstück, das seit Wochen auf seinem Tisch gelandet war, mit Genuss schmecken.

„Du musst mir Geld geben, Bauer, es ist an der Zeit, den Kühlschrank zu füllen, und Putzmittel sind auch keine mehr da", forderte ihn Esther auf.

Gerhard griff in seine Hosentasche, legte ohne nachzusehen, und ohne Kommentar ein paar zerknüllte Scheine auf Tisch und verließ das Haus in Richtung Brennerei.

Nachdem Esther stundenlang die Küche und die Stube gewienert hatte, fuhr sie mit dem Rad ins Dorf. Ein gutes Mittagessen wollte sie kochen, bis die Männer von den Obstfeldern zurückkamen. Sie entschied sich für einen deftigen Eintopf mit Würstchen und Speck, schließlich war es schon Herbst, die Sonne stand tief

und der Wind hatte aufgefrischt. Es würde ihnen gut-
tun, eine heiße Suppe zu bekommen, dachte sie zufrieden über ihren Entschluss.

Das Arbeiten war angenehm. Sie hatte unendlich
viel zu tun und sie war allein im Haus. Es war niemand
da, der ihr Vorschriften machte, und sie von hier nach
da scheuchte. Die Arbeit lief ihr gut von der Hand. Das
Essen war fertig.

Bis zum Mittag würde sie noch einige Zeit haben, also schnappte sie sich ihren Koffer, stieg die Treppe
hinauf und steuerte, ohne nachzudenken, auf das alte
Zimmer von Tobias zu. Langsam öffnete sie die Tür.
„Das gibt es doch nicht!", entfuhr es ihr, und sie schlug
die Hände vor das Gesicht. Im Zimmer sah es noch
genauso aus, wie sie es von früher in Erinnerung hatte.
Vorsichtig setzte sie sich auf die Bettkante und blickte
sich in Ruhe um. Tobias' Poster hingen noch an den
Wänden, auf dem Schreibtisch lagen seine Bücher,
Schreibblöcke und Stifte, am Haken hinter der Tür hing
seine Jacke. Sie schüttelte den Kopf. Hatte denn hier
keiner sauber gemacht? Es war ja alles so liegen geblieben, wie er es verlassen hatte. Zärtlich strich sie über
die Bettdecke und überließ sich ihren lebhaften Tagträumen, sie führten sie in eine wunderschöne Zeit
zurück.

„Esther, ich liebe dich. Wenn wir in einigen Jahren
erwachsen sind, werden wir vielleicht heiraten", hatte er
ihr vor einer Handvoll Jahren leise ins Ohr geflüstert.

„Wieso vielleicht?", hatte sie ebenso leise zurückge-
fragt.

„Weißt du, wir sind noch so jung. Wer kann schon

sagen, was das Leben für uns bereithält. Aber wir können es uns vornehmen und ganz fest daran glauben, dass es wahr werden wird. Ich werde immer für dich da sein."

Sie redeten und redeten, und er war der erste Junge, der sie küssen durfte. Zwei Jahre lang waren sie wie Pech und Schwefel, gar wie siamesische Zwillinge. Sie sahen sich jeden Tag, waren bis über beide Ohren verliebt. Das ganze Dorf glaubte, dass aus ihnen ein Paar werden würde. Und jeder gratulierte ihr schon zur Bäuerin des Obstguts Glotz. Sie hatte sich große Hoffnungen gemacht, ihre Liebe für immer behalten zu können, bis Tobias eines Tages weg gewesen war, ohne Abschied und ohne Nachricht, und sie weinte lange um ihn. Im Dorf erzählte man damals, dass er einen großen Streit mit seinem Vater hatte und deswegen weggegangen war. Aber dafür konnte sie doch nichts. Er hätte ihr ja wenigstens schreiben können. Bis ans Ende der Welt wäre sie ihm gefolgt, und sie war lange Zeit wütend auf ihn. Sie fühlte die schmerzhafte Enttäuschung. Was war das für eine Liebe? Was waren das für Worte, die er da gesprochen hatte? Was waren diese Worte wert gewesen? Nichts, gar nichts waren sie wert. Sie hatte sich eigentlich geschworen, ihm deswegen niemals zu verzeihen.

Nun saß sie hier in seinem Zimmer und die Erinnerung war wieder da, als ob sie sich gestern noch gesehen hätten. Sie spürte seine Umarmung, hörte seine zärtlichen Worte, denen sie so lange vertraut hatte.

Vorbei, das war endgültig vorbei. Dennoch wollte sie Tobias' Zimmer nehmen. Wenn sie schon ihn selbst nicht haben konnte, dann sollte es nun wenigstens sein Zimmer sein. Aus dem großen Wäscheschrank holte sie frische Bettwäsche heraus und zog sie auf. Die Bücher räumte sie in die Schublade. Tobias alte Jacke nahm sie sofort mit nach unten in die Waschküche. Nun musste sie nur noch ihre wenigen Habseligkeiten in den Schrank räumen und schon war alles fertig. Noch einmal vergewisserte sie sich, dass alles in Ordnung war, dann ging sie wieder hinunter in die Küche und deckte den Tisch für das Mittagessen.

Die Arbeiter hatten an diesem Tag letzte Hand angelegt, nun konnte der Winter kommen und alles war bereit. Gerhard brachte die Männer für ein letztes Mittagessen in die Küche. Als er sie dazu aufgefordert hatte, hatten sie verwundert aufgeblickt. Sie hatten schon seit Wochen mittags keine warme Mahlzeit bekommen. Umso mehr staunten sie, als sie Esther am Herd werkeln sahen, und freuten sich über das üppige Mahl, das ihnen zuteilwurde. Jeder machte sich während des Essens seine eigenen Gedanken, denn die Gerüchteküche brodelte schon sehr lange. Bisher hatten sie geglaubt, dass sie ihre letzten Tage hier verbringen würden, und die meisten von ihnen hatten Angst um die Zukunft. Doch wenn sich der Bauer nun eine Magd leisten konnte, war vielleicht doch alles nicht so schlimm. In manchem keimte die Hoffnung, dass es im Frühjahr wieder weitergehen könnte. Doch es sollte ein Wunschdenken bleiben.

„Die Arbeit ist beendet. Jetzt bekommt ihr eure Papiere, denn über den Winter gibt es hier nichts zu tun. Im Frühjahr stelle ich euch wieder ein", sagte Gerhard

116

knapp und schob jedem einen weißen Briefumschlag zu. Kein Wort des Dankes für die geleistete Arbeit, nichts, nur das Nötigste sprach er, als ob sie ihm fremd wären. Dabei arbeiteten sie schon seit Jahren für ihn.

Es war das erste Mal, dass er ihnen gleich die Papiere gab. Die Jahre zuvor hatten sie ihr Geld teilweise weiter bekommen. Es war also doch nichts gut. Diesmal war es ernst. Das waren keine Gerüchte, das war die Wahrheit. Enttäuschung machte sich breit, und nach und nach verließen die Arbeiter ohne Gruß zum letzten Mal das Gut. Für sie begann eine harte Zeit ohne Arbeit, und sie wussten nun, dass es im Frühling nicht weitergehen würde.

Esther war allerdings nicht enttäuscht, sie war realistisch. Sie hatte ihrem Vater gleich gesagt, dass Gerhard bestimmt nicht im Winter Lohn zahlen würde. Also hatte sich ihre Familie richtig und gut eingestellt und sich nach Alternativen ungesehen. Zugegeben, es waren kleine, bescheidene Alternativen, aber es waren welche. Es war immer noch besser als nichts.

Sie räumte den Tisch ab und reinigte die Küche. Es blieben ihr für diesen Tag noch die Wäsche und die obere Etage. In den nächsten Tagen wollte sie den großen Gemüsegarten bearbeiten. Sie wusste, sie hatte viel Arbeit vor sich, bei ihr würde es noch lange keine Winterpause geben. Aber das wollte sie ja auch gar nicht anders.

Am nächsten Morgen kam Gerhard in seinem Trachtenanzug in die Küche hinunter. Neben dem

Tisch stellte er einen Koffer und seine Aktentasche ab. „Ich bin die nächsten Tage nicht hier. Ich muss durchs Land fahren, meinen Saft und meinen Schnaps verkaufen. Wann ich zurückkomme, weiß ich noch nicht. Hier hast du meine Telefonnummer", sagte er zu Esther und schob ihr einen Zettel hin. „Aber nur anrufen, wenn es brennt, hörst du?" Er nahm seinen Koffer, verstaute ihn im Auto und fuhr vom Hof, ohne ein weiteres Wort zu verlieren.

Esther zuckte die Schultern, ihr sollte es Recht sein. Hoffentlich würde er alles loswerden, im Interesse der Arbeiter. Die Hoffnung starb eben immer zuletzt.

10

Klaus' Leben hatte eine völlig neue Wendung genommen, denn er übte jeden Tag fleißig mit Friedrich Kuhn. Immer am Vormittag saßen die beiden zwei Stunden intensiv zusammen und arbeiteten ohne Unterbrechung. Das war der schönste Teil des Tages. Hier war Klaus in seiner Welt, in seinem Element.

Schnell hatte Friedrich, der erfahrene Musiklehrer, das Talent des jungen Mannes erkannt und festgestellt, dass ihm ein Juwel ins Haus geschneit war. Nach seiner Ansicht hatte Klaus eine große Zukunft vor sich und er würde ihm dabei helfen, das hatte er sich fest vorgenommen. Seine alten Kontakte waren vorzüglich, seine Meinung war in der Szene noch immer gefragt. Deshalb würde er den Jungen in aller Ruhe aufbauen können. Verraten würde er Klaus aber seine Gedanken noch nicht, dazu war es noch viel zu früh. Doch ein kleines Kirchenkonzert hatte er bereits für ihn arrangieren können und jetzt arbeitete er mit ihm darauf hin. Klaus hatte von all dem keine Ahnung.

„Wie gefällt dir deine Arbeit im Konzerthaus?", fragte er Klaus, als sie die Stunde beendet hatten. An jedem Tag tranken sie zum Abschluss einen Tee und genossen gemeinsam die Zeit, für die er so dankbar war.

„Sehr gut. Alle sind sehr freundlich, die Arbeit ist angenehm und ich kann dazu jeden Tag Musik hören. Das ist Balsam auf meiner Seele", erzählte ihm Klaus mit seinen strahlenden Augen. „Was habe ich für ein Glück, und das verdanke ich alles Ihnen! Das werde ich Ihnen nie vergessen. Vielen, vielen Dank."

„Ich bitte dich, du musst mir nicht danken. Ich profitiere doch auch davon. Wie geht es übrigens deiner Mutter? Du hast mir seit ein paar Tagen nichts mehr von ihrem Zustand berichtet. Ist das ein gutes Zeichen?"

Die Augen von Klaus verdunkelten sich und blickten traurig.

„Ich weiß nicht. Es geht ihr zwar etwas besser, aber besser heißt in diesem Fall nur, dass sie die Augen offen hat. Aber sie kann leider nicht sprechen, nicht aufstehen und nicht gehen. Die Lähmungen sind immer noch nicht zurückgegangen. Sie liegt nur da und blickt mich mit traurigen Augen an, reagiert weder auf mich noch auf ihr Umfeld, so als ob sie mit offenen Augen schlafen und gar nichts mitbekommen würde. Das ist ein merkwürdiges Gefühl und verunsichert mich auch, weil ich nie weiß, ob sie mich verstehen kann oder nicht. Es wäre so wichtig, das zu wissen, weil ich mich dann viel intensiver mit ihr unterhalten würde."

„Hast du in letzter Zeit mal wieder mit einem Arzt gesprochen?"

„Ja. Sie bleibt noch ungefähr drei Wochen im Krankenhaus, dann kommt sie in eine Rehabilitationsklinik. Der Arzt meint, dass sie im Normalfall nicht mehr gesund wird und ich mich auf einen Pflegefall einstellen muss. Es sei denn, es geschieht ein Wunder. Damit vernichtete er meine ganze Hoffnung", sagte Klaus und zuckte hilflos mit den Schultern.

„Ich weiß nicht, was da jetzt auf mich zukommt."

„Das tut mir leid. Aber warten wir erst einmal ab, vielleicht geschieht doch noch das kleine Wunder. Ein winziges Wunder ist schon geschehen, das wird dich bestimmt aufmuntern."

Klaus blickte Friedrich fragend an, doch dieser lächelte eine ganze Weile verschmitzt zurück. Schließlich ließ er die Katze aus dem Sack: „Du hast in zwei Wochen dein erstes Konzert, zwar nur in der Kirche, aber es werden wichtige Leute da sein, die dich weiterbringen können, und das sollten wir nicht unterschätzen. Du kannst auf jeden Fall Erfahrungen sammeln."

Klaus war sprachlos und blickte ungläubig drein. „Das glaube ich nicht. Warum so schnell? Ich denke, ich kann das noch nicht. Ich bin noch nicht so weit."

Friedrich erhob sich und legte ihm den Arm um die Schultern.

„Stelle dein Licht nicht so unter den Scheffel. Du weißt, dass du gut bist, und die Kompositionen, die wir seit Tagen üben, sind die, die ich für das Konzert vorgesehen habe. Also sind wir schon sehr weit und haben noch zwei Wochen. Freue dich auf das, was du jetzt erleben darfst. Kummer und Sorgen hattest du in deinem bisherigen Leben weiß Gott genug. Und es sieht so aus, als ob dir das auch noch eine Weile erhalten bleiben wird."

Am Nachmittag besuchte er wie jeden Tag zur gleichen Zeit seine Mutter. Und wie immer lag sie in ihrem Bett und zeigte bei seinem Eintreten keinerlei Regung. „Hallo, Mama. Wie geht es dir? Hast du schon auf mich gewartet?", fragte er, ohne ein Zeichen oder gar eine Antwort zu erwarten.

Er zog seine Jacke aus und nahm sich einen Stuhl ans Bett. Doch an diesem Tag war irgendetwas anders. Noch konnte er nicht erkennen, was es war. Er hatte nur das Gefühl, dass seine Mutter ihm nähergekommen und nicht mehr so weit weg war.

Jetzt, ja, jetzt sah er es. Ihre Hand, die auf der Bettdecke lag, bewegte sich langsam hin und her.

„Mama! Das ist aber schön, du kannst ja deine Hand bewegen! Kannst du mich auch verstehen?"

Klaus war ganz aufgeregt. Er wusste nicht, wie er versuchen sollte, sich mit seiner Mutter zu verständigen. Er hatte überhaupt keine Erfahrung, aber er wollte jetzt auch nicht einfach hinausrennen und einen Arzt suchen. Er wusste nicht, wie ihm geschah. Und irgendwie handelte er jetzt ganz instinktiv, als er sagte: „Du musst nur die Augen zumachen, wenn du Ja sagen willst." Sein Herz klopfte höllisch.

„Kannst du mich vielleicht hören, Mama?"

Und tatsächlich, sie schloss die Augen und öffnete sie gleich wieder.

„Mama, hör mir gut zu, es ist wie ein Traum, dass du mich verstehen kannst. Ich danke Gott und erzähle dir langsam, was du hast und warum du hier im Bett liegst. Einverstanden?"

Er sprach völlig aufgeregt und musste sich sehr zusammenreißen, dass er sie nicht überforderte und auch nicht aufregte. Sie brauchte jetzt bestimmt noch Ruhe.

Jutta schloss die Augen und öffnete sie sofort wieder.

„Du hattest einen Schlaganfall, bist hier im Krankenhaus, deshalb kannst du dich nicht bewegen und nicht sprechen. Aber es ist ein kleines Wunder, dass du mich ganz klar verstehen kannst. Das ist das Beste, was uns geschehen konnte."

Klaus machte eine Pause, strahlte sie an und streichelte ihre Hand.

„Sprechen und laufen lernen kannst du später in einer Spezialklinik. Es ist jetzt ganz wichtig, dass du das auch willst", sprach er eindringlich weiter.

Wieder stimmte sie ihm mit den Augen zu.

„Du und ich, wir wohnen nicht mehr auf dem Gut, der Alte hat uns im Stich gelassen. Ich habe eine schöne Dreizimmerwohnung für uns gefunden und auch Arbeit, ich habe alles Wichtige für uns beide geregelt."

Klaus war so nervös, dass sein Herz gegen die Rippen pochte und er rote Flecken auf den Wangen bekam.

„Entscheidend ist nur, dass du dich jetzt anstrengst

und alles mitmachst."

Wieder kam Zustimmung.

Klaus war wirklich unglaublich aufgeregt. Er befürchtete, gleich aus einem schönen Traum zu erwachen.

„Eine Frage habe ich noch. Willst du, dass ich den Tobias suche? Ich denke die ganze Zeit, er sollte erfahren, dass wir ihn vermissen und nicht mehr auf dem Gut zu finden sind."

Nachdem sie ihm auch hierfür voller Inbrunst zweimal ihre Zustimmung signalisiert hatte, bat er sie, sich auszuruhen. Er versprach, am nächsten Tag wiederzukommen, und verließ das Krankenhaus, nicht ohne den Arzt über die Veränderungen verständigt zu haben. Dieser wunderte sich ebenso wie Klaus und versprach, Jutta so schnell wie möglich zu untersuchen.

Klaus hatte noch Zeit, bis er zur Arbeit musste, und fuhr deshalb sofort hinaus aufs Dorf, auf direktem Weg zum Bürgermeister. Dabei hatte er schon ein flaues Gefühl im Magen. Immerhin war er seit vielen Wochen nicht mehr hier gewesen, und es war trotzdem immer noch seine Heimat.

„Grüß dich, Bürgermeister", sagte er beim Eintreten.

„Mensch, Klaus. Das freut mich aber, dass du dich bei mir sehen lässt. Wie geht es dir in der neuen Wohnung? Was machst du? Hast du eine Arbeit gefunden?"

Klaus lachte. „Das sind aber viele Fragen auf einmal."

„Na ja, wir haben uns eine Weile nicht mehr gesehen. Wie geht es überhaupt deiner Mutter? Ist sie noch in der Klinik? Wird sie durchkommen? Nun rede schon."

„Du fragst und fragst, und ich komme gar nicht zum Antworten. Also, Mama geht es ein wenig besser. Ich hoffe, sie wird wieder einigermaßen, sie kommt bald in die Reha. Was hast du noch gefragt? Ach ja, wunderbar ist meine neue Wohnung. Danke nochmals für die Vermittlung. Arbeit habe ich im Konzerthaus, und in zwei Wochen ist mein erstes eigenes Konzert in der Kirche. Habe ich alles beantwortet?", fragte er lachend. Er setzte sich auf den einzigen freien Stuhl, der im Büro des Bürgermeisters stand.

Klaus fühlte sich nun richtig gut. Erst jetzt stellte er fest, wie gut er sein Leben und vielleicht auch das seiner Mutter regeln konnte, er ganz alleine. Na ja, nicht alleine, mit ein paar lieben Menschen und mit viel Glück, oder auch mit dem da oben, falls es ihn gibt. Und dann arbeitete er ja auch noch an seinem Traum. Denn das alles war wie ein Traum, wie ein wunderschöner Traum. Welch schönes Gefühl, das war.

„Jetzt bin ich dran", sagte er schließlich.

„Ich habe auch ein paar Fragen an dich. Was sagen die Gerüchte? Hat sich auf dem Gut etwas ergeben, das ich noch nicht weiß oder wissen sollte? Schließlich sah es gar nicht gut aus, als ich weggegangen bin."

„Nicht viel. Die Esther führt ihm inzwischen den Haushalt, und wie ich gehört habe, ist er zurzeit unterwegs und versucht, seine Ernte zu verkaufen, was ihm vermutlich schwerfallen dürfte."

Klaus ging nicht darauf ein. Es genügte ihm, was der

Bürgermeister erzählt hatte. Das Gut war noch nicht in fremde Hände gefallen und anscheinend bemühte sich sein Vater, es zu retten. Solange das so war, konnte er in aller Ruhe nach Tobias suchen.

„Sag, Bürgermeister. Mein Bruder Tobias hat sich doch damals, nachdem er weggegangen war, sicher abgemeldet. Kannst du nachsehen, wohin er gegangen ist? Meine Mutter möchte ihn sehen und ich selbstverständlich auch. Ich denke, er sollte wissen, dass sie krank ist und wo er uns beide finden kann."

„Ja, abgemeldet ist er, aber eine neue Adresse hat er nicht angegeben. Es gibt da ein Amt, vielleicht kann ich dort nachfragen. Lass mir etwas Zeit und gib mir deine Telefonnummer. Du hörst bald von mir."

Damit war alles erledigt. Nichts hielt Klaus nun mehr im Dorf. Er beeilte sich, zurück in die Stadt zu fahren. Er fühlte sich sichtlich nicht wohl an diesem Ort. Der Schmerz saß zu tief.

Der Tag des Konzerts war gekommen. Klaus hatte in der Nacht zuvor kein Auge zugetan, das Lampenfieber hatte ihn gepackt und ließ ihn nun nicht mehr los. Am Vortag hatten sie noch mehr als vier Stunden bei der Generalprobe in der Kirche zugebracht.

Es war Klaus komisch zumute, denn überall in der Stadt hingen Plakate mit seinem Gesicht. Und da hatte Friedrich Kuhn das Konzert auch noch heruntergespielt und klein gemacht! In den Anbau der Kirche passten mehr als hundert Menschen, also würde das Konzert gar nicht so klein werden, wie er zuerst behauptet hatte. Das war für ihn als Anfänger schon ein großes Konzert, dachte er und gab sich wieder dem Lampenfieber hin, es lastete auf ihm wie eine schwere Krankheit.

Dabei hatte er noch zwei Stunden, und eine davon wollte er sich auf sein Bett legen in der Hoffnung, dass sich seine Nerven beruhigen würden. Er musste an etwas Schönes denken, redete er sich ein, an seine Mutter.

Tatsächlich hatte Jutta in den letzten Tagen zusehends Fortschritte gemacht. Mittlerweile konnte sie verstehen, dass er heute seinen großen Tag hatte, und sie wünschte ihm auf ihre Art viel Glück. Vor Tagen hatte er ihr berichtet, dass sich der Bürgermeister bemühte, Tobias zu finden. Aber bisher konnte er ihr nur sagen, dass dieser sich noch nicht gemeldet hatte. Trotzdem waren beide zuversichtlich, dass es nicht mehr lange dauern würde.

Mit einem Stöhnen erhob er sich. Die Stunde war viel zu schnell vergangen. Er gönnte sich eine ausgiebige Dusche und kleidete sich sorgfältig an. Den Smoking hatte er in einem Leihhaus besorgt, doch das würde man ihm nicht ansehen. Das gute Stück war sehr gut in Schuss, und wie er sich im Spiegel überzeugen konnte, sah er darin prächtig, aber auch ein wenig fremd aus.

Gemeinsam mit Friedrich Kuhn machte er sich auf den Weg zur Kirche. Autos über Autos standen davor und Menschen über Menschen strömten hinein. So nahm es Klaus wahr, und es wirkte sich auf sein Lampenfieber nicht gerade vorteilhaft aus, ganz und gar nicht. Ihm schlotterten bereits die Knie, sein Hals trocknete zusehends aus und seine Hände zitterten. Er hatte keine Ahnung, wie er auch nur eine einzige Taste richtig treffen sollte. Die Panik stand ihm ins Gesicht geschrieben.

Friedrich hatte alle Hände voll zu tun, ihn zu beruhigen. Für einen kurzen Moment bekam auch er Zweifel, ob er Klaus gerade nicht zu früh ins kalte Wasser warf, denn eigentlich konnten sie sich ja noch Zeit lassen. Der Junge musste so viel Neues aufnehmen, dass ihm wahrscheinlich öfter einmal schwindelig wurde, ob der vielen Änderungen.

Aber Nein, sagte er sich. Warum? Der Klaus ist so begabt, dass man das Konzert verantworten konnte.

„Klaus, hör mir zu", sprach er auf ihn ein. „Du bist so gut, dass du dir überhaupt keine Sorgen zu machen brauchst. Auf die Noten musst du dich nicht sonderlich konzentrieren, die sind dir in Fleisch und Blut übergegangen. Ich rate dir, denke an deine Mutter, wie sie deiner Musik lauschen würde und stolz auf dich wäre." Er klopfte Klaus auf die Schulter und schob ihn mit beiden Händen energisch auf die Bühne. So blieb Klaus keine Zeit mehr, weiter nachzudenken.

11

Tobias war wieder etwas ruhiger, das Gespräch mit seinem alten Freund Bauer Händel am frühen Morgen hatte ihm gutgetan. Auch sein Kampf mit den Naturgewalten trug dazu bei, dass er mit anderen Augen auf seine Familie und sich selbst blickte. Die gefühlt lange Zeit, die er in seinem Boot hing und um sein Leben bangte, gab ihm die Möglichkeit ein paar Dinge und Geschehnisse zu reflektieren und anders einzuordnen.

Er saß in seinem Arbeitszimmer und überlegte sachlich, aber auch emotional und mit Herzklopfen, wie er nun vorgehen sollte. Es war eher die Angst vor der eigenen Courage, die ihn zögern und zaudern ließ. Erst nach einer guten halben Stunde atmete er tief durch und wählte langsam die Telefonnummer des Bürgermeisters.

„Guten Morgen, Bürgermeister. Hier ist Tobias Glotz."

„Tobias? Das ist aber eine freudige Überraschung, die reinste Gedankenübertragung! Wo steckst du? Du hast ja lange nichts mehr von dir hören lassen."

„Ich lebe jetzt am Bodensee", antwortete Tobias etwas gekünstelt. Er hätte am liebsten aufgelegt, weil er sich richtig albern vorkam. Wie sollte er dem Bürgermeister klarmachen, dass er einem Albtraum nachging? Er machte sich doch nur lächerlich, aber er konnte nicht mehr zurück. Jetzt wollte er es wissen.

„Bürgermeister, ich hätte eine Bitte. Mich würde interessieren, wie es meiner Familie geht und dem Gut."

„Wieso interessiert dich das? Warum kommst du nicht einfach und siehst nach?", antwortete der Bürgermeister mit einer Gegenfrage. „Du weißt doch, wo deine Familie ihr Zuhause hat."

„Ich möchte nicht mit der Tür ins Haus fallen oder sie gar erschrecken. Und ich möchte nicht riskieren, mich mit meinem Vater zu streiten, ohne mit meiner Mutter und meinem Bruder sprechen zu können."

„Ach so." Der Bürgermeister hatte verstanden. Gerade wollte er antworten, da sprach Tobias weiter:

„Du kannst mich jetzt auslachen, wenn du willst, aber ich habe von meiner Familie geträumt und mache mir Sorgen, deshalb gehe ich die Sache langsam an."

„Verstehe. Das ist ja nichts, worüber man lachen könnte. Also gut. Ich glaube, es wäre wichtig, wenn du dich um deine Familie kümmern und deinem Bruder helfen würdest." Der Bürgermeister berichtete Tobias von der schweren Krankheit seiner Mutter und ihren Heilungsaussichten. Dann erzählte er noch in allen Einzelheiten vom Hinauswurf seines Bruders und dessen vorübergehender Obdachlosigkeit.

„Dein Vater ist übrigens ziemlich heruntergekommen. Inzwischen führt ihm die Esther das Haus, und jetzt ist er seit einer Woche unterwegs und versucht, seine Ernte zu verkaufen. Die Ernte vom Vorjahr steht übrigens auch noch in seinen Kellern. Keiner von uns erwartet, dass er ausgerechnet jetzt etwas erreichen wird. Wie schlecht es finanziell um ihn steht, musst du bei der Bank erfragen", beendete er seinen Bericht.

Eine Weile herrschte Stille.

„Tobias? Bist du noch dran?", fragte der Bürgermeister schließlich. „Warum sagst du denn nichts?"

„Oh Gott!", stieß Tobias auf einmal heraus. „Ich habe geahnt, dass da einiges schief gegangen ist."

Er war erschrocken, und es hatte ihm gleichzeitig die Sprache verschlagen, als er den Bericht des Bürgermeisters hörte. Seine Befürchtungen hatten sich leider bewahrheitet. Seine Mutter war schwer krank, sein Bruder obdachlos gewesen, war alleine mit den Problemen und der kranken Mutter, und sein Vater steckte im Elend mit dem Gut, mit dem Erbe seiner Vorfahren, mit seiner Heimat.

Das übertraf alles, was er sich zuvor ausgemalt hatte. Und er? Er saß hier am Bodensee auf seiner Terrasse und lebte wie Gott in Frankreich.

Der Bürgermeister drängte sich in seine Gedanken. „Wie geht es eigentlich dir, Tobias? Hast du eine Arbeit? Kannst du nicht zurückkommen und deinem Vater helfen?"

Tobias zögerte. „Mit geht es gut, danke", antwortete er schließlich zugeknöpft. Wie gut es ihm ging, wollte er dem Bürgermeister nicht unbedingt auf die Nase binden. Er wusste, dass der Dorffunk gut funktionierte und das Gerede blitzartig seinen Lauf nehmen würde.

„Danke, Bürgermeister, für deine Auskunft. Ich werde sehen, was sich machen lässt. Zuerst muss ich mich nun um meine Mutter kümmern. Danke nochmals, dass du mir alles erzählt hast. Ich werde mich der Sache so schnell wie möglich annehmen."

Schließlich gab der Bürgermeister Tobias noch Klaus' neue Telefonnummer. Das war hilfreich, so würde er nicht umständlich suchen müssen.

Als er aufgelegt hatte, atmete Tobias schwer. Er wusste nicht mehr, was er denken sollte. Hatte doch tatsächlich seine Mutter die Kraft gehabt, ihn auf irgendeine Weise zu rufen? Zum ersten Mal seit langer Zeit war er in eine Lebensphase geraten, in der er nicht wusste, wo er anfangen sollte. Für den Anruf bei Klaus würde er sich noch etwas sammeln müssen. Zum einen ängstigte er sich, in allen Einzelheiten vom schlechten gesundheitlichen Zustand seiner Mutter zu hören, und zum anderen fürchtete er, dass Klaus wütend auf ihn sein könnte, da er ihn in allen schwierigen Momenten alleine gelassen hatte.

Also war er erneut feige, ein völlig neues Gefühl übrigens, das er zuvor nicht gekannt hatte. Er würde zunächst die Bank anrufen. Das war auch wichtig. Er wollte Zeit gewinnen, damit er der Vergangenheit besser begegnen konnte.

Als sich der Angestellte der Bank gemeldet hatte, fragte Tobias: „Karl, bist du das?" Er hatte die Stimme nicht gleich erkannt. „Ich bin es, Tobias Glotz. Erinnerst du dich an mich?"

„Tobias? Natürlich erinnere ich mich, so lange ist das auch nicht her, dass du weggegangen bist. Wie geht es dir?"

„Danke, gut. Ich habe mit dem Bürgermeister gesprochen und er meinte, ich soll dich anrufen. Anscheinend steht es nicht gut um den Hof. Kannst du mir etwas mehr sagen, damit ich mir ein Bild machen kann?"

„Was soll ich sagen? Du weißt doch, dass ich das Bankgeheimnis wahren muss. Nur so viel: Dein Vater ist angeblich unterwegs und versucht, seine übervollen Lager leer zu bekommen. Aber wenn du mich fragst, dann wird da mit Sicherheit nichts herauskommen. Und ich fürchte, dann sieht es im Frühjahr schlecht aus. Mehr kann ich dir nicht sagen."

Jetzt kam der Geschäftsmann in Tobias zu Vorschein, der harte Verhandler, der nichts mit dem sorgenden Sohn zu tun hatte: „Mensch, Karl, hör auf mit dem Getue! Garantiert wird am Stammtisch in allen Einzelheiten das Bankgeheimnis außer Kraft gesetzt. Aber ich kann auch anders, davon darfst du ausgehen, meine Bank wird sich mit dir in Verbindung setzen. Denen wirst du Auskunft geben müssen bis ins kleinste Detail. Auf Wiedersehen, Karl. Man sieht sich bestimmt!"

Es war unfassbar, die Dörfler kannten kein Pardon, wenn es darum ging, sich am Elend anderer zu weiden. Obwohl, wenn er es rational betrachtete, hatte sich Karl korrekt verhalten. Aber er war eben emotional aufgeladen und da sah er es aus der Sicht der Dörfler und des Sohnes, nicht als abgeklärter Geschäftsmann. Wütend legte er auf und wählte umgehend die Nummer seiner Bank. Dort ließ er sich gleich mit dem zuständigen Vorstand verbinden.

„Ich grüße Sie, Herr Dr. Hamann. Tobias Glotz hier. Ich muss einiges mit Ihnen besprechen. Es geht um das Gut meines Vaters. Er ist auch ein Obstbauer, und ich habe gehört, dass es dem Betrieb nicht sonderlich gut geht. Involviert in die Angelegenheit ist Ihre Filiale im Bühlertal." Tobias berichtete von den wenigen nichtssagenden Informationen, die er vom Bürgermeister und von Karl erhalten hatte und die ihm natürlich nicht schlüssig waren.

„Ich möchte Sie bitten, dass Sie sich einen genauen Einblick verschaffen und mich informieren. Es geht mir darum, Vorkehrungen zu treffen, sollten sich die finanziellen Schwierigkeiten im Frühjahr verstärken. Auf keinen Fall möchte ich, dass durch eine Versteigerung fremde Leute auf das Anwesen zugreifen können.

Also im Klartext bereiten Sie bitte alles vor, damit ich einhaken kann, natürlich ohne selbst in Erscheinung treten zu müssen."

„Selbstverständlich kümmere ich mich um die Einzelheiten, Herr Glotz. Wir werden alles zu Ihrer Zufriedenheit vorbereiten und Sie stets auf dem Laufenden halten."

„Danke für Ihre Mühe, ich erwarte dann Ihren Bericht. Auf Wiedersehen, Herr Dr. Hamann. Einen schönen Tag für Sie."

In diesem Augenblick öffnete die Haushälterin Anna die Tür zu Tobias' Büro und brachte ihm ein zweites Frühstück. Dankbar sah er sie an, als sie das Tablett abstellte.

„Danke, Anna. Du kannst Gedanken lesen. Ich habe gar nicht gemerkt, wie schnell die Zeit vergangen ist, so intensiv war ich beschäftigt."

„Halb so schlimm. Ich merke doch, wenn Sie eine Stärkung nötig haben", antwortete Anna lächelnd. Sie spürte, dass er Kummer hatte und ausnahmsweise seine Ruhe brauchte. Dafür würde sie sorgen.

Die Mahlzeit tat ihm gut. Doch dann musste er noch den schwersten Anruf tätigen. Aufgeschoben hatte er ihn bis zum Schluss, aber nun gab es kein Entrinnen mehr, jetzt musste er seinen Bruder anrufen. Mit zitternden Fingern wählte er die Nummer, die ihm der Bürgermeister gegeben hatte.

„Klaus, bist du das?", rief er durch den Hörer, als er eine Stimme hörte. „Hier ist dein Bruder Tobias."

„Tobias, Tobias! Dass du anrufst! Das ist ja Telepathie. Wo steckst du denn?", rief Klaus.

Seine Mutter würde sich freuen und selbstverständlich tat er das auch von ganzem Herzen.

Innerhalb weniger Sekunden plumpsten Tobias alle Steine hinunter, die ihm im Magen gelegen hatten. „Klaus, ich freue mich ja so, deine Stimme zu hören. Ich hatte solche Angst vor diesem Telefonat. Ich kann dir gar nicht sagen, wie glücklich ich bin."

„Na ja, wieso soll ich dir glauben, dass du dich freust? Es ist jetzt vier Jahre her, dass du gegangen bist und dich nie bei uns gemeldet hast."

Klaus musste das loswerden, schließlich hatte es ihn lange Zeit beschäftigt. Seine Stimme überschlug sich beinahe.

„Ich weiß ja, dass du mich nicht besonders gemocht hast, aber wenn schon nicht ich, dann doch wenigstens unsere Mutter."

Seine Stimme vibrierte, er schluckte und versuchte zu verhindern, dass er weinen musste. Jetzt erst spürte er, wie weh ihm das Verhalten seines Bruders all die Jahre getan hatte.

Tobias hörte, wie schwer sich Klaus mit seinen Emotionen tat. Einerseits war er sauer auf seinen großen Bruder und andererseits war da die Krankheit der Mutter, die beide Söhne brauchte.

„Ich weiß, kleiner Bruder. Ich habe so viele Fehler gemacht."

Tobias schämte sich noch mehr, jetzt wo sein Bruder am Telefon war. Kleine Fetzen der Erinnerung an seinen fiesen Sprüchen, die er ihm damals regelmäßig hinterherrief, zogen durch seine Gedanken. Am liebsten wäre er in einem Mauseloch versunken. Da half ihm aber spontan Klaus über die Hürde.

„Ja, aber ich bin auch froh, dass du dich meldest. Ich meine das ehrlich, denn ich hätte jetzt auch begonnen dich zu suchen. Lasse uns unsere persönlichen Befindlichkeiten hintanstellen. Es hat sich so viel getan in den letzten Monaten, aber das Ganze lässt sich, denke ich, nicht am Telefon besprechen. Mama wünscht sich auch, dich zu sehen. Kannst du es möglich machen, bald zu kommen?"

„Wie geht es Mama? Ich habe vom Bürgermeister gehört, dass sie schwer krank ist und im Krankenhaus liegt."

„Du musst dir zwar noch Sorgen machen, aber keine mehr um ihr Leben. Wir können sehr zuversichtlich sein, wenn man bedenkt, wie die Ausgangslage war. Also komm einfach, ich erzähle dir alles ausführlich und höchstpersönlich."

Tobias ließ sich nicht zweimal bitten. Am nächsten Morgen fuhr er sehr früh auf die Autobahn. Er hatte Klaus versprochen, gegen zehn Uhr bei ihm zu sein. Während der Fahrt fiel ihm wieder ein, was der Bürgermeister erzählt hatte. Esther führte den Haushalt seines Vaters.

Esther, Esther! Wie mochte es ihr wohl in der Zwischenzeit ergangen sein? Er sah sie vor sich, so jung und schön mit ihren rosigen Wangen in der sonntäglichen Tracht. Auch ihr hatte er ziemlich übel mitgespielt. Sie waren damals so sehr verliebt und hatten so eine enge Beziehung, dass sie als unzertrennlich wahrgenommen wurden und auch sie hatte er wortlos sitzenlassen. Er verstand sich mittlerweile selbst nicht mehr und selbst wenn er kopflos weggerannt ist, hätte er trotzdem mit seiner Mutter, mit Klaus und Esther in Verbindung bleiben müssen.

Konnte es wirklich sein, dass diese Schönheit bisher noch nicht geheiratet hatte? Das war fast unmöglich. Er dachte an die anderen jungen Männer, die sie umschwärmt hatten wie die Motten das Licht. Eine leise zarte Hoffnung keimte in ihm auf. Auch er hatte bisher vermieden, eine Ehe einzugehen, obwohl er wusste, dass Tanja nur darauf wartete. Welch verrückter, hoffnungsloser Idiot er doch war! Esther würde ihm etwas erzählen, wenn sie sich wiedersahen, Feigheit würde sie ihm vorwerfen und noch vieles andere mehr. Er wollte diese Gedanken gar nicht weiterspinnen. Sie ließen ihn in seiner Vorstellung nicht gut aussehen und doch versuchte er, sich auszumalen, wie sie wohl aussehen mag, ob sie sich sehr verändert hat und warum sie ausgerechnet bei seinem Vater als Magd arbeitete. Er kannte sie anders, er kannte sie als sehr kluge junge Frau, die das Leben und die Zukunft reflektierte, aber sehr heimatverbunden war. War es die Liebe zur Heimat, die ihr beruflich als Hindernis in Wege stand?

Tobias schüttelte den Kopf, seine Gedanken und Überlegungen fuhren Achterbahn und kümmerten sich um Dinge, die im Moment zumindest noch nicht an erster Stelle standen. Jetzt ging es erst einmal um seine Mutter und das Obstgut, und das würde viel Zeit und Kraft in Anspruch nehmen, dessen war er sich ganz sicher.

Alleine das Obstgut, falls sein Vater nichts getan

hatte, dürfte wirtschaftlich vollkommen darniederliegen. Er würde eine Unmenge Geld investieren müssen.

Und dann die Plantagen. Bei dieser Vorstellung bläst er sich spontan die Backen auf und stößt die Luft durch die zusammengepressten Lippen wieder aus.

Die müsste er kultivieren, dachte er, obwohl, da könnte es sein, dass er wenigstens die Baumpflege einigermaßen durchgeführt hat. Auch wenn das Obst zu klein war, würde er es doch verarbeiten können. Im Gegensatz zu seinem Vater hatte er noch Kapazitäten frei und vor allen Dingen hatte er die wichtigen Kontakte zu den Einkäufern der Republik.

Diffizil war jetzt aber die Zeit bis zu dem Tag, an dem er seine Arbeit im Obstgut aufnehmen konnte. Er musste warten, bis sein Vater aufgab, denn vorher würde dieser alles ablehnen und noch schlimmer, er würde aus lauter Sturheit lieber das Gut irgendjemand in den Rachen werfen, anstatt seinem Sohn recht geben zu müssen. Also musste die Zeit für ihn arbeiten und das hoffentlich noch mehr Kapital und Substanz zu zerstören.

Inzwischen hatte er die Autobahn verlassen und fuhr die Hauptstraße der Kreisstadt entlang. Er folgte der Wegbeschreibung seines Bruders und parkte kurze Zeit später vor Friedrich Kuhns hübschem, kleinem Haus.

Tobias und Klaus fielen sich in die Arme und konnten ihre Rührung, nur schwer unterdrücken.

„Komm herein, Tobias. Ich bin so aufgeregt", stammelte Klaus schließlich und zeigte seinem Bruder den Weg in sein kleines, aber durchaus gemütliches Wohnzimmer. Mehrere Minuten saßen sie sich schweigend gegenüber.

Um die etwas steife und zurückhaltende Situation etwas aufzulockern, fragte Klaus, ob er sich die Wohnung anschauen möchte.

„Aber ja, gerne." Sie erhoben sich und Klaus führte seinen Bruder durch sein kleines Schätzchen, das er so sehr liebte.

Er zeigte das liebevoll eingerichtete Zimmer der Mutter, das alles hatte, um sich wohlzufühlen.

Dann folgte sein Schlafzimmer, eher nüchtern und spartanisch, aber es passte zu Klaus, denn er kannte es ja nicht anders, sein Zimmer auf dem Gut war auch so zurückhaltend und unpersönlich eingerichtet.

Das Bad war relativ klein, aber sehr hell und freundlich. Es hatte sogar ein Fenster.

Die Küche zeigte sich vergleichsweise winzig, eben zweckmäßig, mit Einbaumöbeln und einem kleinen Tisch, sowie zwei Stühlen für das Frühstück.

Klaus beobachtete seinen Bruder, aber der zeigte nicht, ob es ihm gefiel.

„Das ist doch eine sehr schöne Wohnung, auch wenn die Küche ein bisschen klein ist. Ich bin so froh, dass du sie gefunden hast, nachdem er dich vom Hof jagte." Tobis strich Klaus über die Schulter.

Klaus gefiel der Satz nicht. Wie kam sein Bruder dazu, seine Wohnung so emotionslos zu bewerten. So nach dem Motto geht doch gerade, wenn man bedenkt, dass er dich rausgeworfen hat.

„Wenn du schon einmal auf einem Acker mit Mäusen und Ratten dein Brötchen gegessen hast, dann ist diese Küche wie ein Saal. Die ganze Wohnung ist ein Traum und bedeutet die Sicherheit, für Mama und mich", rief er mit wütender Stimme. Seine Augen schossen Blitze.

Tobias erschrak und legte seinem Bruder den Arm um die Schulter.

„Entschuldige bitte, ich habe mich wohl etwas falsch ausgedrückt. Ich wollte deine Wohnung nicht kleinreden. Und was du alles getan und erreicht ist, ist eine absolut große Leistung."

„Schon gut. Ich habe nicht mehr so ein dickes Fell, seit ich aus meinem Zimmer ausgezogen bin."

12

In den vergangenen Tagen hatte Esther viel geschuftet. Von früh am Morgen bis spät in die Nacht hatte sie das gesamte Anwesen auf Vordermann gebracht. Nun war das meiste geschafft. Das Haus glänzte von oben bis unten, die Gardinen dufteten und der Kachelofen verbreitete eine angenehme Wärme. Das Gemüse und das Kraut, das Jutta noch angebaut hatte, war verarbeitet und im Vorratskeller eingelagert, die Wäsche war gewaschen, gebügelt, geflickt und eingeräumt.

Von Gerhard hatte sie noch nichts gehört. Fast drei Wochen war er nun schon weg, und das wertete sie eigentlich als kein gutes Zeichen.

Sie saß am großen Küchentisch und blickte aus dem Fenster. Es war später Nachmittag, und sie hatte nichts mehr zu tun, die Tage wurden jetzt extrem langweilig.

Seit sie hier war, musste sie täglich an Tobias denken, an ihre Liebe und den Schmerz, den sie überwunden geglaubt hatte, der nun aber wieder aufgebrochen war. Und es tat erneut sehr weh. Viel zu schön war die gemeinsame Zeit gewesen, die sie erlebt hatten, denn es war eine Vertrautheit zwischen ihnen entstanden, in die niemand eindringen konnte. Umso schmerzlicher war es für sie, ständig an ihn denken zu müssen, diese Liebe erneut zu verspüren.

Mehrere junge Männer aus dem Dorf hatten ihr den Hof gemacht, und sie war auch mit ihnen ausgegangen, aber am Ende hatte sie keiner ernsthaft interessiert. Irgendwann hatten sie aufgegeben, um sie zu werben, die meisten waren nun verheiratet und hatten auch schon Kinder.

Ihre Eltern waren enttäuscht, als Tobias weggegangen war, sie hatten ja auch die leise Hoffnung gehegt, dass ihre Tochter die Bäuerin auf dem Obstgut Glotz werden könnte. Damit wäre auch für sie einiges leichter gewesen. Sie waren eine einfache, arme Arbeiterfamilie, der Vater arbeitete den größten Teil des Jahres auf dem Gut und den Winter über saß er zu Hause. Das kleine Gehalt, das er im Sommer verdiente, musste gut eingeteilt werden. Die Mutter führte den Haushalt und versorgte die vier kleineren Geschwister. Glück hatten sie mit ihrer Wohnung. In einem Haus der Gemeinde hatte ihnen der Bürgermeister schon vor Jahren eine einfache, aber großzügige Wohnung gegeben. So mussten die Kinder nicht alle in einem Zimmer schlafen, und sie waren mehr als nur dankbar dafür. Es war ihr kleiner

Luxus.

Esther stöhnte. Wie gerne hätte sie länger die Schule besucht und eine gute Ausbildung gemacht, aber es war eben nicht genug Geld da gewesen. Nach neun Jahren in der Dorfschule hatte sie sich eine Arbeitsstelle suchen und der Familie helfen müssen.

Zu Beginn war dies auch recht gut gegangen. Esther hatte beim Siedlerbauern gearbeitet, der sehr zufrieden war mit seiner Magd, bis auch ihn die veränderten wirtschaftlichen Zeiten erreichten.

Er schaffte es nicht mehr, seinen Hof zu halten, und musste unter Tränen aufgeben. Seitdem sah es düster für Esthers berufliche Zukunft aus, denn sie wusste, dass Bauer Glotz bald der nächste sein würde.

Ohne Berufsausbildung war es für sie schwer, Arbeit zu finden. Und die Zeit der Mägde war jetzt nun einmal endgültig vorbei. Wenn alle Stricke rissen, würde sie in die ungeliebte Stadt gehen und sich eine Stelle als Haushälterin suchen müssen. Sie schüttelte sich bei dem Gedanken, denn dann würde sie nicht mehr im Dorf und in der freien Natur arbeiten können. Dies würde ihr sehr fehlen, das wusste sie jetzt schon. Möglicherweise lohnte es sich, auch über ihr heimliches Hobby, nachzudenken. Aber das war Zukunftsmusik.

Obwohl, der Klaus, dachte sie, der hatte im Moment, wie man hörte, auch das kleine Glück mit seinem Hobby gefunden. Beim Bäcker haben sich die Frauen erzählt, dass sie in der Stadt Plakate mit Klaus am Klavier, haben hängen sehen. Da stand, dass er in der Kirche ein Konzert geben würde. Die Frauen sagten, dass sie sich das nicht vorstellen können, dass der kleine schmächtige Klaus, der immer ein bisschen als deppert hingestellt wurde, der angeblich nicht in der Lage war, richtig zu arbeiten, plötzlich ein Musiker sein soll.

Und überhaupt, man wusste gar nicht richtig, wo er damals hinging, nachdem ihn der Bauer verjagt hatte.

Der Bürgermeister hatte nur am Stammtisch wortkarg gesagt, dass er in der Stadt wohnen und sich um seine Mutter kümmern würde. Keiner wusste, wie es Jutta ging, noch nicht einmal der Doktor plauderte darüber.

Als die Tür aufflog, schrak Esther aus ihren Gedanken hoch. Der Bauer betrat mit finsterem Gesicht die Küche und warf achtlos seinen Koffer auf den Boden. Wortlos ging er zum Kühlschrank, nahm sich eine Flasche Bier und trank sie in einem Zug bis zur Hälfte leer. „Was sitzt du hier herum?", maulte er und setzte sich an den Tisch. „Dafür bezahle ich dich nicht."

„Ich habe alles getan, was zu tun war. Du hast also keinen Grund, mich anzugreifen", antwortete Esther bestimmt. „Wie war deine Reise, soll ich dir Essen kochen? Du hast bestimmt Hunger."

„Lass mich in Ruhe und kümmere dich um deine Arbeit."

Wortlos stand Esther auf, verließ die Küche und schlich nach oben auf ihr Zimmer. Sollte er doch machen, was er wollte. Schulterzuckend nahm sie ein Buch in die Hand und versuchte, sich auf den Inhalt zu konzentrieren.

Derweil starrte Gerhard wütend vor sich hin. Drei Wochen war er landauf, landab unterwegs gewesen, bis in die hintersten Winkel hatte er große und kleine Läden aufgesucht, seine Erzeugnisse vorgestellt und angeboten. Im Laufe der Zeit hatte er ständig die Preise nach unten korrigiert. Nun musste er davon ausgehen, so gut wie keinen Gewinn mehr gemacht zu haben. Keine fünfzig Kisten hatte er verkauft, hinzu kamen die hohen Reise- und Übernachtungskosten. Dies alles spukte ihm durch den Kopf und machte ihn mürbe.

Seit Beginn seiner letzten Reisewoche war das so schlimm geworden, dass er sich jeden Abend den Frust von der Seele getrunken hatte. Dabei hatte er in seinem Suff abenteuerliche Erlebnisse, die manchmal am nächsten Morgen selbst ihn erschaudern ließen.

Er wusste nicht mehr, wie es weitergehen sollte. Es war keiner da, der ihm einen Rat hätte geben können. Gleichzeitig dachte er daran, dass er schon viele Ratschläge bekommen hatte, diese aber nicht hatte annehmen wollen.

Er war in einem Hamsterrad und drehte sich unentwegt um seine eigene Sturheit und Verbohrtheit. Immer noch war er überzeugt, dass er an der Tradition festhalten musste. Der moderne Kram würde sich nach seiner Meinung nicht lange halten. Bis dahin wollte er durchhalten, ahnte aber nicht im Entferntesten, wie er dies anstellen sollte.

An seine Familie dachte er schon lange nicht mehr. Sie hatten nichts mehr von sich hören lassen, sollten sie doch bleiben, wo der Pfeffer wächst. Sie würden schon sehen, was sie davon hatten, ein so stolzes Gut würden sie nie wiederbekommen. Ja, er würde sie davonjagen, sollte einer von ihnen noch einmal zurückkehren. Und sie würden kommen, das wusste er, weil sie versagen würden in der Welt da draußen. Keiner von ihnen würde je das eigene Leben meistern können, dafür legte er seine Hand ins Feuer.

Klaus würde der Erste sein. Er war ein Spinner, der es zu nichts bringen würde. Einer wie er, der nicht arbeiten konnte, konnte auch sein Leben nicht alleine bestreiten. Er empfand Ekel für ihn, nichts als Ekel. Für einen Moment sah er seine Jutta vor sich. Ob sie wohl noch lebte und wenn ja, wie? Vielleicht in einem Heim? Leben wird sie wohl schon noch, sonst wäre bestimmt der Pfarrer zu ihm gekommen. Aber er wollte es eigentlich nicht wissen, nicht wirklich. Sie war ja selbst schuld. Hätte sie alles besser eingeteilt, den Klaus härter herangenommen, wäre ihr das erspart geblieben. Er jedenfalls konnte und wollte sich nicht mit einer Kranken belasten. Dafür hatte er absolut keine Zeit.

Am nächsten Morgen kam Gerhard schlecht gelaunt und mit schwerem Kopf in die Küche. Natürlich hatte er sich auch zu Hause wieder mit Schnaps den Kopf zugedröhnt. Wenn er das Zeug schon nicht verkaufen konnte, würde er es eben selbst trinken. So hatte er jedenfalls entschieden in irgendeiner langen, zermürbenden Nacht und wusste bei Lichte besehen, dass es Blödsinn war, so zu denken.

Während er allein in der Küche saß, fielen ihm nun seine extremen Reiseerlebnisse ein. Merkwürdigerweise konnte er sich an die Ereignisse im Vollsuff sehr intensiv erinnern. Ihm ging es nicht wie anderen, die betrunken einen Filmriss und am anderen Tag alles vergessen hatten. Nein, er wusste noch sehr gut, was passiert war.

So hatte er sich am ersten Tag der letzten Reisewoche nach Stuttgart begeben. Er war in Zugzwang, die Zeit rann dahin und es musste jetzt unbedingt ein Erfolgserlebnis her. Er hatte nicht mehr viel Zeit. Deshalb wollte er an diesem Tag alle Tankstellen, Kioske und Gaststätten dieser großen Stadt aufsuchen. Doch sein Vorhaben war ein Ding der Unmöglichkeit, zum Scheitern verurteilt, noch ehe er den ersten Schritt getan hatte.

Voller Elan begann er frühmorgens seine Tour. Die ersten zwanzig Absagen nahm er noch mit Gelassenheit hin, die nächsten zwanzig raubten ihm schon fast den Verstand. Er hatte brennende Füße, Hunger, Durst und noch viel mehr Frust. Er konnte das einfach nicht verstehen. So viele Geschäfte und Gaststätten, die Regale voller Flaschen hatten, darunter auch Säfte und Schnaps, zeigten ihm die kalte Schulter. Sie wollten noch nicht einmal versuchen, ob sich Kunden für seine Produkte interessierten.

Er schüttelte nur noch den Kopf, war völlig überfordert. Er war eben in seiner Persönlichkeit einfach gestrickt und das war er auch in seinem Denken. Den Wandel im Verkauf und Vertrieb hatte er gar nicht bemerkt. Er war einfach irgendwo in der Zeit stehen geblieben. Ein Kiosk, der Flaschen führte, konnte doch auch seine Flaschen hinstellen!

Dass der Kiosk einen großen Lieferanten vorzog, der ihn mit allen Artikeln versorgen konnte, gehörte nicht zu seinem Wissen. Wozu auch?

Er hatte keine Ahnung davon, dass durch die Groß-einkäufe eines Großhändlers auch für die kleineren Geschäfte alles viel preiswerter zu bekommen war. Er hatte das nie erfahren und nie erfragt. Wozu auch?

Er wäre im Leben nicht auf die Idee gekommen, kleine Flaschen, auch solche, die nach etwas aussehen oder Geschenkflaschen anzubieten.

Er hatte sich noch nie mit Kleinigkeiten abgegeben, er kannte das nicht, dass Kinder kleine Flaschen zur Schule mitnahmen. Und wieso sollte es eine Flasche sein, die nach etwas aussah? Eine Flasche war doch eine Flasche! Wer erfreute sich schon an einer Flasche, die ihn auch noch mehr Geld kostete?

Geschenke, weshalb Geschenke? Er hatte nie etwas verschenkt, wozu auch?

Professionelle Vertreter zu suchen, die das Vertrau-en der Handelsgeschäfte genossen, war ihm fremd. Und sich informieren, wozu auch?

Er stöhnte bei diesem Gedankenwirrwarr, während er mit seiner Aktentasche die Straße langlief. Das alles hatte man ihm erklärt, gezeigt und gelegentlich auch an den Kopf geworfen und er verstand das nicht. Er hatte noch nie davon gehört.

Er wusste nicht mehr, wie viele Absagen er über sich hatte ergehen lassen müssen. Nun war er am Ende und beschloss, für diesen Tag aufzuhören. Als er auf die andere Straßenseite blickte, sah er, dass ihn der Zu-fall zu einer einfachen Pension geführt hatte, die er sich ja ohnehin hätte suchen müssen. Also trat er ein und wartete geduldig an der Rezeption, bis jemand kam.

Nach einer Weile stöckelte eine ältere, sehr korpulente, schwarzhaarige Dame um die Ecke. Ihre Frisur war ein toupiertes Kunstwerk, das einem Schwalbennest glich und vermutlich mit zwei ganzen Flaschen Haarspray fixiert war. Sie war so stark geschminkt, als hätte sie gerade die Theaterbühne verlassen oder als wäre sie einem Farbtopf entstiegen.

„Was kann ich für Sie tun?", fragte sie.

„Haben Sie ein Zimmer frei?" Gerhard betrachte die Frau interessiert. Sie glitzerte wie ein Weihnachtsbaum. Unzählige Ketten baumelten um ihren Hals. Die Ohrringe zogen ihre Ohrläppchen bald bis auf die Schultern, und die bunten Armreifen waren so eng aneinandergeschoben, dass es aussah, als wären sie in den dicken Arm eingenäht. Ihr Kleid war sackähnlich geschnitten und bunter als ein Papagei, jedoch mit sehr vielen goldenen Punkten. Auffallend war außerdem ihr Dekolleté, das den Blick auf riesengroße Brüste freigab.

Gerhard starrte darauf, als hätte er so etwas noch nie gesehen. Seine Jutta hatte auch genug Holz vor der Hütte, aber sie hatte sich ihm nie so aufreizend dargeboten, auch nicht in jungen Jahren. Sie war immer kühl, nicht gerade abweisend, eher interesselos gewesen.

Er hatte sie halt so genommen, wie sie war. Mit ihrer ewigen Kittelschürze und ihren abgearbeiteten Händen hatte selbst er im Laufe der Zeit vergessen, was es heißt, eine Frau zu begehren.

Die Frau beobachtete ihn ein wenig und lachte. „Ein Zimmer? Klar habe ich ein Zimmer. Für wie lange brauchen Sie es denn?"

„Nur eine Nacht."

„Eine Nacht", wiederholte sie. „Sie sind nicht aus der Gegend, oder?"

„Nein, ich komme vom Bühlertal. Ich bin auf der Durchreise, auf Geschäftsreise besser gesagt. Und ich habe Ihre Pension eben zufällig gesehen. Ich war den ganzen Tag auf Verkaufstour und bin jetzt müde und habe Hunger."

Blitzschnell reagierte sie. Auch sie dachte an die Geschäfte, die schon lange nicht mehr so gut gingen, wie sie es sich wünschte. Auch sie hatte mittlerweile Personal abgebaut. Na ja, das Personal hatte sich wohl eher selbst abgebaut, weil hier nicht mehr genug zu holen war. Mit Ausnahme von zwei übrig gebliebenen Mädels, die schon seit Jahren bei ihr waren und die ebenso so wie sie vorsichtig ausgedrückt in die Jahre gekommen waren. Und gerade deshalb blieben sie treu bei ihr. Wo hätten sie auch sonst noch unterkommen sollen? Dieser Mann hier hatte wirklich keine Ahnung, wo er gelandet war, registrierte sie blitzschnell.

„Ich gebe Ihnen ein Zimmer für fünfzig Mark."

Gerhard erschrak: „Fünfzig Mark? Das ist aber teuer!"

„Dafür bekommen Sie bei mir auch etwas zu essen und müssen sich nicht auch noch einen Gasthof suchen. Frühstück mache ich Ihnen ausnahmsweise auch."

„Gut", sagte Gerhard. „Ich bin zu müde, für eine Nacht geht das schon."

Sie gab ihm einen Schlüssel und er schleppte sich in die erste Etage. Das Zimmer war klein, und er wunderte sich etwas über die Einrichtung. Es war total überfrachtet von Spitzen und Plüsch, alles war in tiefes Rot getaucht. Dies war ihm aber gerade völlig egal, er streifte sich die Schuhe von den Füßen, nahm sich aus dem Wasserhahn ein Glas Wasser und ließ sich in die Kissen fallen. Innerhalb von Sekunden war er eingeschlafen.

Irgendwann schüttelte ihn jemand an der Schulter. Er öffnete langsam die Augen und blickte in das Gesicht einer ebenso stark geschminkten, aber blonden Frau. Im Zimmer war es bereits duster. Anscheinend hatte er einige Stunden geschlafen.

„Ich habe Ihr Essen auf den Tisch gestellt. Was soll ich Ihnen zu trinken bringen?", fragte sie ihn mit einer tiefen, rauchigen Stimme.

Gerhard erhob sich langsam und versuchte, sich zurechtzufinden. Es dauerte einen Moment, bis er wusste, wo er war.

„Ein Bier hätte ich gerne", antwortete er.

Die Frau rauschte aus der Tür und Gerhard bekam leise Zweifel. War er da etwa in einer Absteige gelandet? Schon wieder so eine Frau, die etwas leicht bekleidet war und ihren Körper sehr freizügig zeigte. Er wusste es nicht, er hatte auch hier keine Ahnung und keine Vorstellung. Seine sexuellen Bedürfnisse waren nicht mehr sehr ausgeprägt.

Die Frau kam zurück, brachte ihm das Bier und verließ sofort wieder das Zimmer.

Mit Heißhunger machte sich Gerhard über das Schnitzel und den Kartoffelsalat her und trank sein Bier. Danach ging es ihm etwas besser, aber die Gedanken und die Sorge um seine Waren und das Obstgut waren sofort wieder da. Er hatte noch tausend Mark in der Tasche. Davon würde er noch eine Woche über das Land fahren müssen, tanken, essen, schlafen und was er sonst noch zum Leben brauchte. Und eigentlich wäre es gut, wenn er noch etwas davon mit nach Hause bringen könnte. Er holte eine Flasche Obstler aus seiner Tasche und wollte noch ein oder zwei Schnäpse trinken und sich dann hinlegen.

Aus den ein oder zwei Schnäpsen wurde schließlich die halbe Flasche. Die Zimmertür öffnete sich abermals und die blonde Frau stand wieder vor ihm. Sie hatte wohl sofort erfasst, was die Chefin und auch sie vermutet hatten. Hier hatten sie es mit einem Ahnungslosen zu tun, einem, der seine Sorgen hinunterspülte, einem, der ihnen einige Scheine in ihre klamme Kasse einspielen konnte.

Gerhard war schon in einem Zustand, der ihm alles gleichgültig erscheinen ließ, als sich die Frau zu ihm auf die Bettkante setzte. Das Spiel begann, sie führte ihn in eine Welt der Erotik, die er noch nie erlebt hatte, von der er gar nicht wusste, dass es sie gab. Die Frau tat Dinge, präsentierte und räkelte sich vor ihm, dass ihm fast die Augen herausfielen. Es war unvorstellbar, er glitt in einen Rausch der unbekannten Begierde.

Selbst jetzt im Nachhinein trieb es ihm noch die Scham in die Augen, er erkannte sich selbst nicht mehr. Er verdrängte diese Seite an ihm, die er jetzt erst im Alter kennengelernt hatte. In ihrem emotionalen Rausch tranken sie gemeinsam seine Schnapsflasche leer. Dass er dies allerdings alleine tat und die Frau ihm auch ihre Gläser zuschob, bekam er nicht mehr mit.

Anschließend verlangte sie hundert Mark von ihm. Vernebelt vom Alkohol fand er übrigens den Preis nicht zu hoch, er wunderte sich noch nicht einmal, dass es überhaupt etwas kostete. Er war ein ahnungsloser Irrer, wie er später feststellte.

Während er seinen Rausch ausschlief, mussten die Frauen seine Taschen durchsucht und sein Geld überprüft haben. Wie sonst hätten sie ihn gezielt dahin steuern können, dass er statt einer Nacht die ganze Woche blieb, von da aus, neue Kunden suchte und am Abend die Spiele der Frauen gegen Bezahlung mitspielte. Am Ende hatten sie ihm seinen Tausender ganz locker aus der Tasche gezogen.

Es ekelte ihn, dass er das getan hatte. Aber Gerhard wäre nicht Gerhard gewesen, wenn er dafür nicht Jutta die Schuld in die Schuhe geschoben hätte. Wäre sie nämlich eine Frau gewesen, die ihrem Mann nicht nur aus Pflicht etwas gab, was er brauchte, hätte sie ihre Weiblichkeit eingesetzt, dann hätte er dieses berauschende Gefühl gekannt und wäre nicht so in Versuchung geraten.

Esther kam in die Küche. Sie hatte schon Kaffee gekocht. Dazu servierte sie Gerhard Rühreier und frisches Brot, das sie tags zuvor selbst gebacken hatte. Wortlos und fast mechanisch stellte sie ihm alles hin und machte sich am Herd zu schaffen. Gerhard sprach kein Wort mit ihr und Esther ließ ihn gewähren. Hauptsache, er ließ sie in Ruhe und schrie nicht mit ihr herum. Sie ahnte, dass er auf seiner Reise nicht sehr viel erreicht hatte, sonst hätte er bessere Laune gehabt.

Eine halbe Stunde später fuhr Gerhard ins Dorf. In der Jackentasche hatte er wieder sein Sparbuch, von dem er Geld abheben musste. Immer kleiner wurden die Beträge, die ihm verblieben. Im Frühjahr würde bestimmt wieder seine Zeit kommen, tröstete er sich. Die vielen Geschäfte, die er besucht hatte, würden sich bestimmt an ihn erinnern. Zum Saisonbeginn wurde überall frische Ware gebraucht.

„Tausend", sagte er kurz und knapp, als er am Bankschalter grußlos das Sparbuch durch den Schlitz der Trennscheibe schob. Karl würdigte er keines Blickes. Dieser erkannte, dass Gerhard noch böse mit ihm war, weil er ihm im Sommer den Kredit nicht genehmigt hatte. Gerhard, dieser Sturkopf, tat ihm aber noch nicht einmal mehr leid. Alle hatten versucht, ihm zu helfen, von Tobias angefangen über den Bürgermeister bis zu ihm selbst.

Karl war erst am Tag zuvor aus der Landeshauptstadt zurückgekehrt, weil ihn der Vorstand der Bank kurzfristig einbestellt hatte. Er hatte alle Unterlagen über Gerhard Glotz mitbringen müssen, dessen gesamten wirtschaftlichen Verhältnisse streng geprüft worden waren. Dann hatte er klare Anweisungen erhalten. Er durfte ihm keine Überziehungen genehmigen, natürlich auch keinen Kredit geben, doch das hatte er ja glücklicherweise schon vorher geahnt. Sobald sich die Sparbücher dem Ende zuneigten, musste er sofort den Vorstand unterrichten. Er konnte gar nicht verstehen, warum sie über alles auf dem Laufenden gehalten werden wollten. Ihm drohte sogar die Entlassung, wenn im

Dorf etwas durchsickern oder Gerhard etwas davon erfahren würde. Merkwürdige Kräfte waren da am Werk, merkwürdige Kräfte, das wusste Karl. Warum interessierte sonst den Vorstand einer Bank ein durchschnittlicher Bauer, der kurz vor dem Bankrott stand. Er konnte sich das nicht erklären. Soweit reichte seine Fantasie nicht. Ihm konnte es ja auch egal sein, er würde wie gefordert das Maul halten und seinen sicheren und gut bezahlten Arbeitsplatz nicht aufs Spiel setzen. Er war eben auch sich selbst der Nächste.

Daher nahm er wortlos das Sparbuch und zahlte Gerhard den gewünschten Betrag ohne Kommentar aus.

Mitten in der Nacht schreckte Esther hoch. Ein lautes Poltern auf der Treppe hatte sie abrupt aus ihren Träumen gerissen.

Die Tür flog krachend auf. Wie sie im fahlen Mondlicht erkennen konnte, stand Gerhard breitbeinig in ihrem Zimmer. Schnell knipste sie ihre Nachttischlampe an und wollte aus dem Bett springen, doch er stand blitzschnell vor ihr und drückte sie mit aller Macht in die Kissen. Esther begriff, dass er betrunken war. Sein Atem stank grässlich nach Alkohol und aus seinen Augen blickte die pure Gier. Es sah aus wie ein Tier.

„Halt still! Ich brauche eine Frau!", lallte er in seinem alkoholisierten Zustand, konnte aber nicht mehr genügend körperliche Kraft entwickeln. Es war etwas zu viel Schnaps gewesen, der ihm nun die Mannhaftigkeit raubte.

Nach einer kurzen Lähmung, nach dem ersten

Schock und der ersten Angst stemmte sich Esther entschlossen gegen ihn. Dabei gelang es ihr, sich seitlich wegzurollen. Gerhard konnte in seinem Zustand das Gleichgewicht nicht halten, und diesen Augenblick nutzte sie, um ihn mit dem Knie in den Unterleib zu treten. Er schrie auf vor Schmerz, sackte wimmernd in sich zusammen und rollte sich stöhnend auf dem Fußboden.

„Scher dich sofort hinaus! Du bist ein Schwein, Bauer! Mit mir kannst du das nicht machen, merke dir das gefälligst!", schrie sie und sprang mit einem Satz aus dem Bett. Schnell warf sie sich ihren Morgenmantel über.

Mit schmerzverzerrtem Gesicht und wankend verließ Gerhard Esthers Zimmer, dabei stolperte er auf wackligen Beinen in sein eigenes Schlafgemach und ließ sich in Straßenkleidung auf das Ehebett fallen. Er schlief sofort ein und schnarchte, was das Zeug hielt.

Esther sank auf ihr Bett, sie zitterte am ganzen Körper und weinte bittere Tränen der Enttäuschung und der Angst. Das war knapp, da hatte nicht viel gefehlt. Es hätte ins Auge gehen können. Sie schüttelte sich vor Entsetzen und der Vorstellung, was ihr da hätte passieren können. Sie realisierte, mit wie viel Glück sie in letzter Sekunde einer Vergewaltigung hatte entkommen können.

Immer wieder drängten sich die Bilder des Erlebten in den Vordergrund, ließen sie zittern und beben und die Tränen über die Wangen laufen. Ihr war klar, dass sie nicht mehr bleiben konnte, dass sie möglichst schnell das Gut verlassen musste. Zwei Minuten später dachte sie wieder, dass sie das nicht überstürzen musste. Er fasst sie bestimmt nicht mehr an und was hielt sie davon ab, abzuwarten, bis er sie nicht mehr bezahlen konnte? Niemand, stellte sie fest. Sie würde nichts überstürzen. Im Morgengrauen fiel sie in einen kurzen, unruhigen Schlaf.

13

Klaus und Tobias hatten ihre Wohnungsbesichtigung beendet und sich ins Wohnzimmer gesetzt.

„Als du dich damals mit ihm gestritten hast, stand ich gerade auf dem Flur neben dem Schrank, quasi etwas versteckt und schaute zu. Und während du anschließend nach oben gingst, weinte unsere Mutter, daraufhin hat er sie angeschrien, dass sie schuld sei, dich nicht richtig erzogen hätte und ich sowieso ein Faulenzer sei. Er schnappte sie an den Haaren und schleifte sie durch die Küche. Sie stolperte, fiel hin und er trat auch noch auf sie ein. Mit schmerzendem Körper kochte sie einfach weiter. Ich erzähle dir das, weil du das nicht mehr mitbekommen hast."

Tobias schüttelte immer wieder den Kopf und mittlerweile liefen ihm die Tränen über die Wangen. Ja, er wusste, dass sein Vater öfter zugelangte, aber so brutal hatte er es nie empfunden. Wie verblendet war er doch als Kind und als junger Mann, wie sehr hat er seinen starken Vater bewundert, dass er so blind war, und nicht erkannte, was sich da täglich abspielte.

Mit dem Arm wischte er sich die Tränen weg.

„Ich, ich verstehe mich selbst nicht, Klaus. Ich habe das alles lange Zeit gesehen, aber nicht so krass wahrgenommen, wie es tatsächlich war. Ich habe ihn verehrt und mich von ihm blenden lassen."

„Ja, das war sicher so. Mache dir keine Vorwürfe, er ist an allem schuld."

Mehr als eine Stunde lang erzählte Klaus seinem Bruder in allen Einzelheiten, was am Tage des Zusammenbruchs der Mutter zu Hause geschehen war.

Tobias stöhnte immer wieder auf. Was Klaus ihm da erzählte, sprengte jede Vorstellungskraft. Es bestätigte ihm seine Erkenntnisse, die er im Laufe der Zeit mit dem nötigen Abstand und der neuen Lebenserfahrung aus der Ferne gewonnen hatte. Das Bild seines Vaters war nicht mehr das gleiche. Es tat ihm unendlich leid, dass er die Situation seiner Mutter und seines Bruders nicht richtig beurteilt hatte. Früher oder später hätte es ihm auffallen müssen. Er hatte die Situation völlig verkannt, und es schmerzte ihn sehr, dass er nicht bei seiner Mutter war in ihrer schweren Zeit.

„Was ist jetzt? Kann ich noch etwas für sie tun, ihr irgendwie helfen? Wie geht es ihr? Ich mache mir solche entsetzlichen Vorwürfe", meinte er schließlich.

„Sie muss für viele Monate in eine Rehaklinik. Wir warten nur noch auf die Bewilligung der Krankenkasse. Dann wird sie verlegt", erklärte ihm Klaus. „Mehr können wir im Moment nicht tun. Wir müssen auf die Zusage warten."

Tobias holte sein Handy aus der Hosentasche. Er drückte eine Telefonnummer und wartete das Rufzeichen ab. „Guten Morgen, Herr Professor, Tobias Glotz hier", meldete er sich schließlich. „Haben Sie einen Moment Zeit für mich?"

Tobias erzählte über den Gesundheitszustand seiner Mutter und fragte den Professor nach seiner Meinung. Er stellte immer wieder neue Fragen und lauschte den Antworten.

„Ich möchte die bestmögliche Behandlung und Nachbetreuung. Ich will, dass alles Notwendige getan wird, damit meine Mutter soweit nur irgend möglich ins normale Leben zurückkehren kann. Egal was es ist. Notfalls fliegen wir sie auch ins Ausland."

Eine Weile lauschte er noch den Ausführungen des Professors und versprach, seine Anweisungen bis ins kleinste Detail zu befolgen.

„Danke, Professor, für Ihre Hilfe. Ich weiß das sehr zu schätzen und melde mich, sobald ich mit den Ärzten hier gesprochen habe. Ich bin sehr erleichtert."

„Wer war das, Tobias? Mit wem hast du gesprochen?", fragte Klaus. „Mutter soll ins Ausland? Wie soll das denn gehen?"

„Das war der leitende Professor einer Privatklinik am Bodensee. Wir werden die Klinikärzte anweisen, dass Mutter dorthin verlegt wird. Er hat den besten Ruf auf diesem Gebiet und sich bereit erklärt, sie bei sich in der Klinik aufzunehmen."

„Woher kennst du denn eine solche Kapazität und wovon sollen wir eine Privatklinik bezahlen? Beim besten Willen, das können wir nicht schaffen. Alles gebe ich her für Mutter, aber das, was ich habe, reicht einfach nicht, Tobias."

Dieser klopfte ihm beruhigend auf den Arm. „Mach dir keine Sorgen, Klaus. Bis jetzt haben wir nur von Mutter gesprochen, was das Wichtigste war. Und jetzt reden wir über dich, dann erzähle ich dir von mir und danach fahren wir ins Krankenhaus. Ich möchte sie so schnell wie möglich besuchen. Erzähle mir jetzt von dir. Was arbeitest du und wovon lebst du?"

Klaus berichtete, wie der Vater ihn aus dem Haus gewiesen hatte. Er erzählte von seinen Nächten auf dem Acker, seiner über Tage andauernden Obdachlosigkeit und wie ihm der Arzt im Krankenhaus in seiner Not unter die Arme gegriffen hatte.

„Durch die Hilfe des Bürgermeisters habe ich schließlich diese Wohnung hier bekommen."

Jetzt strahlte er über das ganze Gesicht.

„Das war der größte Glücksfall meines Lebens, eine Wohnung bei einem Musiklehrer, der mich auch noch unterstützt. Er war es auch, der mir im Konzerthaus eine Arbeit besorgte. Er kam aus dem Nichts in mein Leben und organisierte praktisch innerhalb von wenigen Minuten den Alltag für Mutter und mich."

Klaus lächelte verschmitzt und richtete die Augen gen Himmel, dann fuhr er fort.

„Ein Engel auf Erden, wenn du so willst. Es war, als ob Weihnachten und Ostern auf einen Tag fallen. Das werde ich nie vergessen, niemals! Zum ersten Mal in meinem Leben bin ich ein glücklicher Mensch und kann mich meiner Musik widmen, die ich so sehr liebe.

Es war bis dahin die Hölle für mich gewesen, jeden Tag auf dem Hof zu arbeiten. Und noch schlimmer war Vaters Verhalten. Er hat mich gedemütigt, wo immer es

158

nur ging, er hat mich gehasst und mich kleingemacht, mir mein Selbstbewusstsein genommen. Tobias, ich habe so unendlich viele Tränen vergossen und ich habe das nur ausgehalten, weil ich zu feige war, selbst etwas zu unternehmen. Ab und zu habe ich Mutters Liebe gespürt, obwohl sie nie Zeit für mich hatte, sie mich nie in den Arm nahm. Auch sie war sein Opfer. Und ich bewundere sie heute dafür, dass sie es so lange schweigend erduldet hat."

Klaus schwieg, er fühlte den Schmerz fast körperlich, denn die Erinnerung tat unendlich weh. Er fasste sich an die Brust und sprach leise weiter.

„Der Schlaganfall kommt nicht von ungefähr. Ich will damit nicht sagen, dass er daran Schuld trägt, das kann man nicht sagen. Ein Schlaganfall kann jeden treffen. Er hat aber nicht für seine Frau gesorgt. Er hat ihr zu viel zugemutet, ihr die Arbeit in keiner Weise erleichtert. Durch seine Einstellung hat er verhindert, dass sie regelmäßig zum Arzt ging. Und das Schlimmste: Er hat sie nach ihrem Zusammenbruch im Stich gelassen. Wir haben nie wieder etwas von ihm gehört."

Jetzt, nachdem er die Einzelheiten kannte, verstand Tobias die empfindliche Reaktion seines Bruders, als er zuvor etwas lapidar sagte, dass seine Küche klein wäre. Er ahnte, welch eine Bedeutung und was für ein Schutzraum die kleine Wohnung für Klaus hatte. Es tat ihm leid, dass er nicht feinfühlig genug war.

„Ich kann das alles nicht mehr richtig verkraften, was ihr beide da ausgehalten habt. Es tut mir leid, dass ich vorhin deine Wohnung nicht richtig gewürdigt habe.“

Tobias schüttelte den Kopf und legte seinem Bruder den Arm um die Schulter. Aus seinen Augen quollen wieder ein paar Tränchen. Dann lehnte er sich zurück und schaute Klaus an. „So viel habe ich in meinem ganzen Leben nicht geweint, wie in den letzten Tagen. Das ist ja schon etwas peinlich, dass ein gestandener Mann, so nah am Wasser gebaut hat.“

Klaus lächelte. „Auch Männer dürfen weinen und Emotionen zeigen.“

Er stand auf, ging zu seinem Schreibtisch, holte ein Dokument heraus und reichte es Tobias voller Stolz. „Vor kurzem hatte ich mein erstes Konzert in einer Kirche und ich kann es immer noch nicht glauben: Im Publikum saß ein Agent, ein berühmter Agent, Jörg Birkenfeld, vielleicht sagt dir der Name etwas. Ja, und du hältst jetzt meinen Vertrag in den Händen. Er organisiert mir eine Tournee und verhandelt für mich Konzertverträge. Mein nächstes Projekt bringt mich mit einem berühmten Künstler zusammen, der einen gemeinsamen Musikabend mit mir gestalten wird. Das wird ganz bestimmt mein Durchbruch! Ich wusste immer, dass Musik mein Leben ist.“

„Ich freue mich so für dich, Klaus“, antwortete Tobias.

„Unser Vater hätte dich schon viel früher fördern müssen. Doch auch ich muss mich bei dir entschuldigen und wiederhole mich heute ständig. Ich bin als Kind hinter Vater hergerannt, weil ich so gerne in den Plantagen war. Ich habe seinen Worten geglaubt, wenn er sagte, dass du nicht helfen willst. Ich war aber auch ein kleiner Junge, der nicht verstand, was da geschah. Aber später hätte ich es durchaus erkennen können, wenn ich aufmerksam gewesen wäre. Entschuldige, dass auch ich auf dir herumgetrampelt bin. Ich bin überzeugt, dass du erfolgreich sein wirst, und wenn ich etwas für dich tun kann, dann lass es mich wissen", sagte er lachend. „Ich bin immer für dich da, das verspreche ich dir."

„Ja, es hat mir schon sehr wehgetan, dass wir als Brüder nicht zusammengehalten haben. Aber es stimmt, was hättest du denn machen sollen? Selbst unsere Mutter fand keinen Weg. Lass uns das vergessen. Wir sind jung genug, um es in Zukunft besser zu machen. Und zu deinem Angebot, etwas für mich zu tun, da weiß ich schon etwas. Ich brauche deine Hilfe, denn wir müssen uns beide um unsere Mutter kümmern. Wenn ich bald unterwegs sein werde, kann ich sie nicht mehr jeden Tag besuchen. Ich möchte, dass sie gut betreut wird."

„Aber das ist doch selbstverständlich." Tobias fasste sich ein Herz und erzählte Klaus von seinem Albtraum, dem eigentlichen Anlass, der ihn dazu gebracht hatte, Kontakt zu seiner Familie zu suchen. „Klaus, glaubst du an eine Macht oder so etwas Ähnliches?"

„Jetzt wo du das sagst: Ich habe Mutter, als sie so krank dalag, erzählt, dass ich dich suchen möchte. Und zwei Tage später wachte sie auf, sie konnte mir mit den Augen signalisieren, dass ich dich wirklich suchen soll. Bestimmt hat sie im Unterbewusstsein mein Reden gehört, ihre Kräfte mobilisiert und sich nach dir gesehnt. Ja, ich glaube, dass Kontakte der inneren Verbundenheit möglich sind", sagte er mit tiefer Inbrunst. „Aber sag nun endlich, Tobias, was hast du all die Jahre gemacht? Es sieht so aus, als ob du erfolgreich deinen Weg gegangen bist. Wo lebst und arbeitest du?"

Tobias berichtete ihm alles, was geschehen war, seit er damals den Hof verlassen hatte. Nichts ließ er aus von dem, was sich in dieser Zeit zugetragen und was er persönlich erreicht hatte.

Klaus hörte ihm mit offenstehendem Mund zu. Was ihm Tobias da erzählte, war spannender als ein Film. Tobias war ein wohlhabender und angesehener Mann geworden, ein Großgrundbesitzer, ein erfolgreicher Geschäftsmann. Klaus verschlang die Neuigkeiten geradezu und war sehr stolz auf seinen Bruder.

„Mir ist bewusst, dass ich dich und Mutter damals im Stich gelassen habe, aber ich sah wirklich keinen anderen Weg für mich", schloss Tobias seinen Bericht.

Dich, Esther, habe ich auch allein zurückgelassen, fügte er in Gedanken hinzu und fühlte einen Stich im Herzen.

„Aber ich bin mir sicher, dass ich die richtige Wahl getroffen habe. Meine jetzige Situation versetzt mich in die Lage, hier bei euch helfend eingreifen zu können. Wäre ich zu Hause geblieben, wäre ich nicht aus diesem Strudel herausgekommen und müsste jetzt zusehen, wie alles verloren geht, alles, was diese Familie je ausgemacht hat. Das ist wahrhaftig kein schöner Gedanke."

„Das stimmt", antwortete Klaus. „Jetzt im Nachhinein gesehen war alles richtig, was du getan hast. Lange Zeit wusste ich nicht, wie ich meine Gefühle für dich einsortieren sollte. Einerseits war ich sehr wütend, dass du mich alleine gelassen hast. Andererseits habe ich dich für deinen Mut bewundert. Ich brachte diesen Mut damals nicht auf, aber ich hätte es für mein Seelenleben auch tun sollen. Sind wir froh, dass es so gekommen ist. Wäre ich auch gegangen, was wäre dann wohl aus unserer Mutter geworden? Ich wage gar nicht, diesen Punkt zu Ende zu denken. Und deshalb kann ich auch ohne Gram damit umgehen. Schlussendlich ist es ja doch gut ausgegangen."

„Ja, das stimmt. Aber ich habe ein schlechtes Gewissen, weil es mir um so vieles besser ging, als dir. Ich mache das alles wieder gut, versprochen."

Sie fühlten eine starke brüderliche Nähe, wussten, dass sie sich nie nun mehr verlieren und stets für einander da sein würden. Eine große Zufriedenheit breitete sich zwischen den beiden aus.

Schließlich konnte es sich Tobias nicht länger verkneifen, das zu fragen, was ihm schon die ganze Zeit auf dem Herzen gelegen hatte: „Kannst du mir sagen, wie es Esther all die Jahre ergangen ist, was sie macht und wie es ihrer Familie geht?"

„So genau weiß ich das nicht", antwortete Klaus. „Ich hatte keine ausgiebigen Kontakte ins Dorf, wie du dir denken kannst, aber ein wenig habe ich doch mitbekommen. Es ist wohl ein hartes Leben, das sie führen musste und noch führt. Nicht nur, dass sie ihre Arbeit als Magd beim Siedlerbauern verloren hat. Nein, auch ihre Familie hatte es bisher äußerst schwer. Du weißt ja, dass ihr Vater bei uns als Vorarbeiter beschäftigt war, und unser Vater zahlte nicht nur schlecht, sondern er beschäftigte seine Leute auch nicht das ganze Jahr. Die

Familie ist groß und hat viele Münder zu versorgen. Ein hartes Los, wie ich finde. Sie hätte eigentlich etwas Besseres verdient."

„Hat sie denn nicht geheiratet in all der Zeit?"

Klaus musste lächeln. Er zwinkerte mit den Augen und lehnte sich wissend zurück. „Was willst du eigentlich wirklich wissen, großer Bruder? Esther war doch allen Anschein nach, deine große Liebe, bevor du weggegangen bist. Kann es sein, dass du immer noch großes Interesse an ihr hast? Und wenn ja, warum hast du dich nicht irgendwann einmal gemeldet, zumindest bei ihr?"

Verlegen blickte Tobias seinen Bruder an. „Ich musste mir erst selbst etwas beweisen, mich hocharbeiten. Später dann hatte ich Angst, mich zu melden, wollte mir den Schmerz ersparen, dass sie vielleicht einen anderen Mann geheiratet hat."

„Geheiratet hat sie nie. Ich habe jedenfalls nie gehört, dass sie eine engere Bindung mit einem Mann eingegangen ist. Das hätte sich bestimmt auch bis zu mir herumgesprochen. Vielleicht ging es ihr genauso wie dir und sie trauert ihrer alten Liebe immer noch nach? Warum versuchst du nicht einfach, dir Gewissheit zu verschaffen? Ich habe gehört, dass sie inzwischen unserem Vater den Haushalt führt. Welch Ironie des Schicksals. Deine alte Liebe als Vertretung der Bäuerin des größten Gutes im Bühlertal. Ist das nicht seltsam? So schließt sich manchmal der Kreis."

„Du bist sehr direkt geworden, mein kleiner Bruder, so kenne ich dich ja gar nicht", sagte Tobias und lachte.

„Das größte Gut im Tal, das ist wohl nicht mehr der Fall und Vertretung der Bäuerin wohl auch nicht. Aber es scheint mir, als hätte ich auch hier viele Fehler gemacht und Schmerz zugefügt. Ich wusste ja, dass Esthers Familie arm ist, dass sie aus Verantwortung für ihre Eltern und Geschwister auf eine Ausbildung verzichtet hat. Sie haben sich wohl zu sehr darauf verlassen, dass Esther einen Mann findet, der sie versorgt, und dass die Familie dann auch daran teilhaben kann. Dabei ist das schon lange nicht mehr zeitgemäß, die Tochter gut zu verheiraten. Und sich heutzutage als Magd zu verdingen, ist auch keine erfolgsversprechende Berufswahl. Esther ist eigentlich eine so kluge Frau, deren Fähigkeiten beim Putzen und im Garten völlig vergeudet sind. Doch vermutlich hat es ihr nie jemand gesagt und sie beraten, geschweige denn sich die Mühe gemacht, herauszufinden, wo ihre Stärken liegen."

Sie tat Tobias leid und er bedauerte, sie nicht vor diesem Schicksal bewahrt zu haben. Auch hier gab er sich eine gewisse Mitschuld, obwohl er nicht für alle Entwicklungen in seinem Umfeld verantwortlich sein konnte. „Lass uns festlegen, wie wir unsere Familie künftig in die richtigen Bahnen lenken können", sagte er schließlich. „Mutter geht erst einmal in die Klinik, danach werden wir für sie weitersehen. Du arbeitest an deiner Karriere und ich werde dich finanziell unterstützen. Deine Arbeit am Abend wirst du aufgeben und dich voll auf die Musik konzentrieren. Die Sorge für unsere Mutter übernehme ich. Schließlich habe ich einiges nachzuholen und das will ich jetzt auch gerne tun."

„Das kann ich doch nicht annehmen, was du da vorschlägst", entgegnete Klaus. „Das ist zu viel. Sorge du für Mutter, ich schaffe mein Musikerdasein mithilfe meines Freundes Friedrich Kuhn."

„Ich will keine Widerrede hören. Ich bin der Ältere, ich bestimme jetzt", sprach Tobias lächelnd und mit erhobenem Zeigefinger. „Eine wichtige Sache haben wir aber noch: Ich werde natürlich nicht zulassen, dass unser Gut verloren geht, schließlich ist es unsere Heimat und ich wollte sowieso Plantagen dazukaufen. Daher werde ich dafür sorgen, dass alles in unseren Händen bleibt, und ich möchte dich bitten, darüber Stillschweigen zu bewahren. Du weißt, dass der Alte das Feld freiwillig nicht räumen wird, also lassen wir ihn seinen Weg bis zum bitteren Ende gehen. Ich habe meine Bank angewiesen, ihn und sein Handeln zu beobachten. Unsere Heimat darf nicht verloren gehen. Sie muss bewahrt bleiben."

Klaus nickte zufrieden, es war beruhigend, dass Tobias schon Vorsorge getroffen hatte. Es war angenehm, die Last und die Verantwortung nicht mehr alleine tragen zu müssen. Er war dankbar, alles mit seinem Bruder teilen zu können. Schließlich schlug er vor: „Komm, lass uns zu Mutter fahren. Sie wird sich sehr freuen, dich endlich zu sehen."

„Warte noch einen Moment, ich muss mich erst einmal sammeln, ich muss das Gehörte verdauen, muss mich damit auseinandersetzen.

Darf ich ein wenig alleine sein, durch den Garten deines Vermieters laufen, frische Luft schnappen und meine Gedanken und Gefühle entwirren?"

„Aber klar, geh nur. Lass dir die Zeit, die du brauchst. Ich warte hier."

Klaus nickte seinem Bruder zu, lief zum Kühlschrank und holte sich eine Flasche Wasser, während Tobias im Garten hin und her pilgerte, sich immer wieder mit der Hand über die Stirn fuhr, dann wieder stehen blieb und mit dem Kopf schüttelte, um gleich danach wieder die Wanderung zu wiederholen. Er haderte mit sich und seinem Verhalten. Warum hatte er nicht nach einem Jahr den Kontakt mit dem Bruder oder der Mutter aufgenommen? Aus heutiger Sicht waren seine Bedenken und sein Stolz völlig überzogen.

Aber er hatte jetzt gerade noch so die Kurve bekommen, um der Familie beizustehen, und vielleicht kann er auch bald das Gut aus der Krise holen.

14

Jutta erholte sich von Tag zu Tag mehr, sie war Schrittchen für Schrittchen auf dem Wege der Besserung. Zwar konnte sie sich nur eingeschränkt und sehr mühevoll bewegen, aber die Zuversicht war inzwischen groß. Jeden Tag dankte sie ehrfürchtig, dass sie ihren Verstand wieder hatte und ihr Gehirn keinen Schaden zurückbehalten hatte. Laufen, schreiben und sprechen würde sie wieder lernen können. Die Hauptsache war, dass sie alleiniger Herr ihrer Gedanken, ihres Verstandes und auch ihrer Gefühle war.

Voller Freude dachte sie an Klaus, ihren Jüngsten,

der in ihrer schweren Zeit jeden Tag für sie da gewesen war. Sie hatte Klaus Unrecht getan, als auch sie seine Liebe zur Musik als Hirngespinst und Spielerei abgetan hatte. Inzwischen hatte sie sich gerne eines Besseren belehren lassen, als Klaus mit Erfolg sein Konzert gegeben und ihr strahlend verkündet hatte, bald eine Tournee anzutreten.

Dabei hätte sie schon viel eher ihren Intellekt einsetzen müssen. Wie hatte es geschehen können, dass sie einen einzigen Tag in ihrem Leben so lange verdrängt hatte? So sehr verdrängt, dass sie ihn selbst überhaupt nicht mehr wahrnahm, dass sie noch nicht einmal im Traum mehr an diesen Tag dachte. Damit ignorierte sie auch die Wahrheit so sehr, dass diese auch für sie meistens gar nicht mehr existierte. Das einzige, das sie in all den Jahren zugelassen hatte, war der Gedanke zu schweigen, wenn Gerhard ihr seine Zweifel hinsichtlich Klaus' Vater ins Gesicht geschleudert hatte.

Was hatte der arme Klaus unter den Ausbrüchen des Vaters gelitten! Es begann, als Klaus zwei Jahre alt war. Sein blonder Schopf und seine zarte Körperlichkeit, seine Art, sich den Eltern zu nähern, machten ihn in Gerhards Augen sofort zum Außenseiter, zum Versager. Er stieß ihn weg, schrie ihn an und überforderte ihn. Und dieses Verhalten steigerte sich von Monat zu Monat und von Jahr zu Jahr. Es zerriss ihr beinahe das Herz, wenn sie hilflos mitansehen musste, wie ihr Mann seinen Sohn Tobias zu vielen Dingen ermunterte und gleichzeitig den Klaus erniedrigte. Und so kam es, dass sie den Kleinen aus der Schusslinie nahm, indem sie ihn auf sein Zimmer schickte. In diesem Zimmer stand ein alter Flügel. Gerhard hatte diesen Flügel, der von den Großeltern stammte, aus purer Bosheit in Klaus' Kinderzimmer stellen lassen. In seinen Augen war das Zimmer groß genug. Dort konnte man ruhig noch etwas abstellen. Auf ihren Vorwurf, dies sei ein Kinderzimmer und keine Abstellkammer, lachte er nur und bestand darauf, dass der Flügel dort stehen blieb. Dass er Klaus damit einen großen Gefallen tat, konnten er und sie zu diesem Zeitpunkt noch nicht ahnen.

Wie schwer war es gewesen, Klaus vor Gerhard zu schützen! Irgendwann hatte sie schließlich resigniert aufgegeben. Die beiden Kinder wurden gleichberechtigt in die Reihe der Arbeiter eingereiht. So hatte sie ihr schlechtes Gewissen im Griff und konnte wenigstens von ihrer Seite aus, eine Gleichheit zwischen den beiden Brüdern herstellen. Alles andere versteckte sie hinter ihren unauffälligen, zärtlichen Blicken, die die Kinder wohl nicht wahrnehmen konnten.

Musste sie erst einen Schlaganfall erleiden, um ihren zugeschütteten, wohlgemerkt über fast zwei Jahrzehnte zugeschütteten Verstand wieder einzuschalten? Sie war dem Himmel unendlich dankbar, dass Klaus sich so rührend um sie gekümmert hatte, sie wusste, dass sie ihre Genesung seinem Zuspruch verdankte. Was wäre wohl geschehen, wenn er sich nicht so um sie gesorgt hätte?

Es schmerzte sie, hören zu müssen, dass der Vater ihn hinausgeworfen hatte. Sie fand keine Erklärung dafür. Dass Gerhard sie noch nicht besucht hatte, wunderte sie dagegen überhaupt nicht, sie wusste, dass er Krankenhäuser und Krankheiten auf den Tod nicht ausstehen konnte. Gab ihm diese Einstellung aber das Recht, sie einfach zu vergessen? Immerhin war sie die Frau, die ihm zur Seite gestanden hatte. Gut, früher hatten die Eltern eine Hochzeit beschlossen und dafür gesorgt, dass Land zu Land oder besser Geld zu Geld kam.

Bei ihnen war das nicht Geld zu Geld, sondern ein Mann, den niemand haben wollte und sie die Tochter eines Kleinbauern, die zusammengekommen sind. Eingefädelt von den beiden Vätern, die nur an ihre eigenen Vorteile gedacht haben. Aber mussten sich Eheleute dennoch nicht wenigstens Respekt zollen?

Jutta drehte langsam den Kopf und blickte aus dem Fenster. Es war ein Schock, akzeptieren zu müssen, dass der eigene Mann sie vergessen hatte und, schlimmer noch, dass er keinen Funken von Gefühl und Anstand zeigte.

Doch sie musste jetzt an sich denken, sich voll und ganz auf ihre Genesung konzentrieren, was schwer genug werden würde. Ihren Mann wollte sie im Moment ohnehin nicht mehr sehen. Es war nun an der Zeit, einen Strich unter ihr bisheriges Leben zu ziehen, Zeit, dieses neue Leben anzunehmen, und allerhöchste Zeit, es im Rahmen ihrer körperlichen Möglichkeiten neu auszurichten. Sie hätte das schon viel früher tun müssen. Aber sie war nicht in die Zeit hineingeboren worden, in der man so einfach den Ehemann verließ. Sie gehörte zu der Generation, die ihre Aufgabe wahrnahm. Bis dass der Tod euch scheidet, hatte es bei ihrer Hochzeit geheißen, und daran wollte sie sich halten.

Was ihr gar nicht gefiel, war der Umstand, dass sie

ihre geliebte Heimat verlieren würde. Auch die Tatsache, dass sie vom Geld ihres jüngeren Sohnes würde leben müssen, machte ihr zu schaffen. Sie würde keine Rente erhalten, denn es war nicht üblich, für eine Bäuerin in die Rentenkasse einzuzahlen, und in Gerhards Augen schon gar nicht. Die Aussicht, wieder so gesund zu werden, dass sie noch einer Arbeit würde nachgehen können, erschien ihr sehr gering. Dennoch wollte sie Klaus nicht zur Last fallen.

Aber wie sollte sie das anstellen? Sollte sie Anträge beim Sozialamt stellen, oder ihren Mann zwingen Unterhalt zu zahlen? Beides schien ihr nicht gerade das, was ihr unter einem neuen Leben vorschwebte. Nur, was blieb ihr? Körperliche Arbeit, das war nicht realistisch, sie konnte ja auch nicht gehen und sprechen. Was könnte sie im Sitzen machen, wenn sie erst ihre Finger wieder vernünftig würde bewegen können?

Jutta stöhnte bei diesen schwermütigen Gedanken, die nicht gerade geeignet waren, einen zuversichtlichen Blick in die Zukunft zu werfen. Nur, aufgeben ist für Jutta keine Option. Sie würde sich mit ihrem Sohn beraten und vielleicht findet sie auch den Tobias wieder, dann konnte auch er mit Rat und Tat zur Seite stehen.

Außerdem hatte sie sich dazu entschlossen, in ihrem seelischen Chaos aufräumen. Sie würde den verdrängten Emotionen ans Licht verhelfen und hatte allen Grund, mit Klaus ein langes und ernstes Gespräch zu führen. Das war sie Klaus schuldig, nach allem, was er für sie getan hatte. Ja, das war sie ihm schuldig.

Die schweren Gedanken hatten sie ermüdet, sie

schloss die Augen.

Zur gleichen Zeit fuhren Klaus und Tobias auf den Parkplatz der Klinik und betraten wenig später das Gebäude. Tobias' Herz klopfte bis zum Hals bei dem Gedanken, seine Mutter bald in die Arme schließen zu können. Vorsichtig öffnete er die Zimmertür und blickte gespannt zum Krankenbett. Da seine Mutter schlief, hatte er Zeit, sie eingehend zu betrachten. Er erschrak, als er sie so daliegen sah. Nichts war mehr übrig von der starken, fülligen Frau, die Kraft und Energie ausströmte. Da lag sie nun, blass und abgemagert, mit verzerrtem Gesicht, einer Lähmung, die die ganze linke Körperhälfte betraf. Es war alles genau so, wie Klaus es ihm berichtet hatte. Er wusste, dass sie nur wenige Worte sprechen konnte und dass diese kaum zu verstehen waren.

Wie sehr musste sie gelitten haben! Er würde sich jetzt um sie kümmern und alles wieder gut machen, versprach er innerlich erneut und sehr bewegt. Äußerlich schnürte es ihm jedoch die Kehle zu. Langsam bewegte er sich zum Bett, kniete nieder und ergriff ihre Hand, die auf der Bettdecke lag.

Plötzlich öffnete Jutta die Augen. Als sie Tobias erkannte, liefen ihr die Tränen über die Wangen.

„Mama, hier bin ich. Wie geht es dir?", flüsterte Tobias ihr zu. Zärtlich strich er ihr übers Haar und küsste sie auf die Wange. „Ich weiß, dass du noch nicht so gut sprechen kannst, aber das musst du auch nicht. Ich werde dir alles erzählen, was du wissen willst", versprach er ihr.

Klaus kam ebenfalls näher und zog zwei Stühle ans Bett der Mutter. Diese nickte ihm zur Begrüßung zu, gab ihm ein Zeichen der Dankbarkeit, dass er Tobias mitgebracht hatte. Er verstand sie ohne Worte.

„Du musst mir nicht danken. Tobias war schneller. Noch bevor ich ihn gefunden hatte, war er da. Als ob er geahnt hätte, dass er jetzt kommen muss."

Fast eine Stunde erzählte Tobias aus seinem Leben und wo er sein Gut hatte. Er berichtete ihr von Bauer Händel, seinem Ziehvater, wie er ihn gerne nannte. „Mama, jetzt werde ich für dich sorgen, denn Klaus muss sich bald auf seine Musik konzentrieren. Ich spreche nachher mit deinem Arzt, du wirst in eine wunderschöne Privatklinik am Bodensee verlegt. Der Chef dort ist der bekannteste Spezialist auf diesem Gebiet, und dort wirst du optimal versorgt und betreut."

Mit Tränen in den Augen nickte Jutta. Sie würde alles tun, was ihre Söhne wollten. Die Hauptsache war, sie wurde annähernd gesund und hatte ihre Jungs um sich. Das würde ihr die Kraft geben, die schwere Rehabilitation anzugehen.

Tobias und Klaus sahen, dass an diesem Tag sehr viel auf ihre Mutter eingestürmt war. Natürlich wollten sie nicht, dass sie sich überanstrengte, und deshalb erhoben sie sich bald wieder. Das Nötigste war gesagt, mehr musste die Mutter zum jetzigen Zeitpunkt nicht wissen. Rasch verabschiedeten sie sich und versprachen, sie jeden Tag zu besuchen.

„Bis morgen, Mama", sagten sie zum Abschied.

Es kam so, wie Tobias es geplant hatte. Einige Tage

später wurde Jutta in die Rehaklinik am Bodensee verlegt. Der Professor begrüßte die Familie persönlich, und Tobias hatte veranlasst, dass seine Mutter ein großes Zimmer mit Blick auf den See bekam. Die Schwestern und die Therapeuten wurden ihr vorgestellt, denn diese würden ihre wichtigsten Partner sein. Alle begrüßten sie herzlich und gaben ihr das Gefühl, in einem Luxushotel zu sein. Die Bemühungen des Personals fand sie bezaubernd und ermutigend.

„Bist du zufrieden mit deiner Unterkunft?", fragte Tobias.

Jutta nickte und bat ihn, sie auf den Balkon zu schieben. Sie konnte sich an dem Ausblick nicht sattsehen. So kurz vor Weihnachten war es kalt, der Wind strich um das Haus, die Sonne hatte sich versteckt und die Landschaft schlief. Aber sie konnte die klare Luft einatmen und die ruhende Natur beobachten. Jutta genoss die Weite und die Freiheit, sie war ihr in den letzten Monaten in dem kleinen Krankenzimmer abhandengekommen.

„Wir müssen wieder hinein", sagte Tobias schließlich. „Es ist einfach zu kalt hier draußen. Ich möchte nicht, dass du dir jetzt auch noch eine Erkältung holst."

Er schob sie zurück in die angenehme Wärme des freundlichen Zimmers.

„Ich überlasse dich für heute den Fachleuten und fahre nach Hause. Mein Haus ist keine halbe Stunde von hier und werde jeden Tag bei dir vorbeischauen. Wenn du mir eine Nachricht zukommen lassen willst, hier auf dem Tisch liegt meine Telefonnummer. Du kannst das Personal jederzeit bitten", sagte er, lächelte sie dabei zärtlich an und verabschiedete sich schließlich von ihr.

Tobias fuhr nicht gleich nach Hause, er machte einen kleinen Zwischenstopp bei Bauer Händel, der sich sehr freute, als er die Tür öffnete.

„Schön, dass du wieder da bist, mein Junge. Ich habe mir schon Sorgen gemacht. Wie lange warst du jetzt weg?", wollte er wissen. Er gab seiner Frau ein Zeichen, Kaffee aufzutragen.

„Drei Wochen, drei ereignisreiche Wochen, wie ich meine. Ich weiß gar nicht, wo ich anfangen soll."

Er berichtete von seiner Mutter, seinem Bruder und seinem Vater.

„Ich werde dafür sorgen, dass es meiner Mutter gut geht, und das Gut meiner Vorfahren werde ich mir auch holen. Darauf kannst du wetten."

„Willst du denn deinen Vater nicht jetzt und heute unterstützen? Er hat auch ein Leben lang gearbeitet", gab Bauer Händel zu bedenken.

„Nein! Du musst wissen, dass er das Geld nehmen, aber auf dem Gut nichts ändern würde. Das wäre gutes Geld dem Schlechten hinterhergeworfen. Alles zwecklos, ich hätte nichts zu sagen."

Tobias machte eine kleine Pause und nahm einen Schluck aus seiner Kaffeetasse. Es war ein Punkt, der ihn, schon seit Tagen umtrieb. Natürlich hatte er überlegt, ob er seinem Vater unter die Arme greifen kann, ohne, dass dieser ihn verbal niederbrüllt, oder ablehnt. Selbstverständlich würde er lieber hingehen und den Vater tröstend in die Arme nehmen, er liebte ihn ja, aber er wusste, dass es keinen Sinn machte. Er kannte ihn, er war einfach irgendwann in der vergangenen Zeit stehen geblieben und hält bis heute an den alten Strukturen seines Vaters fest, der nach damaligen Bedürfnissen seine Entscheidungen traf. Gerhard informierte sich deshalb weder über die Genossenschaft, den Handel, oder sonstigen Möglichkeiten des Vertriebs. Er weiß auch nicht, wie es in einem großen Supermarkt aussieht, was ja schon sehr helfen würde.

Nein, er sah keine Möglichkeit, mit seinem Vater ein vernünftiges Gespräch zu führen. Er schüttelte den Kopf und sah den Bauer mit ernstem Blick an.

„Wenn ich schon Geld gebe, dann will ich bestimmen, was damit geschieht. Aber viel schlimmer noch sind seine menschlichen Verfehlungen. Was er meiner Mutter und meinem Bruder angetan hat, werde ich ihm nie verzeihen. Er hat sich das, was jetzt kommt, selbst ausgesucht. Es ist sein Leben, und dafür wird er geradestehen müssen, vor sich selbst und vor Gott", antwortete Tobias.

„Sei nicht so hart mit ihm, mein Junge. Du musst auch verzeihen können. Frage ihn doch, ob er sich helfen lassen möchte."

„Du weißt nicht, was mein Vater für ein Mensch ist. Was ich dir von ihm erzählt habe, ist genug für zwei Leben, nicht nur für eines. Und vergiss nicht, dass du selbst mit deinen Händen dieses Gut hier aufgebaut hast. Und ich kann nicht mit gutem Gewissen dein Kapital einsetzen, wenn ich schon vorher weiß, dass wir es ganz sicher verlieren werden."

Bauer Händel musste Tobias zustimmen. Seine Argumente waren überzeugend, dennoch tat ihm Tobias'

Vater irgendwie leid. Aber Tobias kannte ihn ja wohl besser. Also zählte seine Entscheidung, und dabei stand er in jedem Fall hinter ihm. Bald darauf verabschiedete sich Tobias.

Zu Hause angekommen zog Tobias sich zurück und ließ die vergangenen drei Wochen noch einmal an sich vorbeiziehen. Alles entwickelte sich zu seiner Zufriedenheit. Nur an eine Sache hatte er sich bislang noch nicht herangetraut: Es war Esther, die ihn ständig beschäftigte. Durch den Kontakt mit der Heimat war die Liebe zu ihr mit aller Macht zurückgekehrt. Er konnte seine Gefühle nun nicht mehr steuern. Sollte er sie anrufen oder lieber abwarten? Er hatte Angst davor, dass sie ihn ablehnen könnte.

Tobias hielt inne. Hatte er wirklich Angst? Er hatte zuerst Angst ins Bühlertal zu fahren, auch Angst davor seinen Bruder anzurufen, und jetzt hatte er schon wieder Angst. Das passte doch gar nicht zu ihm. Er hatte sich getraut zu gehen, getraut einen großen Hof zu führen, getraut seine Familie aufzusuchen und Lösungen zu finden. Er kann sich jetzt auch überwinden und mit Esther Kontakt aufnehmen. Er würde es aber verstehen, wenn sie nun nichts mehr von ihm wissen wollte.

Trotzdem war es wichtig, zu warten, er konnte zum jetzigen Zeitpunkt nicht ins Dorf fahren, denn er musste seinen Vater in Sicherheit wiegen, durfte jetzt kein Risiko eingehen. Das Geschäft durfte unter keinen Umständen platzen. Zweifelsohne würde sein Vater an irgendjemanden verkaufen müssen. Würde er wissen, dass sein eigener Sohn auf das Gut zugreifen wollte, könnte alles schief gehen. Lieber würde sein Vater das Gut anzünden, als es seinem Sohn zu überlassen.

Soweit kannte Tobias seinen Vater. Wurde er in die Enge getrieben, war er zu allem fähig. Ein gutes Argument also, das Treffen mit Esther hinauszuschieben.

Und da ist auch noch seine Beziehung zu Tanja. Er war immer ein Ehrenmann und deshalb war es für ihn selbstverständlich, dass es Tanja auf jeden Fall verdient, zu wissen, dass er sie nicht heiraten konnte.

Es war ihm jetzt, als er in der Heimat war, klar geworden, dass er ehrlich sein und Tanja erklären musste, dass seine Gefühle nicht für ein ganzes Leben reichen würde. Er hoffte, sie als gute Freundin behalten zu können, denn er mochte sie wirklich sehr.

Aber es war im bewusst, es würde ein schwerer Gang werden und auch er würde sehr traurig sein.

Letztendlich würde er eine Partnerschaft aufgeben und nicht wissen, ob es für ihn in eine glückliche oder unglückliche Zukunft ging.

Auch wusste er nicht, wie schwer es Tanja treffen und wie sie es aufnehmen würde.

Sie hatten bisher eine ruhige sehr harmonische Beziehung, voller Vertrauen, Respekt, Freundschaft und Harmonie gelebt. Aber all die schönen Aufzählungen können die Beschreibung für Beziehungen mit Menschen sein, die sich schätzen und mögen. Aber das Wort Liebe ist in seinen Gedanken nicht dabei gewesen. Fest stand, dass er Tanja reinen Wein einschenken und sich trotzdem um sie kümmern muss.

15

Es war Februar, der Winter neigte sich seinem Ende entgegen. Gerhard hatte die Wintermonate damit verbracht, sich immer mehr an seinen Schnapsflaschen zu vergreifen.

Natürlich hatten sich keine potenziellen Käufer gemeldet, die Keller waren weiterhin übervoll, das Sparbuch hingegen war fast leer. Seit er Esther in dieser einen Nacht im Suff angegriffen hatte, war alles anders geworden. Mit eiskalten und vorwurfsvollen Blicken verfolgte sie ihn jeden Tag wie ein immer wiederkehrender Albtraum. Er konnte es kaum noch ertragen. Natürlich hatte er das nicht gewollt, der Alkohol war schuld, dass es so passiert war, aber eine ehrliche Entschuldigung brachte er auch nicht über die Lippen. Es war ja nichts geschehen, tröstete er sich.

Nun war wieder der Tag gekommen, an dem er sich Geld von der Bank holen musste. Inzwischen war er so weit, dass er schon am Morgen zur Flasche griff, und er bemerkte natürlich nicht, wie sehr er zum Alkoholiker geworden war. Nur in wenigen lichten Momenten spürte er, dass er eigentlich mit dem Trinken aufhören sollte, dass es an der Zeit wäre, die Maschinen und die Geräte vorzubereiten. In wenigen Wochen war Frühling und die Bäume warteten auf ihre Pflege. Eigentlich hätten die Arbeiter wieder anfangen sollen. Aber womit sollte er sie bezahlen? Er redete sich ein, dass ihm schon noch eine Lösung einfallen würde.

Auf der Bank schob er wie immer das Sparbuch durch den Schalter, ohne Karl eines Blickes zu würdigen. „Tausend."

Karl griff nach dem Sparbuch und öffnete es. „Du hast nur noch achthundert Mark. Willst du den Rest auf einmal haben?"

„Ja", sagte Gerhard nur und wartete ungeduldig.

„Willst du nicht einmal eine Entscheidung treffen, Gerhard? Das ist doch jetzt alles nur noch eine Frage der Zeit. Du kannst im nächsten Monat weder leben noch die Esther bezahlen, ganz zu schweigen von deinen Kosten wie Strom, Telefon und Versicherungen. Ich kann dir nur sagen, dass wir alle Zahlungen eingestellt haben und dir jetzt die Mahnungen ins Haus flattern werden. Du kannst so die Saison nicht beginnen", erklärte ihm Karl seelenruhig.

„Dann hast du Mistkerl ja erreicht, was du wolltest! Ich gebe erst auf, wenn gar nichts mehr geht. Also misch dich nicht ein, gib mir mein Geld, du Judas!", keifte Gerhard ihn an.

Karl zuckte die Schulter. Er schüttelte den Kopf über diese intensive Schnapsfahne am frühen Morgen. Als Gerhard die Bank verlassen hatte, ging Karl zurück in sein Büro, nahm den Telefonhörer, wählte die Nummer der Zentrale und gab seinen Vorgesetzten Gerhards aktuelle finanzielle Lage durch. Außer den laufenden Kosten war Gerhard einem Lieferanten eine hohe Summe für eine Maschine schuldig. Wenn der Lieferant sein Geld haben wollte, würde ein sehr kritischer Punkt erreicht. Der Vorstand nahm alles zur Kenntnis und ermahnte Karl, weiterhin alle Vorgänge zu registrieren und sofort zu melden.

Gerhard fuhr zurück auf den Hof, er war niederge-schlagen, und das konnte noch nicht einmal mehr der Schnaps zudecken. Karl hatte ihm die Wahrheit gesagt. Wenn nicht ein Wunder geschähe, würde in wenigen Wochen alles aus sein. Er betrat die Küche, in der Est-her gerade das Mittagessen zubereitete. Müde ließ er sich auf die Bank fallen.

„Esther, du kannst nach Hause gehen, ich kann dich nicht mehr bezahlen, und es tut mir leid, dass ich dir damals im Suff Angst gemacht habe", sagte er und schaute aus dem Fenster.

Esther drehte sich langsam um und starrte ihn zu-nächst schweigend an. Mit wenigen Worten hatte er ihrer Familie einen doppelten Dolchstoß versetzt. Sie wurde wütend.

„Du machst es dir leicht, Bauer. Einfach so sagst du mir, dass ich gehen kann, als ob ich dir mit meiner Ar-beit einen Freundschaftsdienst erwiesen hätte!", schrie sie ihn voller Wut an.

„Hast du vergessen, dass mein Vater und seine Kol-legen gehofft hatten, wieder arbeiten zu können, und jetzt auf der Straße stehen? Jahrelang haben sie für dich gebuckelt, alles gegeben. Und was hast du gemacht? Deine Söhne vertrieben, deine Frau in ihrer höchsten Not im Stich gelassen und zum Schluss hast du das Gut versoffen!"

Sie schrie, als ginge es um ihr Leben, und sie hatte mitten ins Wespennest gestochen, ohne es im Eifer zu erkennen und Gerhards Reaktion zu erahnen.

Gerhard fuhr hoch, nahm das Messer, das auf dem Tisch lag, und warf es unter großer Kraftanstrengung in

Esthers Richtung. Mit wutverzerrtem Gesicht stieß er den Tisch um, der mit einem lauten Knall auf den Steinfliesen aufschlug. Dann rannte er wie eine Furie aus der Küche.

Esther stand da wie vom Blitz getroffen. Das Messer war an ihr vorbeigerauscht, der Tisch lag nur wenige Zentimeter vor ihren Füßen. Sie zitterte am ganzen Körper, als ihr bewusst wurde, dass sie nur knapp einer Katastrophe entkommen war. Mein Gott, wie konnte sie sich nur so gehen lassen? Gerhard hätte sie beinahe verletzt, wenn nicht sogar umgebracht. Mit letzter Kraft zog sie die Töpfe vom Herd und schleppte sich auf ihr Zimmer. Dort sank sie auf den Stuhl vor dem Schreibtisch. In der Schublade hatte sie vor einiger Zeit ein Foto von Tobias gefunden. Im Dorf hatte sie sich einen Bilderrahmen gekauft. Seitdem hatte sie das Foto immer angeschaut. Jetzt nahm sie es in die Hand und blickte in Tobias' lächelndes Gesicht. Wie ein Sturzbach rannen ihr die Tränen aus den Augen und benetzten zusehends das Bild, das sie krampfhaft festhielt.

„Tobias, wo bist du? Warum hast du mich zurückgelassen?", flüsterte sie leise.

„Warum kommst du nicht und rettest das Gut? Was soll jetzt aus mir, aus meiner Familie werden?"

Lange starrte sie auf das Bild und konnte den Blick nicht davon lösen. Sie hatte das Gefühl, dass Tobias' Augen ihr Mut zusprachen, dass sein Blick ihr sagte, dass alles gut werden würde.

„Tobias", sprach sie mit fester Stimme. „Ich würde mir wünschen, dass du zurückkommst!" Dann wischte sie sorgfältig die Tränen vom Bild und wusch sich ihr

Gesicht mit kaltem Wasser. Ihre Eltern sollten nicht merken, wie schlecht es ihr ging. Sie würden sich jetzt zusammen überlegen müssen, wie es für die Familie weitergehen konnte und sollte.

Langsam nahm sie ihren kleinen Koffer vom Schrank und verstaute in wenigen Minuten ihre Habseligkeiten darin. Dann verließ sie mit Wehmut das stattliche Haus und das Gut, das es bald nicht mehr geben würde.

Gerhard war voller Wut und Zorn auf die Felder hinter dem Haus gerannt. Zuvor hatte er sich eine Schnapsflasche aus dem Lager geholt. Nur langsam konnte er sich ein wenig beruhigen. Erst der Mistkerl von der Bank und nun schlug auch noch eine gewöhnliche Magd in die gleiche Kerbe! Nein, sie war noch schlimmer. Sie hatte es gewagt, seine Familie ins Spiel zu bringen. Nie und nimmer konnte und wollte er das durchgehen lassen. Nicht er, der große Obstbauer Gerhard Glotz, der größte Bauer im Dorf!

Ob er ihr wohl wehgetan oder sie gar ernsthaft verletzt hatte, fragte er sich insgeheim. Na, und wenn schon! Sie hatte doch selbst Schuld, was mischte sie sich auch in die familiären Angelegenheiten eines Großbauern ein, sie, die nur eine einfache Magd war. Entschlossen ließ er sich unter einem Baum nieder und widmete sich ausgiebig seiner Flasche.

Esther fuhr mit ihrem Fahrrad nach Hause, und als sie die Küche betrat, erkannten alle, dass etwas geschehen war.

„Er kann mich nicht mehr bezahlen", sagte sie nur. Sie setzte sich auf einen freien Stuhl und blickte die Eltern traurig an. Bange Minuten schwiegen sie alle gemeinsam.

„Das war zu erwarten, die Spatzen pfeifen es schon längst von den Dächern. Ich habe mich schon damit abgefunden, dass er niemanden mehr einstellen kann. Die einzige Hoffnung, die uns bleibt, ist ein Nachfolger, einer, der das Gut und die Plantagen weiter bewirtschaftet", sagte der Vater schließlich. Beruhigend strich er seiner Tochter über den Arm. „Lass nur, Mädchen. Morgen gehst du zum Arbeitsamt. Wir schaffen das schon irgendwie."

Esther nickte ihm zu und schleppte sich auf ihr Zimmer, das sie zum Glück nicht mit einem ihrer Geschwister teilen musste. Sie packte ihren kleinen Koffer aus und stellte Tobias' Bild auf den Nachttisch. Das Bild strahlte Ruhe und Trost aus, auch wenn sie keine vernünftige Erklärung für dieses Gefühl hatte. Sie wollte einfach nur daran glauben.

Und so hing sie ihren Tagträumen nach, die nun zu ihrer Überraschung, plötzlich ganz andere beruflichen Wege einschlugen. In dieser Hoffnungslosigkeit wollte sie nämlich nicht verharren und nur irgendeiner ungeliebten Arbeit nachgehen, ist jetzt plötzlich auch nicht mehr das, was sie möchte.

Warum nicht ganz neue Wege gehen, jetzt wo alles Bisherige nicht mehr geht?

Würde sie den Mut finden? Esther lief zum Fenster. Die Schultern fielen herunter. Wohl eher nicht, denn da waren immer noch die Eltern und ihre Geschwister, die ihre Hilfe brauchten. Schon alleine deshalb konnte sie keinerlei Risiko eingehen.

Sie hatte ganz spontan eben an ihr heimliches Hobby gedacht und mit dem Gedanken gespielt, dieses zu ihrem Beruf zu machen. Aber so schnell, wie die Idee kam, war sie auch wieder weg.

Resignation machte sich breit.

16

Seit Wochen war Klaus nun unterwegs und gab in kleineren Städten seine Konzerte. Sein Agent Jörg Birkenfeld war hocherfreut über den Zuspruch, der ihnen entgegengebracht wurde. Noch waren es nur Regionalzeitungen, die kurzen Berichte brachten, aber sie waren sich einig, dass es nur eine Frage der Zeit war, bis auch die großen Zeitungen auf ihn aufmerksam würden. Natürlich hatte Klaus darauf bestanden, dass sein Gönner und Lehrer Friedrich Kuhn dabei sein durfte, er wusste sehr wohl, was er ihm zu verdanken hatte. Wie zu Hause übten sie auch unterwegs täglich ihre zwei Stunden.

An diesem Tag war er in Stuttgart. Zum ersten Mal überhaupt trat er in einer größeren Stadt auf und dementsprechend hoch war seine Nervosität. Wie immer hatte Friedrich alle Hände voll zu tun. Er musste Klaus beruhigen und auf den Abend einstellen. „Du wirst immer besser", sagte er, während den Übungen, und lachte Klaus freundlich an. „Alles tut dir gut, dein seelisches Gleichgewicht, die Fortschritte deiner Mutter und die Telefonate mit deinem Bruder", stellte er zufrieden fest.

„Meine Familie ist das Wichtigste auf der Welt für mich, und dazu gehören Sie inzwischen auch, Herr Kuhn. Ich kann mich jetzt beruhigt auf meine Musik konzentrieren, und wenn ich weiß, dass es allen gut geht, bin ich wirklich sehr zufrieden."

Als sie mit ihren Übungen fertig waren, beschloss Klaus, noch ein wenig in den Schlossgarten zu gehen, der dem Hotel direkt gegenüber lag. In der wunderschönen Parkanlage mit ihren jahrhundertealten Bäumen konnte er einmal alleine sein, die frische Frühlingsluft genießen und sich noch ein wenig entspannen, bevor er zu den offiziellen Proben musste. Dankbar dachte er an die letzten Monate, die seinem Leben eine völlig neue Wende gegeben hatten. Wie sein Bruder es wollte, hatte er seine Arbeit im Konzerthaus aufgegeben. Pünktlich zu Beginn eines jeden Monats kam eine Überweisung von Tobias. Es war ein stattlicher Betrag, den er bekam, und das war der Freiraum, den er brauchte, um Musik machen zu können.

Kürzlich war er zwei Tage an den Bodensee gefahren. Er war überrascht, welche Fortschritte seine Mutter gemacht hatte. Mittlerweile konnte sie sich mit einer Gehhilfe fortbewegen, die Lähmungserscheinungen gingen ganz allmählich zurück, und ihre Sprache hatte sich auch sehr verbessert. Ganz langsam konnte sie kleine Sätze sprechen, was wunderschön war, und auch sonst hatte sie sich sehr verändert. Durch den Gewichtsverlust während der langen Krankheit hatte sie jetzt ihr Idealgewicht. Ihr Körper war nun nicht mehr so ausladend und unförmig, sondern hatte nun die richtigen Proportionen, die ihre fraulichen Rundungen gut zur Geltung brachten. Tobias hatte ihr in einem Bekleidungsgeschäft eine neue, stilvolle Garderobe gekauft, und ein Friseur kümmerte sich um ihre Haare. Klaus hätte sie fast nicht wiedererkannt. Welche Wandlung hatte sie durchlaufen: vom liebevollen Bauerntrampel zur eleganten, stolzen Frau.

Klaus blickte sich im Park um und beobachtete die flanierenden Menschen, die ihre Gesichter fröhlich der Sonne entgegenstreckten. Man merkte ihnen die Gelöstheit an, den Winter endlich hinter sich gelassen zu haben. Frauen und Kinder strömten auf den Spielplatz, junge Leute mit Decken und Büchern unter den Armen ließen sich auf der Liegewiese nieder, Ältere saßen auf den Bänken und sahen aufmerksam dem bunten Treiben zu.

Plötzlich musste er an zu Hause, ans Bühlertal denken. Wie schön wäre es jetzt gewesen, in der Dachstube zu sitzen, auf die Berge zu schauen und im Garten den Duft der blühenden Kirschbäume in sich einzusaugen. Doch das war leider vorbei. Man musste abwarten, was in dieser Angelegenheit noch geschehen würde.

Mit strammen Schritten marschierte er zurück ins Hotel. Es war an der Zeit, sich auf das Konzert vorzubereiten.

„Da bist du ja, mein Junge. Ich habe mir schon Sorgen gemacht und dachte, du hättest die Zeit vergessen", begrüßte ihn Friedrich Kuhn. Er war erleichtert, dass er sich nicht auf die Suche hatte machen müssen, kannte er doch die ewige Nervosität seines Schützlings.

Nach einer abermals stundenlangen Probe saß Klaus schließlich erschöpft in seiner Garderobe. Langsam musste er den Smoking anziehen und sich fertigmachen, ein anstrengender und großer Abend stand ihm bevor. Der musikalische Leiter der Veranstaltung hatte ihm berichtet, dass der Konzertsaal ausverkauft war. Ein letztes Mal ging er im Geiste die Stücke durch, die er darbieten wollte. Friedrich schob ihn wie immer energisch auf die Bühne und Klaus tauchte ab in die Sphäre der Musik.

Mehr als zwei Stunden war er auf der Bühne, bis schließlich der Schlussapplaus des Publikums aufbrandete. Klaus musste sich ununterbrochen verbeugen. Er war fassungslos und sehr glücklich, denn er hatte das Konzert ohne einen Fehler hinter sich gebracht. Das Publikum stand nun schon seit einigen Minuten und der Beifall war grandios, endlose Ovationen stürmten auf ihn ein, was ihn in seiner Bescheidenheit verlegen machte. Es war ein wunderbares Gefühl, die Früchte seiner Arbeit nun ernten zu können. Langsam senkte sich der Vorhang und er konnte in die Stille seiner Garderobe zurückkehren.

„Jetzt hast du es geschafft, mein Junge! Ich habe es gewusst, dass aus dir ein ganz Großer werden wird", schwärmte Friedrich.

Klaus genoss die Situation, und während er sich seiner verschwitzten Kleidung entledigte, dankte er seinem Schicksal. Er stellte sich unter die Dusche, ließ das warme Wasser über seinen Körper rieseln und wäre am liebsten noch eine halbe Stunde so stehen geblieben, doch das war nicht möglich. Er hatte an diesem Abend noch Verpflichtungen, die er einhalten musste. Rasch zog er deshalb den dunklen Abendanzug an, den er sich mitgebracht hatte, und überprüfte noch kurz sein Spiegelbild.

Im Foyer hatten die Veranstalter ein kaltes Büfett aufbauen lassen, sie wollten den geladenen Gästen einen feierlichen Rahmen bieten. Noch einmal bekam Klaus Beifall, als er eintrat. Er musste unzählige Hände schütteln und lange Lobeshymnen über sich ergehen lassen. Als er sich einmal zufällig umdrehte, glaubte er, seinen Augen nicht zu trauen. Er musste zweimal hinsehen, um sicherzugehen, nicht einer Wunschvorstellung oder einer Halluzination erlegen zu sein.

„Tobias, Mama! Wo kommt ihr denn so plötzlich her?"

Tobias schob den Rollstuhl, in dem Jutta saß. Beide lachten Klaus mit stolzen, glänzenden Augen an und Tobias umarmte seinen Bruder.

„Da staunst du, was? Du glaubst doch nicht, dass wir uns dein erstes großes Konzert entgehen lassen! Wir haben vorher alles mit deinem Agenten abgesprochen und dir natürlich nichts erzählt, weil wir dich überraschen wollten", berichtete Tobias lachend dem überraschten Bruder.

Klaus beugte sich zu seiner Mutter hinunter, die stolz auf ihre beiden Söhne blickte. Sie fand zunächst keine Worte. Es wäre ihr in dieser Situation ohnehin nicht ganz leicht gefallen, zu sprechen. Noch musste sie sehr viel üben.

„Mama, ich bin so froh, dass du heute hier bist",

sagte Klaus und umschlang sie mit seinen Armen. Jutta trug ein wunderschönes Satinkleid in einem zarten Gelb, und ihre Haare legten sich wunderschön in weichen Wellen um ihr Gesicht. „Du siehst wunderbar aus! Geht es dir auch gut? Ich hoffe, ein so langer Abend strengt dich nicht zu sehr an." Besorgt beobachtete er sie aufmerksam.

„Mein Junge, mache dir keine Sorgen. Mir geht es wirklich schon wieder sehr gut", sagte Jutta sehr langsam und noch ein wenig undeutlich. „Ich durfte die Klinik schon verlassen und wohne jetzt seit einigen Tagen bei Tobias."

„Oh, wie schön. Warum habt ihr mir das nicht erzählt, als wir telefoniert haben?"

„Du hattest andere wichtige Dinge vor", erklärte ihm Tobias. „Natürlich kommen noch Therapeuten ins Haus, die mit ihr üben, aber wir sind glücklich und zufrieden."

„Das Haus von Tobias ist wunderschön. Ich kann jeden Tag im Park sitzen und über den See schauen", erzählte Jutta strahlend vor Glück.

„Eines muss ich dir aber noch sagen. Ich bin eine stolze Mutter und begeistert von deiner Arbeit. Für dein Leben wünsche ich dir ganz viel Glück. Verzeih mir, dass ich dich früher nicht unterstützt habe bei deiner Musik. Ich habe einfach zugelassen, dass dich dein Vater so unter Druck gesetzt hat mit der Arbeit."

„Du musst dich nicht entschuldigen, Mama. Dich trifft keine Schuld, du konntest ja auf dich selbst auch nicht aufpassen, wie du ja so schmerzlich erfahren musstest. Wir waren beide seine Opfer. Das Wichtigste ist, dass unser Leben sich nun zum Guten gewendet hat."

„Ja, du hast recht", antwortete Jutta. Doch sie wusste, dass das letzte Wort in dieser Angelegenheit noch nicht gesprochen war. Hier allerdings war nicht die richtige Zeit und auch nicht der richtige Ort dafür. Es war Klaus' Ehrentag, ein ganz besonderer Tag, der nicht geeignet war, dieses schwere Problem anzugehen. Mehr Angst als vor diesem Gespräch hatte sie allerdings vor der Reaktion ihres Sohnes, wenn er die Wahrheit erfahren würde. Sie konnte ihn nicht einschätzen, sie hatte keinerlei Vorstellung, wie er dazu stehen würde. Sie konnte nur hoffen, dass er ihr verzeihen und sie verstehen würde.

Als Klaus am nächsten Morgen gut gelaunt beim Frühstück saß, gesellte sich sein Agent Jörg zu ihm und strahlte ihn spitzbübisch an. Er erzählte ihm von den Kontakten, die er allein am Abend zuvor geknüpft hatte, und berichtete, dass sich die Angebote überschlugen. „Klaus, jetzt bist du bald ein Star! Wir werden in vielen Großstädten Europas spielen und Fernsehauftritte haben. Du hast es geschafft. Ich habe übrigens eine direkte und kurzfristige Anfrage aus Paris bekommen. Ein dort lebender Deutscher, der selbst Musiker ist und Jahrzehnte durch die Welt gereist ist, hat aufgrund einer Krankheit die Bühne gegen den Schreibtisch tauschen müssen. Seitdem führt er eine Konzertagentur und eine Musikschule und würde dich gerne kennenlernen."

„Aber wie kommt er gerade auf mich? Gestern war mein erstes größeres Konzert. So schnell kann es doch eigentlich gar nicht gehen.“

„Ich bin eben ein guter Agent, Klaus!“

Klaus musste lächeln. „Ja, das bist du, dafür bin ich dir dankbar. Aber was ist jetzt mit dem Mann aus Paris? Wo will er mich kennenlernen und warum?“ Klaus blickte Jörg aufmerksam an.

„Allzu ausführlich haben wir noch nicht gesprochen. Fakt ist, dass er die Region deiner Heimat kennt, die ihm sehr am Herzen liegt. Und er will dich unter Vertrag nehmen. Er hat gestern Abend das Konzert im Internet gesehen und ich habe ihm heute gleich eine MP3-Datei geschickt. Er würde dich gerne in Frankreich terminieren. Um diese Dinge zu besprechen, hat er uns eingeladen.“

„Das hört sich ja prima an! Wann fliegen wir?“

„Ich sage dir Bescheid, wenn ich die Terminierung festgelegt habe. Das wird noch nicht so bald geschehen, wir haben noch einige Konzerttermine einzuhalten.“

17

Anfang März hatte sich für Gerhard nichts verändert. Wie üblich saß er ungewaschen und in verschmutzter Kleidung in der Küche. Schon seit einer gefühlten Ewigkeit kümmerte er sich um nichts mehr und nächtigte fast immer in der guten Stube auf dem Sofa. Auch hatte er kein Geld mehr. Sein Essen bestand aus dem Obst und Gemüse aus der Vorratskammer, das Esther noch eingekocht hatte. Zu trinken hatte er Leitungswasser und seine Säfte. Manchmal, wenn er kleine lichte Momente hatte, sehnte er sich nach einem Brot, einem einfachen, frischen Brot. Aber im Dorf betteln gehen wollte er nicht. Das kam für ihn noch nicht einmal im betrunkenen Zustand in Frage.

Eine Dorfgemeinschaft konnte sowohl Fluch als auch Segen sein. Doch für Gerhard war sie ausschließlich ein Fluch. Sie hatten ihn fallengelassen, sie hatten sich von ihm abgewandt und sie schnitten ihn, als ob er die Pest hätte. Es traf ihn umso mehr, als er einst ein geachteter Mann aus der Mitte des Dorfes gewesen war. Man hatte ihm Respekt und manchmal sogar Ehrfurcht entgegengebracht. Jeder hatte vor ihm den Hut gezogen und ihn auf der Straße schon von weitem gegrüßt.

Doch jetzt schauten sie ihn nicht mehr an, sahen sogar durch ihn hindurch und wechselten auf die andere Straßenseite, wenn sie ihm begegneten. Niemand fragte ihn, wie es ihm ging, und niemand bot ihm mehr seine Hilfe an. Er war einfach Luft für sie.

In der Stadt wäre ihm so etwas wohl nicht so extrem passiert. Da konnte es auch schon einmal sein, dass Freunde oder Kollegen böse und beleidigt waren. Aber hier im Dorf war gleich der Arzt weg, der Apotheker weg, der Kontakt zum Stammtisch abgeschnitten. Im Bäckerladen musste man Spießruten laufen, und auf der Bankfiliale wurde getuschelt. Sein ganzes soziales Netzwerk war in sich zusammengebrochen wie ein paar aufgestellte Bierdeckel. Er fühlte sich wie der einsamste Mensch der Welt.

Wie so oft saß Gerhard am Vormittag am großen Tisch in der Küche und starrte vor sich hin. Eigentlich wusste er längst, dass er verloren hatte, dass es vorbei war, aber sein vernebelter Verstand deckte diese Erkenntnis immer wieder zu. Es war ein Teufelskreis, aus dem er alleine nicht mehr herausfand.

Es klopfte an der Tür, sie öffnete sich, noch bevor er Gelegenheit hatte, irgendetwas zu antworten. Es war der Postbote. „Bauer, ein Einschreiben für dich."

Wortlos und mit zitternden Fingern krakelte er seine Unterschrift auf den Zettel, der ihm hingelegt wurde. Lange Zeit ließ er den Brief liegen, der ihn böse anstarrte. Er brachte Unheil, das spürte er, also blieb er untätig sitzen. Diese Verdrängungsmechanismen beherrschte er inzwischen besser als das Alphabet.

Abends im Gasthof saßen die Männer wie üblich am Stammtisch beisammen. Der Postbote erzählte knapp und oberflächlich, was er am Vormittag auf dem Gutshof Glotz gesehen hatte. Aber es war ihm nicht nur das ungepflegte Erscheinungsbild des Bauern aufgefallen, sondern auch dessen Verzweiflung und Einsamkeit. Er konnte es nicht so richtig beschreiben, er war ja nur ein einfacher Postbote und kein Psychologe, aber er hatte Augen im Kopf. Und was er gesehen hatte, das hatte er gesehen. Der Mann, der da am Tisch gesessen hatte, war am Rande des Abgrunds, das hatte er gespürt. Und wenn ihn da keiner herausholte, dann sah er schwarz. Er hütete sich aber davor, den anderen von seiner Beobachtung zu erzählen. Die wären garantiert über ihn hergefallen. Er wollte das aber nicht riskieren, nicht wegen Gerhard Glotz. Er konnte auch nur mit den Wölfen heulen. Es war ebenso im Rudel des Dorfes gefangen wie alle anderen auch. Natürlich wurde sofort getratscht und der Austausch von Spekulationen begann.

„Wie lange wird das mit dem noch gehen?", fragte der Lehrer und blickte Karl von der Bank an.

„Das weiß ich doch nicht, wie lange der noch durchhält."

„Na, wer kann das wissen, wenn nicht du?", warf der Apotheker ein.

„Erzähl endlich. Lass dir nicht alles so aus der Nase ziehen", drängte der Metzger.

„Ich bearbeite den Fall nicht mehr. Das macht jetzt die Zentrale in Stuttgart. Also hört auf, mich zu nerven. Wir werden es früh genug wissen", wies Karl die anderen ungehalten zurecht. Er würde den Teufel tun und ihnen erzählen, was er wusste. Das würde ihn seine Existenz kosten, und das wollte er auf gar keinen Fall riskieren.

„Schade um den großen Hof. Hoffentlich kommt da dann nicht noch ein Hotel hin. Das bringt uns nur eine Menge Fremde ins Dorf", erklärte der Bäcker.

„Bald weiß man gar nicht mehr, wer hierhergehört, und das stört unsere dörfliche Ruhe", ergänzte der Friseur.

„Ach was", entgegnete der Schreiner, „die Touristen bringen uns doch eine Menge Geld. Was wollen wir mehr? Ist doch egal, was aus den Höfen wird."

„Na, du wirst dich wundern, Schreiner, falls du auf Aufträge bei den Hotelneubauten spekulierst. Die kommen nicht zu dir, die bringen ihre eigenen Baukolonnen mit", erklärte der Apotheker.

„Mir ist das nicht egal", rief der Lehrer. „Die Hotels holen sich ihr Personal weltweit zusammen und dann hörst du hier nur noch lauter Multi-Kulti. Fremde Länder, fremde Sitten, heißt es. Oder wenn ihr wollt, auch Sodom und Gomorra!"

„Ach, schwätz net, s'werd net so haiß gesse, wi's kocht werd", warf der Metzger zur Beruhigung der Diskussion ein.

Nach dem dritten Viertel Wein konnte Karl dieses Gerede nicht mehr mit anhören. Diese wirren Vorstellungen der Stammtischler reizten ihn so sehr, dass er sich tatsächlich zu einer unbedachten Äußerung hinreißen ließ. „Hört auf damit", rief er schließlich. „Ich denke, da passiert gar nichts in fremde Richtungen. Ich glaube, der Tobias rettet den Hof."

„Also doch, du waisch was!", rief der Lehrer.

Karl erschrak. Der Wein hatte seinen klaren Verstand etwas vernebelt und seine Zunge gelockert.

„Nein, nein", wiegelte er schnell ab, „nicht so richtig. Ich habe nur gestern aus Versehen eine Aktennotiz gelesen, in der der Name von Tobias stand. Und weil ich alles genau so melden musste, habe ich kombiniert. Aber ob das stimmt, weiß ich nicht!"

Der Metzger schüttelte den Kopf: „Jetzt fängst du auch noch das Spinnen an, Karl. Nur weil da der Name von Tobias steht, kannst du doch nicht darauf schließen, dass er den Hof kaufen oder ersteigern kann. Wo soll der Junge denn das Geld hernehmen? Der ist ja erst um die vierundzwanzig Jahre. Er ist doch der Sohn und der Erbe, da ist das doch nicht verwunderlich, dass sein Name bei der Bank auftaucht."

Und so hatten sie weiteren Stoff und redeten sich noch lange die Köpfe heiß. Jeder hatte eine andere Meinung zu diesem Thema beizusteuern. Am Ende hätte es nicht mehr lange gedauert und es wäre ein heftiger Streit ausgebrochen.

Zur gleichen Zeit öffnete Gerhard den Brief, der seit dem Vormittag auf seinem Küchentisch gelegen hatte. Wie immer hatte er im Laufe des Tages getrunken, denn ohne genügend Alkohol wäre er nicht im Stande gewesen, den Brief zu öffnen. Langsam begann er zu lesen. Der Brief war von der Bank, die ihm mitteilte, dass in fünf Wochen sein Gut versteigert würde. Man hatte ihm einfach den Termin mitgeteilt. Müde ließ er den Brief fallen und starrte in die Nacht hinaus. Jetzt war sein Schicksal besiegelt, wenn nicht ein Wunder geschah. So viel gaben seine umnebelten Sinne noch her. Wenn er die Waren doch noch verkaufte, dann würde er bezahlen können. Aber an wen sollte er verkaufen?

Mitten in seine Gedanken hinein klopfte es an die Tür. Ohne eine Antwort abzuwarten, trat der Postbote ein, der ihm am Vormittag den Brief von der Bank gebracht hatte.

„Was willst denn du hier mitten in der Nacht?", lallte Gerhard.

„Entschuldige, Bauer, dass ich so spät noch herkomme. Aber ich habe mir Sorgen um dich gemacht."

„Um mich muss man sich keine Sorgen machen, verschwinde!", fuhr ihn Gerhard an.

Der Postbote war verunsichert. Ob es richtig war,

was er hier tat? Er hatte zu viel Respekt vor den anderen Stammtischlern und war vielleicht gerade im Begriff, den Fehler seines Lebens zu machen. Er hatte sich eigentlich entschieden, im Rudel zu bleiben. Ihm, dem kleinen Postboten, stand es normalerweise nicht zu, sich einzumischen. Doch vorhin am Stammtisch hatte er etwas mitbekommen, das ihn dazu gebracht hatte, seine Meinung zu ändern. Er konnte doch nicht zusehen, wie der Bauer einen Abgrund hinunterstürzte, obwohl Rettung in Sicht war.

„Bauer, ich habe vorhin am Stammtisch gehört, dass der Tobias den Hof retten soll. Ich wollte dir das sagen, damit du weißt, dass es eine Lösung gibt und du dir keine Sorgen mehr machen musst." Kaum hatte er zu Ende gesprochen, drehte er sich um und verließ mit raschen Schritten das Grundstück. Er wollte nicht gesehen werden.

Als die Tür ins Schloss gefallen war, bekam Gerhard einen Lachanfall. Sein benebeltes Gehirn ließ ihn gar nicht begreifen, was der Postbote soeben gesagt hatte. Er klopfte sich auf die Schenkel und lachte und lachte, bis ihm das Zwerchfell schmerzte.

„Tobias rettet den Hof! Das ist der Witz des Jahrhunderts", stammelte er, nahm den letzten Schluck aus der Flasche und starrte mit leerem Blick vor sich hin.

Irgendwann erhob er sich müde, hielt den Kopf unter den Wasserhahn und ließ das eiskalte Wasser über seine Haare und sein Gesicht laufen. Danach ging es ihm noch schlechter. Jetzt, wo die Gedanken klarer waren, erkannte er zum ersten Mal wirklich seine ausweglose Situation. Er wurde von einem Weinkrampf geschüttelt und flehte den Herrgott um Beistand an. Sein ganzer Körper bebte und zitterte, die Tränen stürzten in Rinnsalen aus seinen Augen, während er sich auf das Sofa legte.

Plötzlich sah er seine Frau Jutta. Sie stand vor ihm, schaute auf ihn herab, ihr Blick war ernst, traurig und auch vorwurfsvoll.

„Sag nichts", sagte Gerhard zu ihr, „sag nichts, ich habe begriffen. Du hast Recht gehabt. Ich hätte auf Tobias hören müssen. Er hat das angemahnt und ich habe ihm nicht geglaubt."

Er setzte sich auf, und erneut rannen die Tränen über sein Gesicht. „Ich habe meine Heimat verspielt", schluchzte er, „ich habe alles verloren. Herr, Gott, warum nur?" Er konnte sich nicht mehr beruhigen.

Gerade wollte er sich wieder hinlegen, da sah er plötzlich Tobias. Auch er stand neben ihm, schaute ihn an, auch er sagte nichts, doch er hob den Arm und zeigte ihm einen mahnenden Finger. Gerhard konnte den Blick nicht von ihm abwenden, sein ganzer Körper bebte. In den nächsten Minuten zogen die Bilder des großen Streits von damals an ihm vorbei, und zum ersten Mal hatte er einen ganz klaren Blick darauf, was an jenem Tag zwischen ihm und Tobias geschehen war. Nun verstand er endlich, was sein Sohn ihm damals zu erklären versucht hatte. Die Zusammenhänge waren ihm zwar immer noch nicht bis ins kleinste Detail klar, aber er begriff, dass er einen entsetzlichen Fehler begangen hatte. Zu spät, er fühlte, es war zu spät.

Völliger Schmerz übermannte ihn erneut und durchrüttelte seinen Körper, wie es schlimmer nicht hätte sein können. Erschöpft ließ er sich zurückfallen.

Ein Zeitgefühl hatte er nicht mehr. Er wusste nicht wie lange er sich an Tobias' Erscheinen abgearbeitet hatte, als ihn von der anderen Seite des Zimmers plötzlich Klaus anblickte. Im Gegensatz zu Jutta und Tobias war Klaus aber nicht stumm. Er stand da mit verschränkten Armen und hochrotem Kopf und schrie Gerhard an:

„Warum, warum trägst du so einen Hass gegen mich in dir? Was habe ich dir getan, dass du mich nicht leiden kannst? Ich hätte mir einen Vater gewünscht, einen Vater, der mich versteht, der mich fördert, der mich unterstützt, und vor allem einen Vater, der mich liebt. Das alles warst du nicht für mich, warum warst du das nicht?"

Klaus erhob die Faust. Aber er ließ sie gleich wieder sinken.

„Du bist es überhaupt nicht wert, dass ich die Hand gegen dich erhebe."

Gerhard hob jetzt seinerseits die Hände. „Klaus, bitte verzeih mir. Ich habe dir Unrecht getan. Ich habe euch allen Unrecht getan!"

Mitten in der Nacht erwachte er. Wie unter Zwang erhob er sich und schleppte sich in die Küche. Er war nun relativ nüchtern. Nach wenigen Minuten konnte er diesen Zustand nicht mehr ertragen, zu viele Bilder huschten ihm durch den Kopf. Er holte sich eine Flasche und trank sie in einem Zug fast leer, er wollte, ja er musste die wirren Gedanken betäuben.

Der Postbote fiel ihm wieder ein, der ihm gesagt

hatte, dass Tobias den Hof retten sollte. Wenn das stimmte, dann wären seine Sorgen mit einem Schlag erledigt. Aber nein, das konnte nicht sein. Tobias konnte das Gut nicht ersteigern. So viel Geld hatte der Bengel nicht. Und wenn doch?

Gerhard schlug mit der Faust auf den Tisch.

„Keiner bekommt mein Gut!", lallte er.

„Ich fahre jetzt ins Rheinland, da ist der Einkäufer für die Supermärkte, und der muss jetzt einfach alles auf einmal nehmen!"

Der Gedanke an diesen letzten Strohhalm erfasste ihn und nahm ihn in Besitz. Ja, das war die Lösung. Warum hatte er nicht gleich im Herbst daran gedacht? Er hatte sich am Telefon abspeisen lassen, dabei hätte er einfach hinfahren müssen. So etwas konnte man doch nicht am Telefon klären. Ohne sich zu waschen und umzuziehen, nahm er seine Aktentasche, die er im Herbst neben seinem Schreibtisch abgestellt und nie wieder berührt hatte, und torkelte zu seinem Wagen. Mit viel Mühe schaffte er es, die Tür aufzuschließen und den Zündschlüssel einzustecken. Er startete den Motor und brauste in Schlangenlinien vom Hof. Natürlich hatte er nicht bedacht, dass er fahruntüchtig war und kein Geld bei sich hatte. Sein Entschluss, diese Reise zu unternehmen, war in jeder Hinsicht zu spät gekommen.

Anstatt hinunter ins Tal in Richtung Autobahn zu fahren, bog er falsch ab und fuhr hinauf in die Berge. Die Straße führte zur Schwarzwaldhochstraße, die einem nüchternen Menschen schon alle Aufmerksamkeit abverlangte. Nicht umsonst wurde sie vom Frühling bis in den Herbst von vielen Motorradfahrern geliebt und nicht immer vorschriftsmäßig befahren. In Gerhards benebeltem Zustand war sie eine besonders große fahrerische Herausforderung, der er absolut nicht gewachsen war.

Und so kam es, wie es hatte kommen müssen.

Sein Wagen wurde aus der Kurve getragen, schleuderte gegen einen Baum und stürzte in die Schlucht. Ungefähr zehn Meter tiefer blieb das zertrümmerte Auto in den dicht stehenden Tannen hängen. Ein Autofahrer, der den Unfall beobachtet hatte, rief den Rettungsdienst und die Polizei. Doch für Gerhard Glotz kam jede Hilfe zu spät. Er war sein eigenes Opfer geworden.

Wenige Stunden später erhielt Tobias einen Anruf vom Bürgermeister.

„Tobias, ich habe eine schlechte Nachricht. Dein Vater ist heute Nacht tödlich verunglückt."

„Wie ist das passiert?", fragte Tobias erschrocken.

Der Bürgermeister berichtete, was er von der Polizei erfahren hatte. „Kommst du und kümmerst du dich um alles?"

„Ja, ich werde alles in die Wege leiten. Sag mir, ist eigentlich die Esther noch auf dem Gut?"

„Nein, dein Vater hat sie schon lange entlassen. Warum fragst du?"

„Kannst du sie bitten, auf das Gut zu gehen? Ich möchte, dass dort jemand ist und aufpasst, damit kein Einbruch oder Diebstahl geschehen kann. Sag ihr, dass ich sie darum bitte. Wir kommen so schnell wie möglich, wenn alles vorbereitet und geregelt ist."

„Gut, ich schicke Esther auf den Hof. Kann ich ihr sagen, dass du sie bezahlst? Der Familie geht es nicht gut, musst du wissen."

„Selbstverständlich, das kannst du ihr garantieren und zusagen. Sie soll auch gleich ihren Vater mitbringen, er kann die Lager kontrollieren und anfangen, die Bäume vorzubereiten, damit nicht alles kaputtgeht. Die Zeit drängt." Noch während er das sagte, erschrak er. Was musste der Bürgermeister von ihm denken, dass er sofort zur Tagesordnung und zum Geschäft überging, noch ehe dieser sein Beileid ausgesprochen hatte. Tobias schämte sich, und sah sich gezwungen, sich zu rechtfertigen.

„Entschuldige Bürgermeister, dass es so kalt klingt, wenn ich an die Bäume denke. Aber wir werden ausreichend Zeit finden, um meinen Vater zu trauern. Ich denke aber auch an sein Vermächtnis, um das ich mich kümmern muss."

„Ich weiß doch Tobias, wie du das meinst. Ich habe mir nichts Schlimmes dabei gedacht. Mach dir mal keine Sorgen."

„Weißt du vielleicht, wie er zuletzt gelebt hat, wie es ihm ging und wie es zu diesem tragischen Unfall gekommen ist?"

„Na ja, er war inzwischen runtergekommen, nicht gewaschen und gepflegt, sicherlich auch mittlerweile ein Alkoholiker. Er hatte vermutlich kein Geld mehr und sich überhaupt nichts mehr einkaufen können, noch nicht einmal ein Brot, wie ich hörte. Ich denke, er hat das Eingemachte gegessen, das Esther im Keller gestapelt hatte. Und der Unfall, da kann ich nur darüber spekulieren, dass er von irgendeiner Schnapsidee getrieben war, so betrunken ins Auto zu steigen und die Schwarzwaldhochstraße hinauf zu fahren. Das musste ja schiefgehen. Aber das ist meine Meinung, warte ab, was die Obduktion ergibt und was er eventuell im Wagen zu liegen hatte."

Als Tobias aufgelegt hatte, stieg eine große Traurigkeit in ihm hoch. Er hätte nicht gedacht, dass es ihm so nahe gehen würde. Schließlich musste er sich eingestehen, dass es wehtat, den Vater auf diese Art und Weise zu verlieren. War er zu hart gewesen? Hätte er nicht doch noch einmal mit ihm reden sollen, gar mit ihm reden müssen? Sein väterlicher Freund Bauer Händel hatte es ihm auch geraten. Noch vor Kurzem war er sich zu hundert Prozent sicher gewesen, richtig zu handeln, und jetzt? Warum hatten die Menschen immer dann das Gefühl, dass sie etwas hätten besser machen können, wenn es nicht mehr ging? Wieso fiel ihm das jetzt so spät ein?

Es schien, als wäre es ihm sehr schlecht gegangen. Er musste ein einsamer Mann gewesen sein. In dieser Situation sicher auch hilflos. Hätte er nicht seine Söhne gebraucht? War ein Mensch in einer solchen Lage überhaupt noch fähig, das alles auszuhalten? Hatte sich sein Vater gar das Leben genommen? Tobias erschrak. Wenn sein Vater Selbstmord begangen hätte, würde auch er Schuld in sich tragen. Er war informiert über den Brief, den sein Vater von der Bank erhalten hatte.

Er hatte darauf gewartet, dass er nicht mehr weiterarbeiten konnte. Macht man das mit dem Vater? Ist das legitim, auch wenn man wusste, dass er ein Sturkopf war?

Ist es nicht eine Schande zu erfahren, dass sich der Vater noch nicht einmal mehr ein Brot kaufen konnte?

Seine Gedanken spielten jetzt ein Kopfkino, das es in sich hatte. Er, der seinen Vater am Hungertuch nagen ließ, sah ihn in der Küche sitzen, den Kopf in die Hände gestützt, einsam und verlassen, betrunken und mit leerem Blick. Das schlechte Gewissen ließ ihn fast verzweifeln und doch war er sich sicher, dass er gar nicht anders hätte handeln können. Sein Vater hätte niemals auf ihn gehört.

Leise weinte Tobias in sich hinein und verharrte lange Zeit in seinem Büro. Er brauchte diese Stille, um sich zu fassen und die Situation einzuordnen.

Schließlich zog er sich langsam aus dem Sessel und machte sich auf den Weg nach draußen. Die Mutter, wie würde sie es aufnehmen? Konnte sie die schlechte Nachricht schon verkraften oder musste er damit rechnen, dass es ihrem Gesundheitszustand schaden würde?

„Mama." Er setzte sich neben sie und umfasste ihre Hand.

„Was ist, Junge? Du siehst aus, als ob etwas Schlimmes passiert wäre."

„Vater ist mit dem Auto verunglückt. Er ist gestorben."

Jutta sagte kein Wort, sie horchte in sich hinein. Minutenlang schwiegen sie, bis sie ihn schließlich mit traurigen Augen ansah.

„Verzeih mir, Tobias, ich kann nicht weinen. Zu viel ist geschehen in all den Jahren. Beinahe hätte auch ich mein Leben verloren. Aber ich bin nicht froh, dass er so aus dem Leben gegangen ist. Gott möge ihm das, was er auf Erden angerichtet hat, verzeihen. Seine ewige Ruhe soll er finden. Vielleicht kann ich später einmal um ihn weinen, vielleicht."

Tobias bewunderte seine Mutter für die Kraft, die sie in diesem Moment aufbringen konnte. Er erhob sich langsam.

„Ich muss mit Klaus telefonieren und die Formalitäten erledigen. Wir müssen uns um die Beerdigung und um das Gut kümmern. Weißt du, ob er ein Testament gemacht hat, ob ich geschäftliche Entscheidungen treffen kann?", fragte er seine Mutter leise. „Schließlich hat die Saison begonnen, und ich möchte retten, was zu retten geht."

„Soweit ich weiß, gibt es nur das alte Testament von früher. Danach geht alles an euch beide, und ich habe lebenslanges Wohnrecht. Ich denke, er hat nichts daran geändert. Du musst hinfahren und nachsehen, ob alles so geblieben ist, wie es einmal war."

Tobias nickte und ging in sein Büro. Zunächst wählte er die Nummer von Klaus, der ihm versprach, sofort zu kommen. Danach klärte er mit der Bank die Dinge ab, die nötig waren. Er wollte den Betrieb anlaufen lassen, und die Mutter musste ihm lediglich eine Vollmacht für die Bankgeschäfte erteilen. Es blieb ihm nur noch, auf Klaus zu warten, um dann in die Heimat zu fahren.

Während er so dasaß, dachte er an das Zusammentreffen mit Esther, und sein Herz klopfte heftig, denn er würde sie wiedersehen können. Er wusste jetzt, dass,

dass die Gefühle immer noch da waren und er um seine Jungenliebe kämpfen würde.

Die Voraussetzungen hierfür hatte er schon vor Wochen getroffen und seine Beziehung mit Tanja einvernehmlich gelöst. Tanja hatte schon längst gespürt, dass sie ihn nicht behalten konnte.

Sie sagte ihm, dass sie es immer gespürt hätte, dass etwas zwischen ihnen stand. Lange Zeit glaubte sie sogar, dass sie seine Erwartungen nicht würde erfüllen können und auch sie fürchtete, dass diese feine, leicht spürbare Distanz zwischen ihnen nicht zulassen würde, dass sie ein Leben lang glücklich sein würden. Sie hatten beide Tränen in den Augen und umarmten sich, als sie beschlossen getrennte Wege zu gehen.

Freunde aber wollten sie bleiben, sehr gute Freunde, das hatten sie sich vorgenommen.

18

Drei Tage später, als Klaus eingetroffen war, begab sich die Familie gemeinsam ins Bühlertal. Merkwürdige Gefühle begleiteten sie, als sie durch das geliebte Dorf fuhren. Selbstverständlich blickten die Leute auf der Straße neugierig ihrem Wagen hinterher. Wie ein Lauffeuer hatte sich herumgesprochen, was den Alten umgebracht hatte. Nun wartete jeder auf die Rückkehr der Familie und darauf, was mit dem Gut geschehen würde. Ob die Bäuerin wieder gesund war oder nicht, war auch noch eine Frage, die sie in ihrer Neugierde beantwortet haben wollten.

Tobias fuhr durch das Hoftor und parkte den Wagen vor dem Haus. Dann half er seiner Mutter beim Aussteigen und reichte ihr den Stock, den sie noch als Gehhilfe brauchte.

Esther trat aus der offenen Haustür heraus, sie trug ein buntes Sommerkleid und darüber eine Schürze. Stumm stand sie da, verunsichert und verlegen. Keinen Schritt konnte sie weitergehen, ihre Knie waren weich, sie zitterten, ihr Herz schlug laut, als sie feststellte, wie gut Tobias aussah. Er gefiel ihr noch besser als früher, noch männlicher erschien er ihr mit seinem gestählten Körper.

Und Tobias? Ihm ging es auch nicht anders. Sein Herz stand einfach in Flammen, als er Esther so dastehen sah. Er ging auf sie zu und umarmte sie wortlos, dann schob er sie langsam von sich und betrachtete sie eingehend.

„Ich freue mich, dich wiederzusehen, und danke dir, dass du dich um alles gekümmert hast. Wenn alles vorbei ist, werden wir Zeit haben", flüsterte er ihr leise zu. Dann gab er seiner Mutter und seinem Bruder Gelegenheit, Esther zu begrüßen.

Wortlos wanderte jeder mit sich und seinen Gedanken durch das Haus, schaute sich nach Veränderungen um oder ging mit den Gedanken zurück in die Vergangenheit.

Jutta sah sich an ihrem letzten Tag auf dem Hof in der guten Stube sitzen, als es ihr schlecht ging und er sie anschrie, weil sie noch nicht den Traktor für die Kirschernte gerichtet hatte. Sie sah ihn vor sich mit seinem wutverzerrten Gesicht und sie hörte seine Stimme, die ihr immer durch Mark und Bein ging. Sie fühlte den Schmerz der Schläge, die seelischen Einsamkeit und die Lieblosigkeit. Sie sah sich als junge Frau vor sich, wie sie einst voller Hoffnung hier einzog und innerhalb kürzester Zeit eines Besseren belehrt wurde.

Tobias stockte im Flur den Schritt. Es roch, wie es immer gerochen hatte, er warf einen Blick in die Küche und hörte die Stimme seines Vaters und auch seine eigene, er spürte die Aufregung, die damals herrschte und seinen schmerzlichen Abschied.

Hinter ihm stand sein Bruder, der heftig atmete. Tobis drehte sie um und schaute ihm die Augen. Er sah dessen Schmerz und fasst ihn an der Schulter.

Auch Klaus erging es nicht anders, als seiner Mutter und seinem Bruder. Auch er fühlte und spürte fast körperlich die Zeit mit dem Vater, die für ihn eigentlich noch gar nicht lange zurücklag. Wie sehr hatte ihn der Vater gedemütigt, wie erniedrigend war dessen Verhalten und er hatte sich kein einziges Mal dagegen gewehrt.

Er holte tief Luft und signalisierte seinem Bruder, dass es ihm gut gehe.

Nichts hatte sich im Haus verändert, überhaupt nichts. Alles war so, wie es schon Jahrzehnte gewesen war, mit der Ausnahme, dass eine gute Fee zugange gewesen war, die dafür gesorgt hatte, dass kein Staubkörnchen zu finden war. In der guten Stube stand sogar ein Blumenstrauß zur Begrüßung. Frühlingsblumen aus dem Garten hatte sie geschmackvoll zu einem Strauß gebunden. Jeder wusste, dass dies die Handschrift von Esther war, und sie fühlten Dankbarkeit für diese freundliche Geste.

Esther hatte ihnen Kaffee gekocht und einen Gugelhupf gebacken. Gemeinsam saßen sie am großen Tisch in der Küche und fühlten sich herzlich begrüßt in dieser ruhigen mittäglichen Kaffeestunde. Die Unterhaltung plätscherte langsam und leise dahin, bis Tobias sie schließlich auflöste.

„Ich sollte mir jetzt einen Überblick über das Haus und den Betrieb verschaffen", sagte er.

„Entschuldige bitte, Tobias. Aber ich muss dich um Geld bitten, damit ich für die nächsten Tage einkaufen kann. Leider konnte ich das nicht vorher erledigen." Esther wollte nicht weiterreden, keine Erklärung abgeben, warum sie nicht hatte einkaufen können.

„Aber Esther, du musst dich doch nicht entschuldigen. Es ist meine Schuld, dass ich nicht daran gedacht habe." Tobias griff sofort in die Hosentasche und reichte Esther ein paar Scheine.

Dann begann er mit seinem Rundgang. In einem Notizblock notierte er alles, was er ändern wollte. Es sah erschreckend aus. Kein Wunder, dass hier in den letzten Monaten und Jahren überhaupt nichts mehr zu bewegen war. Mehrere Stunden verbrachte er mit seiner Bestandsaufnahme, die er am Abend noch auswerten wollte und musste, denn die Zeit drängte. Die gelagerten Schnäpse würde er in seine Abfüllstation fahren lassen. Vielleicht würde er aber auch hier eine zweite Station einrichten. Die Säfte würde er seinem Geschäftspartner zum Schnäppchenpreis anbieten können.

Am nächsten Morgen kurz nach Sonnenaufgang machte sich Tobias auf den Weg. Mit dem Auto fuhr er sämtliche Plantagen ab und informierte sich über den Zustand der Bäume und den Blütenstand. Neben der Baumpflege war auch der Boden vernachlässigt worden. Das Gras stand viel zu hoch, es musste dringend gemäht werden. Es würde in der nächsten Zeit unendlich viel zu tun geben. Dennoch hatte er auch sehr viel Glück: Die vorhandenen Bäume befanden sich trotz ihres Alters in einem relativ guten Zustand. Sein Vater hatte ja noch im Herbst die Helfer für den Rückschnitt eingesetzt. Für die Konfitüren-Produktion konnte er das Obst noch gut verwenden und für den Schnaps auch. Er musste daher nicht mit großen Verlusten rechnen, wenn sie sofort anfingen zu arbeiten. Auch konnten sie gleichzeitig mit den so wichtigen Neuanpflanzungen beginnen.

„So einfach wäre es gewesen, Vater!" Tobias musste dieses Gespräch mit seinem Vater jetzt unbedingt führen.

„Hättest du auf mich gehört, wäre dein Schnaps jetzt schon längst unter Bollenhüten versteckt, was sage ich, er wäre schon längst verkauft!"

Tobias blickte sich um, er hatte einen Kloß im Hals. Er sah seinen Vater zwischen den Bäumen entlang gehen, und endlich konnte er richtig weinen. „Warum warst du nur so stur? Du hattest mich doch als Partner an deiner Seite. Du könntest noch leben!", schrie er in die Plantage hinaus.

Es war für Tobias ein seelischer Befreiungsschlag. Er wusste, dass sein Vater niemals auf ihn gehört hätte. Es wäre alles so gekommen, wie es gekommen war.

Er gönnte ihm jetzt seine ewige Ruhe und er selbst würde seinen Frieden mit ihm machen, indem er das Obstgut seiner Vorfahren retten würde.

Auf dem Rückweg hielt er bei der Bank an. Karl sah noch genauso aus, wie er ihn in Erinnerung hatte.

„Kann ich mit dir reden, Karl?", fragte Tobias.

„Komm herein ins Büro und setz dich. Mein herzliches Beileid wollte ich dir noch aussprechen. Kann ich dir helfen?"

„Nein, danke. Ich war schon beim Gericht und habe das Testament abgegeben. Bis der Erbschein ausgestellt ist, hast du hier ein Dokument, dass ich über alles sofort verfügen kann. Morgen werde ich das Konto auffüllen, damit die laufenden Kosten überwiesen werden können. Den Rest veranlasse ich direkt über die Zentrale und den Vorstand. Sie werden dich sicher umgehend über alles Weitere unterrichten."

„Betreibst du den Hof weiter oder verkaufst du ihn?"

„Hier wird nichts verkauft. Das Obst brauche ich selbst zur Verarbeitung. Ich hätte mich sowieso vergrößern müssen, also werde ich modernisieren und genügend Leute einstellen. Es geht weiter, nur ein wenig anders als bei meinem Vater."

„Dann bist du also auch ein Obstbauer, dort wo du jetzt lebst?"

„Ja, mir gehört der Händel-Hof am Bodensee", klärte er Karl auf.

Karl blieb der Mund offenstehen, als er dies hörte. Der Händel-Hof war ja überall bekannt, in jedem Laden standen Händel-Flaschen, nein, ganze Regale von Händel-Flaschen. Welch erfolgreicher und wohlhabender Mann Tobias geworden war! Kein Wunder, dass sich der Vorstand in die Angelegenheit eingeschaltet hatte. Jetzt war ihm alles klar, wie Schuppen fiel es ihm von den Augen. Am Stammtisch würden sie Augen machen, die anderen vom Dorf. Jetzt konnte er die ganze Wahrheit erzählen, denn Tobias hatte ihm soeben nicht den Mund verboten.

Tobias fuhr zurück auf den Hof. Pünktlich zur Abendbrotzeit kam er an. Als er eintrat, war Esther gerade dabei, den Tisch zu decken. Er beobachtete sie bei ihrer Arbeit und wünschte sich sehnsüchtig, sie in den Arm zu nehmen.

„Hast du heute Abend ein bisschen Zeit für mich?", fragte er. „Wir könnten später einen Spaziergang am See machen, wenn du willst."

„Gerne", sagte sie nur, ohne ihre Arbeit zu unterbrechen. „Ich bin um acht Uhr am See."

Nach dem Essen bat Tobias seine Mutter und seinen Bruder ins Wohnzimmer. Esther stellte ihnen noch einen Kaffee hin. Als sie den Raum verlassen hatte, begann Tobias zu sprechen: „Ich möchte mit euch über das Gut reden, denn ich habe mir einen Überblick verschafft und kann euch meine Vorschläge unterbreiten."

„Wollen wir nicht abwarten, bis er morgen unter der

Erde ist? Aus Anstand, meine ich", sagte Jutta verunsichert. Gerhard strahlte hier immer noch seine Autorität aus, so fühlte es sich wenigstens für sie an.

„Wenn ich das Gut retten will, dann muss ich morgen sofort loslegen. Die Zeit ist schon so weit fortgeschritten, dass jeder Tag, an dem nichts geschieht, unnötiges Geld kostet. Du musst dir keine Gedanken machen über Anstand und Pietät. Wir werden ihn vorbildlich beerdigen, ihm ohne Vorwürfe seinen Frieden wünschen. Aber wir leben, wir müssen jetzt entscheiden."

Klaus nickte seinem Bruder verständnisvoll zu. Er hatte verstanden, dass gehandelt werden musste, schnell sogar.

„Ich habe mir Folgendes gedacht", fuhr Tobias fort. „Du, Mutter, kannst es dir aussuchen, ob du am Bodensee oder hier im Bühlertal leben möchtest. Das Haus hier wird renoviert, nein, eher modernisiert, also eine neue Küche, neue Stromleitungen und neue Böden. Die Kelterei und die Schnapsbrennerei baue ich auch um. Dann kaufe ich neue Maschinen, stelle genügend Leute und einen Verwalter ein, damit alles reibungslos funktioniert. Ob wir hier eine Produktionsstätte für Geschenkartikel einrichten, überlege ich noch. Die Seitenflügel des Gutshauses baue ich auch aus. Den einen könntest du bewohnen, Klaus, wenn du hier bist. So hättest du genug Platz für deine Mannschaft und ausreichend Ruhe, wenn du üben willst, und die Natur darum herum gibt es natürlich kostenlos obendrauf."

„Herrlich", freute sich Klaus. „Dein Vorschlag ist

grandios. Ich nehme ihn gerne an."

„Ich würde auch lieber hier wohnen, wenn es dir recht ist", sagte Jutta zurückhaltend. „Mir ist aber das Haupthaus zu groß, deshalb wäre mir der andere Seitenflügel ausreichend. Das Haupthaus kannst du für dich behalten."

„Ist gut, Mutter. Dein Wunsch ist mir Befehl", antwortete Tobias und lächelte über ihre sehr bescheidenen Wünsche.

Pünktlich zur verabredeten Zeit wartete Tobias am See. Kurz danach bog Esther um die Ecke. Wortlos standen sie da und sahen sich an. Jeder hatte Angst, der andere könnte sein wild klopfendes Herz laut schlagen und hämmern hören.

Nach einem kurzen Augenblick kam Tobias auf Esther zu und zog sie in seine Arme.

„Verzeih mir bitte, Esther. Ich weiß heute nicht mehr, warum ich damals ohne ein Wort gegangen bin. Ich habe dir sehr wehgetan. Darf ich hoffen oder schickst du mich weg?"

„Wie kann ich dich wegschicken? Es hat sich nichts geändert für mich. All die Jahre konnte ich dich nicht vergessen. Wie sollte es mir dann jetzt gelingen, nachdem ich dich wiedergesehen habe?"

Ohne eine Antwort zu geben, küsste er sie zärtlich.

Die halbe Nacht saßen sie eng umschlungen am See, denn sie hatten sich viel zu erzählen. Esther berichtete Tobias von ihrem Leben nach seinem Weggang, und sie erzählte ihm von ihren Erlebnissen mit seinem Vater. Sie war immerhin die Einzige, die mitbekommen hatte, wie sein Vater zuletzt gelebt und gearbeitet hatte. So erfuhr Tobias vieles, was er ohnehin schon vermutet hatte. Jetzt würden ihn in seinem Leben neue Zweifel darüber begleiten, ob er sich richtig verhalten hatte. Vielleicht hätte er ja doch mit seinem Vater reden müssen. Diese zermürbenden Fragen belasteten ihn doch sehr. Er machte sich auch wegen Esther Vorwürfe, er hätte auch ihr besser helfen können und sagte ihr das auch.

„Nein, um Gottes Willen, Tobias, mache dir bitte meinetwegen keine Gedanken", entgegnete Esther. „Du warst nicht zuständig für meine Entscheidungen. Ich habe das getan, weil ich meinen Eltern helfen wollte. Es war mir bewusst, dass ich ein Risiko eingehe, wenn ich auf dem Hof bleibe und als Magd arbeite. Ich kannte die Gefahren. Aber es war nicht nur wegen meiner Eltern. Ich wollte nicht weg, ich wollte hierbleiben, hier in meinem Bühlertal. Ich weiß, dass es nicht gerade ein Zeichen von Klugheit ist."

Tobias musste lächeln. Er hatte seine Esther richtig eingeschätzt. Sie gehörte nicht zu denen, die den Fortschritt nicht erkannten, die zurückblieben, auf Traditionen ausharrten, weil ihnen der Weitblick fehlte. Sie hatte sich bewusst für ein solches Leben entschieden und lebte mit diesem persönlichen Risiko. Das war für ihn ein wichtiger Unterschied zur Sturheit, oder zur Uneinsichtigkeit aufgrund von nicht akzeptierten, aber wichtigen Veränderungen. Obwohl, wäre er hier gewesen, hätte er sie ganz sicher gedrängt, trotz dem Willen zur Hilfe einen Weg einzuschlagen, der ihr die Zukunft eröffnen konnte. Auch die Liebe zur Heimat begründete nicht einen persönlichen Verzicht für eine gute Zukunft.

„Was glaubst du, wie es jetzt für dich weitergegangen wäre?", fragte er leise. Er war neugierig.

Esther lächelte in sich hinein und blickte ihn an: „Mir saß schon das Grauen im Nacken. Einerseits war da meine Familie, die mich brauchte. Andererseits gab es mein eigenes „Ich", das einen Traum hatte, der verwirklicht werden mochte." Esther suchte nach den richtigen Worten. „Ich gebe zu, dass ich ganz am Boden war, nachdem ich beide Arbeitsstellen verloren hatte. Ich hatte schon auch Angst vor der Zukunft, und ich war ganz weit weg von meinem Traum, weil ich wusste, dass sich Träume sehr selten erfüllen. Besser gesagt, ich habe nie ernsthaft daran geglaubt und einfach nur still und heimlich weitergeträumt."

„Was ist dein Traum?"

Esther schmiegte sich an ihn. Es war ihr fast peinlich, davon zu erzählen, denn sie hatte wirklich immer nur davon geträumt. Sie hatte nie versucht, herauszufinden, ob es jemals mehr werden könnte als ein Traum. Und sie hatte Angst, dass der Traum zerplatzen könnte wie eine Seifenblase, und damit wäre auch ihre Hoffnung in die Zukunft zerstört gewesen.

„Willst du das wirklich wissen, Tobias? Aber du musst mir versprechen, mich nicht auszulachen!"

„Warum sollte ich dich auslachen?" Tobias blickte sie jetzt ernst an. „Das werde ich ganz bestimmt nicht tun."

„Also gut, ich erzähle es dir. Ich wollte versuchen, in dem neuen Hotel unterzukommen. Wenn das nicht geklappt hätte, wäre ich eben in die Kreisstadt gegangen und hätte mir eine Stelle in einem guten Haushalt gesucht. Um Geld zu verdienen, musste ich diesen bisherigen Weg ganz bewusst wählen. Ich habe nicht meine ganze Zukunft auf Spiel gesetzt, um meine Eltern jetzt im Stich zu lassen. Sie brauchen mich immer noch."

Esther machte eine Pause. Wie oft schon hatte sie darüber nachgedacht, ob es richtig war, die eigene Zukunft so sehr zu vernachlässigen. Ihre Freundinnen hatten sie deswegen nicht erst einmal für verrückt erklärt und ihr vorgeworfen, dass sie das nicht machen durfte und dass sie auch an ihr eigenes Glück denken musste. Aber sie konnte nicht über ihren Schatten springen. Sie war nun einmal so, wie sie war.

„Weißt du, Tobias, als du weg warst, musste ich mir etwas suchen, was mich ablenkte. Ich musste meine Gedanken in eine andere Richtung bringen, und dabei kam mir nach einiger Zeit der Zufall zur Hilfe."

Esther strich sich mit der Hand über die Stirn, sie wunderte sich bei dem Gedanken, wie manchmal der Zufall das Leben stabilisierte.

„Die Siedlerbäuerin hatte von ihren Eltern eine kleine Hütte auf dem Berg bekommen. Diese Hütte war nicht Teil des Erbes, sie hatte einmal ihrer kranken Schwester gehört. Die Bäuerin hat mir bei der Verabschiedung unter Tränen, weil sie ja ihr Haus verlassen musste, den Schlüssel und eine Urkunde zu dieser Hütte in die Hand gedrückt. Sie sagte: Wir werden heute das Bühlertal für immer verlassen und nie wieder zurückkehren. Hier, Esther, nimm, das ist der Schlüssel zu der kleinen Hütte am Hausberg. Ich schenke dir die Hütte, halte sie im Gedenken an meine Schwester in Ehren und gebe sie niemals her."

„Und was ist das für eine Hütte?" Tobias' Neugierde war gestiegen, und er wollte jetzt unbedingt mehr erfahren. Doch was hatte die Hütte mit Esthers Traum zu tun?

Esther fuhr fort: „Als ich zur Hütte kam, staunte ich nicht schlecht. Es war keine Hütte, wie ich sie mir vorgestellt hatte, es war eher ein Blockhaus mit zwei Nebengebäuden. Mir blieb der Mund offenstehen, als ich davor stand. Ich hatte ein Haus geerbt. Nach meiner ersten Freude, und dem Wunsch, diese gute Nachricht meiner Familie zu erzählen, hatte mich aber sofort die Vernunft wieder eingeholt. Das Haus ist nicht an das Stromnetz angeschlossen, und zurück in die Steinzeit mit Kerze und Plumpsklo wollte ich meine Eltern und Geschwister nun auch nicht schicken. Also begab ich mich erst einmal auf Entdeckungstour. Das Haus hat unten eine kleine Küche und eine große Stube. Oben sind zwei Schlafzimmer und ein Bad mit einem Kohleofen. Das Wasser muss vom Brunnen geholt und hochgetragen werden. Die Inneneinrichtung ist sehr geschmackvoll, geradezu edel: viele Antiquitäten, teure Teppiche, Unmengen an Büchern. Es hat mich alles sehr beeindruckt und sehr stolz gemacht. Bevor ich wieder gegangen bin, habe ich mir dann doch noch die Schuppen angesehen. Du kannst mir glauben, mir stockte der Atem. Ich stand in einer großen Werkstatt, angefüllt mit Tongeschirr und Tonfiguren in allen Farben und Mustern. Ein ganzes Regal war voll mit handbemalten Krügen und Blumenvasen. In der Ecke stand ein riesengroßer Brennofen. Mir schlug das Herz, als ich das sah. Ja, und seitdem überlege ich, wie ich mir meinen Traum erfüllen und da weitermachen kann, wo die Schwester der Bäuerin aufgehört hat."

Esther redete und redete. Der Nachthimmel verbarg die Röte in ihrem Gesicht, aber ihre Augen leuchteten wie zwei Sterne.

„Ich habe schon alles gelernt, habe alle Bücher, die ich da finden konnte, regelrecht verschlungen und dann so viel Geschirr gemacht, dass ich schon ein halbes Kaufhaus beliefern kann. So langsam gehen aber die Vorräte, die noch da waren, zu Ende. Die Farbtöpfe sind mir zum Teil schon ausgetrocknet. Und neues Material kann ich mir nicht kaufen, weil ich keine Arbeit mehr habe. Ich hätte so gerne einen kleinen Laden für mein Geschirr. Aber dafür fehlt mir das Geld, und vom Verkaufen habe ich natürlich auch keine Ahnung. Und deshalb ist das alles nur ein Traum. Aber immerhin hat er mir geholfen, meine Entscheidung zu akzeptieren, keinen Beruf erlernt zu haben. Natürlich hoffe ich immer noch, dass ich eines Tages dieses Erbe für mich als Beruf nutzen kann."

Tobias strich ihr über den Arm. „Esther, was für ein schönes Erbe! Ich freue mich sehr für dich. Daraus kannst du ganz bestimmt etwas für dich machen. Wenn hier bei uns alles geordnet ist, dann stehe ich dir gerne mit Rat und Tat zur Seite."

Er würde sie überraschen, da war er sich sicher.

19

Der nächste Tag war ein schwerer Tag. Es tat weh, sehr weh, den Vater beerdigen zu müssen, auch wenn vieles passiert war und er seiner Familie viel Leid zugefügt hatte.

Der Friedhof war voller Menschen, das ganze Dorf schien auf den Beinen zu sein. Nicht aber, um dem beneideten, zum Teil auch verhassten Bauern die letzte Ehre zu erweisen. Nein, die Neugierde hatte sie dazu getrieben, der Trauerfeier beizuwohnen.

Natürlich hatten sie alle vom Stammtisch erfahren, was aus dem jungen Tobias geworden war. Und jetzt hatten sie nach und nach auch noch Bilder in der Zeitung gesehen von Klaus, dem kleinen, schmächtigen Klaus, dem keiner etwas zugetraut hatte. Ein berühmter Pianist war er geworden.

Die reichen Leute fielen eben immer wieder auf die Füße, lautete der allgemeine Tenor. Der Neid konnte wieder blühen und gedeihen, so wie immer.

Die Familie Glotz war froh, sich nach dem Leichenschmaus zurückziehen zu können. Auf dem Hof angekommen, saßen sie wortlos in der Stube. Das Kapitel Gerhard war fast abgeschlossen. Ohne Worte wünschten sie ihm alle drei, dass er in Frieden ruhen möge.

Nur Jutta hatte an diesem Tag noch einen schweren Gang vor sich. Sie würde erst mit Klaus und dann mit beiden Söhnen sprechen. Es war an der Zeit, klar Schiff zu machen.

„Klaus, ich muss etwas mit dir besprechen und danach auch mit dir, Tobias", sagte Jutta ernst.

Klaus und Tobias sahen ihre Mutter an und merkten, dass ihr dieses Gespräch wirklich nicht leichtfallen würde. Tobias verließ die Stube und ging zu Esther.

„Wieso bist du so ernst, Mama?", fragte Klaus. „Hast du Schmerzen oder fehlt dir sonst etwas? Kann ich dir helfen?"

„Glaube mir, mein Junge", antwortete Jutta. „Noch nie in meinem Leben ist mir etwas so schwergefallen wie dieses Gespräch. Ich habe Angst davor, weil ich euch, meine Söhne, erst jetzt so richtig gefunden habe und weil ich nicht weiß, ob du mich nach dem, was ich dir jetzt sagen werde, noch mögen wirst oder ob ich dich gleich wieder verlieren werde. Es würde mir das Herz brechen."

„Was ist los, um Himmels Willen, was ist denn geschehen? Was soll uns denn auseinanderbringen?"

Jutta lehnte sich zurück und knetete aufgeregt ihr Taschentuch in den Händen.

„Klaus, Gerhard Glotz war wahrscheinlich nicht dein leiblicher Vater."

„Was?" Klaus riss die Augen auf und starrte seine Mutter an. „Was? Ich verstehe nicht", stammelte er.

„Ich weiß, mein Sohn, dass du nichts verstehst. Ich möchte dir von Anfang an berichten und dir alles erzählen. Darf ich das? Bist du in der Lage, mir zuzuhören?"

Klaus antwortete nicht. Er starrte seine Mutter nur mit großen Augen an und war kreidebleich im Gesicht.

„Wieso jetzt?", wollte er wissen. „Wieso heute am Tag seiner Beerdigung? Warum nicht früher, gerade auch deshalb, weil er mich mein ganzes Leben geschlagen und beschimpft hat? Und was heißt wahrscheinlich?"

„Ich weiß, dass du das jetzt sehr verwirrend findest. Aber ich wünsche mir, dir jetzt die Zusammenhänge erklären zu dürfen, weil genau jetzt der Moment ist, wo ein neues Leben für uns alle beginnt. Auch, damit du das Verhalten von Gerhard, dir gegenüber, vielleicht nachvollziehen kannst."

Jutta legte die Hände auf die Sessellehne. Sie spannte sie so an, dass die Knöchel hervortraten und als sie ihren Klaus so entsetzt und fragend stehen sah, musste sie die aufkommenden Tränen wegblinzeln.

„Als ich achtzehn Jahre alt war, stand ich kurz vor der Verlobung mit Gerhard. Da lernte ich im Dorfladen einen Sommerfrischler kennen und traf mich mit ihm für einen netten Nachmittag. Es ist zwischen uns nichts passiert, weil wir wussten, dass ich heiraten und er wieder in die Stadt gehen würde. Wir haben uns nach ein paar Stunden höflich voneinander verabschiedet. Wie du weißt, heiratete ich dann auch, und ein knappes Jahr später wurde Tobias geboren."

Jutta legte die rechte Hand auf ihr stark pochendes Herz.

„Meine Ehe mit Gerhard verlief so, wie du es ja auch mitbekommen hast. Sie war von Anfang an keine Liebesbeziehung, sondern eine Vernunftehe, die noch nicht einmal das bisschen zwischenmenschlichen Anstand, den Menschen pflegen, zum Inhalt hatte. Dein Bruder war übrigens das Ergebnis einer Vergewaltigung in der Hochzeitsnacht und ich war ab dem ersten Tag das Opfer von Gerhard Glotz und seinen Eltern. Aber sage Tobias bitte nicht, was ich dir gerade erzählt habe. Ich liebe ihn genauso, als wäre er in Liebe und nicht unter Gewalt entstanden."

Klaus erschrak und war gleichzeitig geschockt. Die Dimension der Verfehlungen war weit größer, als er es je wahrgenommen hatte. Jutta sprach leise weiter.

„An den jungen Mann dachte ich nicht mehr, warum auch, ich musste von Anfang an schwer arbeiten und hatte keine Minute für mich. Außerdem war es ja nur ein kurzer, körperloser Kontakt gewesen."

Jutta wischte sich mit dem Zeigefinger eine Träne aus dem Augenwinkel. Es tat alles so weh.

„Ungefähr vier Jahre später aber, als ich eines Tages mit dem Traktor ins Heu fahren wollte, kam ich am Blockhaus links vom Bach vorbei und sah einen blonden, schlanken Mann in der Nachmittagssonne vor dem Haus stehen. Schnell trat ich auf die Bremse und brachte den Traktor zum Stehen. Ich traute meinen Augen nicht. Du musst wissen, dass dieses Haus der Familie des jungen Mannes gehörte, den damals kennengelernt hatte. Und wie aus dem Nichts stand er plötzlich wieder vor mir."

Ihre Wangen nahmen bei der Erinnerung eine leichte Röte an.

„Ich kann dir nicht erklären, was sich da in diesem Augenblick in meinem Inneren abgespielt hat. Noch heute erlebe ich es wie einen Film, der an mir vorbeizog. Er endete schließlich so, wie es das Drehbuch vorgesehen hatte. Ich war in diesem Moment eine Person, die in diese Rolle schlüpfen musste, ohne nur einen Funken Einfluss darauf nehmen zu können."

Jetzt strahlten ihre Augen in zärtlicher Erinnerung.

„Ich lief auf ihn zu, ohne anzuhalten und ohne mir darüber Gedanken zu machen. Er nahm mich in den Arm, schob mich wie selbstverständlich in die Hütte und verschloss die Tür. So erlebte ich mit aller Selbstverständlichkeit dieser Welt die einzige Liebesbeziehung, die ich selbst gewollt hatte und die ich bis zur letzten Sekunde genoss. Seine zärtliche Umarmung und sein rücksichtsvolles Verhalten waren so schön, dass ich mein ganzes Leben davon zehren, und die kalten Begegnungen mit Gerhard Glotz, ertragen konnte."

Jutta lächelte leise in sich hinein.

„Nach einigen Stunden haben wir uns dann wieder genauso leise und selbstverständlich voneinander verabschiedet wie Jahre zuvor auch."

Sie griff zu ihrem Wasserglas, aber ihre Hände zitterten vor Aufregung, sodass sie sehr aufpassen musste.

„Mein Leben mit Gerhard ging also weiter wie bisher, und auch dein Bruder forderte ja seine Mutter. Als ich dann nach einer Weile merkte, dass ich erneut schwanger war, hatte ich meine Liebesstunden mit diesem anderen Mann bereits wie einen großen Schatz tief in mir vergraben. Und da ich viel mehr mit Gerhard zusammen war, kam ich nie und nimmer auf die Idee, dass das Kind, das ich in mir trug, ein Ergebnis dieser wenigen Stunden sein könnte. Damit war in meinem Inneren alles geklärt. Du warst das zweite Kind der Eheleute Glotz."

Klaus schüttelte seine blonden Haare aus dem Gesicht. Er hatte gerade keine Worte.

„Aber du warst so anders, so zart und fein, und du wolltest Musik machen", erklärte sie ihm.

„Ich spürte, dass Gerhard seine Zweifel hatte, und er hielt damit auch nicht hinter dem Berg, weil du nun einmal so anders warst. Ich hatte übrigens diese Zweifel zwischendurch auch. Aber ich wollte es nicht wahrhaben. Es konnte nicht sein, was nicht sein durfte. Und ich war immer damit beschäftigt, dich aus Gerhards Schusslinie zu ziehen. Ich weiß, dass ich die Tatsachen hätte aufklären müssen. Aber ich habe sie nicht einfach nur verdrängt, ich habe sie selbst auch nicht mehr wahrgenommen. Ich weiß, dass man das schwer erklären kann. Aber wenn man lange genug an seine eigene Wahrheit glaubt, dann nimmt man sie als die Wahrheit an."

Sie erhob sich, stützte sich auf ihren Stock und trippelte zum Fenster.

„Erst im Krankenhaus nach meinem Schlaganfall erkannte ich die Zusammenhänge und machte mir meine Gedanken darüber. Zeit genug hatte ich ja. Ich weiß, dass du sehr gelitten hast unter Gerhard Glotz. Soweit ich konnte, habe ich immer versucht, dich zu schützen. Und ich kann dir immer noch nicht mit Sicherheit sagen, wer dein Vater ist. Verzeih mir bitte und verstoße mich jetzt nicht, mein Sohn, bitte nicht jetzt, wo ich dich endlich so lieben kann, wie ich das immer gerne getan hätte."

Jutta weinte still vor sich hin, sie zitterte. Es war mäuschenstill in der Stube, man hätte eine Stecknadel fallen hören können. Dann lief sie zu ihrem Stuhl und setzt sich wieder.

Klaus starrte vor sich hin. Ihm war, als ob er gleich explodieren müsste. Seine ganze Jugend hatte er vielleicht unter einem Vater leiden müssen, der gar nicht sein Vater war, und niemand hatte es ihm gesagt. Jetzt war er in einer Situation, in der ihm seine Mutter noch nicht einmal sagen konnte, ob es tatsächlich so war. Hinzu kam ja auch noch, dass sie nur den Vornamen des Mannes kannte, der sein Vater sein könnte. Sie wusste nicht einmal, wo er lebte und was er machte.

Klaus sah auf und blickte in das Gesicht seiner geliebten Mutter. Sie weinte und zitterte am ganzen Körper. Er war außerstande sich zu bewegen, sie zu trösten oder gar einen klaren Gedanken zu fassen. Plötzlich war er vielleicht nicht mehr Klaus Glotz, sondern, ja, wer? Seine ganze Persönlichkeit schien eine andere zu sein. Wer war sein Vater, wie sah er aus und wenn ja, wo lebte er? Hinter seiner Stirn war ein Chaos, auf das er im Moment, nicht eingehen konnte. Kopfschüttelnd und sprachlos lief er raus und ließ die Tür hinter sich zufallen.

Er rannte an Tobias vorbei und mit schnellen Schritten über den Hof.

„Was ist denn los?", rief er Klaus hinterher, der sich nicht umdrehte.

Das hemmungslose Schluchzen seiner Mutter drang durch die Tür. Tobias musste sehen, was da passiert war. Er lief hinein und legte den Arm um ihre Schulter. „Sag, was ist da los, zwischen euch?"

Jutta schniefte ins Taschentuch und erzählte die ganze Geschichte erneut.

Tobias unterbrach sie mit keinem Wort, seine Augen wurden immer größer und auch er wurde von der Sprachlosigkeit beherrscht, denn es könnte sein, dass Klaus sein Halbbruder ist.

„Mama, auch ich muss jetzt mal an die frische Luft. Ich kümmere mich um Klaus. Gib uns ein wenig Zeit, wir sprechen nachher weiter."

Tobias verließ auch das Haus, lief durch den Garten auf die Wiese und setzte sich unter einen Zwetschgenbaum. Den Rücken lehnte er an den Baumstamm, dann zog er die Beine an den Körper und schlang die Arme um die Knie. Was war das heute? Neben der Beerdigung so eine Hiobsbotschaft. Brach jetzt auch noch der Rest der Familie auseinander? Wenn das so war, dann hätte seine Mutter viel eher mit ihnen beiden sprechen müssen. Gleichzeitig war ihm aber klar, dass sie sich das nie getraut hätte. Sie hätte das mit dem Jähzorn seines Vaters nicht überlebt. Der hätte rotgesehen und sie womöglich in seinem Jähzorn umgebracht. Ein Gerhard Glotz hätte sich keine Hörner aufsetzen lassen. Garantiert nicht.

Tobias schloss die Augen. Seine Gedanken rasten durch seinen Kopf, dass dieser anfing zu dröhnen und dann musste er sich immer und immer wieder mit der Hand über die geschlossenen Augen streichen.

Obwohl, es ist doch eigentlich per se erst mal gar nicht so schlimm, dachte er. Was ist denn schon geschehen? Klaus ist und bleibt Klaus, also sein Bruder. Was spielt es da für eine Rolle, wer sein richtiger Vater ist? Er ist der Gleiche und ihre Mutter auch.

Er schüttelte den Kopf und erhob sich, weil er fror

und Klaus finden musste. Wo könnte er, kopflos wie er war, hingerannt sein? Tobias lief zurück auf den Hof, blieb mittendrin stehen, strich sich über das Kinn und tastete mit den Augen die Hauswand ab. Er ist zwar rausgerannt, aber eigentlich hat er sich immer, wenn was Schlimmes los war in seinem Zimmer verkrochen. Das war sein Rückzugsort, seine Schutzhülle. Also würde er als Erstes da nachschauen. Er rannte die Treppe nach oben und öffnete die Tür zum ehemaligen Kinderzimmer von Klaus und tatsächlich, er saß auf seinem Bett, die Arme um die Knie geschlungen, genauso, wie er das schon als Kind gemacht hatte. Er setzte er sich neben ihn.

„Können wir reden", fragte Tobias leise und griff nach seinem Arm.

Klaus drehte den Kopf und blickte ihn au traurigen Augen an.

„Ich habe Hummeln im Kopf und mein ganzes Leben rauscht in einzelnen Bildern an mir vorbei. Bilder die mir den tobenden, schlagenden und schreienden Vater zeigen, der jetzt vielleicht gar nicht mein Vater war. Verstehst du, dass ich vor lauter Schmerz gar nicht mehr weiß, was ich tun soll?"

Tobias legte ihm den Arm um die Schulter.

„Schau mich an, Klaus!" Zaghaft hob dieser den Blick.

„Du darfst jetzt nicht, den negativen Bildern gestatten, hier zu wüten. Unsere Mutter bleibt unsere Mutter und ich bin und bleibe dein Bruder, ganz ohne Wenn und Aber. Es ist mir egal, wer dein Vater ist oder war, verstehst du?"

Klaus nickte, sein Blick ging ins Leere. Er schien nachzudenken.

„Die Ungerechtigkeiten, die Schläge und psychischen Tyranneien meines, oder unseres Vaters und das Versagen von mir und unserer Mutter, das bleibt und wir können bei dir nur Abbitte leisten. Aber bestrafe Mutter nicht, weil sie in ihrem überharten Leben ihre Entscheidungen so traf, wie sie sie getroffen hat. Sie wusste es nicht anders, kommt aus einer Generation die aushalten und unterordnen gelernt hat. Und verzeih mir, dass ich es auch nicht besser wusste.“

Klaus zog die Luft ein und sein Brustkorb weitete sich. So langsam wurde er ruhiger und das Leben, auch die klaren Gedanken kehrten in seinen Körper zurück. Tobias hatte so recht. Er konnte seiner Mutter nicht böse sein und sein Bruder half ihm, wo er nur konnte. Es war für ihn da.

Gerhard Glotz, wie er ihn jetzt nannte, solange er nicht wusste, ob er sein Vater war, lebte nicht mehr. Auch ihm konnte er keine Vorwürfe mehr machen und Tote sollte man ruhen lassen.

„Danke Tobias, es hat alles seine Richtigkeit, so wie du sagst. Lasse uns das Leben annehmen, das wir uns wünschen. Aber meinen vermeintlichen Vater, den werde ich vielleicht suchen, wenn ein wenig Zeit vergangen ist. Komm, ich habe Mutter einfach sitzen lassen, ich muss unbedingt zu ihr.“ Tobias nickte erlöst und bei liefen hinunter in die gute Stube.

Klaus schloss Jutta in seine Arme: „Mama, weine doch nicht. Ich bin dir doch nicht böse. Du darfst dich nicht aufregen, du bist noch nicht ganz gesund. Es war für uns alle ein bisschen viel. Lass mir ein wenig Zeit. Ich muss mich damit auseinandersetzen, und das hat überhaupt nichts mit dir zu tun. Du bist und bleibst meine Mutter."

Tobias indes hatte Verständnis für Klaus' Wunsch, jetzt nachdenken zu wollen. Auch er umarmte seine Mutter und seinen Bruder. „Ob wir nun halbe oder ganze Brüder sind, zwischen uns wird sich nichts ändern", meinte er schließlich.

„Klaus, du solltest dir ernsthaft überlegen, ob du nicht bald den Mann suchen möchtest. Ich glaube, es wäre für dich besser, zu wissen, ob er dein Vater ist oder nicht. Der Mensch möchte doch eigentlich immer seine Wurzeln kennen."

„Ja, das denke ich auch. Aber wir werden nichts überstürzen. Auf ein paar Monate kommt es jetzt auch nicht mehr an.

20

Klaus war wieder auf Reisen und Jutta am Bodensee, solange die Umbauarbeiten stattfanden. Tobias hatte seinem Vorarbeiter vom Bodensee die Verantwortung auf dem Händel-Hof übertragen, und so konnte er in Ruhe die Arbeiten im Bühlertal überwachen.

Esther und er waren nun unzertrennlich. Jeden Tag arbeiteten sie Hand in Hand. Ihre gemeinsame Zukunft war eine Selbstverständlichkeit und bedurfte keiner Worte. Einen romantischen Heiratsantrag würde er zu gegebener Zeit als Überraschung einplanen. Heute bat er ihren Vater Lutz zu sich. Sie saßen in der alten Stube, um sie herum wurde gehämmert und gesägt. Nur noch kurze Zeit, dann würden die Arbeiten am Haus beendet sein. Dann würden sie die bestellten Möbel kommen lassen können.

„Lutz, ich möchte ein paar grundlegende Dinge mit dir besprechen, weil ich einige Änderungen hier auf dem Hof vornehmen möchte. Zuerst danke ich euch für euren unermüdlichen Einsatz in den letzten Wochen. Sag den Arbeitern, dass sie alle einen Arbeitsvertrag bekommen werden, und zwar einen, der nicht im Herbst ausläuft. Sie können in Zukunft immer das ganze Jahr durcharbeiten. Wir werden hier noch eine moderne Abfüllstation für Geschenkartikel aufbauen. Dann können wir noch mehr Leuten eine Arbeit geben. Von hier aus werden wir Frankreich beliefern und vom Bodensee aus die Schweiz."

„Danke, das ist eine gute Nachricht", antwortete Lutz.

Tobias musste schmunzeln über seine Zurückhaltung. „Aber jetzt zum Kern meines Anliegens. Du weißt, dass ich Esther sehr zugetan bin?"

„Das weiß ich doch, ich bin ja nicht ganz blind."

Jetzt musste Tobias lachen. „Dann will ich hiermit offiziell um die Hand deiner Tochter bitten." Jetzt war es an ihm, verlegen zu sein, als er seinen zukünftigen Schwiegervater ansah.

Dieser meinte mit einem Lächeln: „Ich habe nichts dagegen, wünsche mir nur, dass mein gutes Mädchen glücklich wird und keine Enttäuschung erlebt."

„Das kann ich dir versprechen, das kann ich sogar beschwören", antwortete er und legte dabei die Hand an die Brust. „Und da wir ja nun bald verwandt sein werden, möchte ich gleich auch noch ein paar andere Dinge ändern. Selbstverständlich werdet ihr hier auf dem Hof wohnen und eure kleine Wohnung verlassen. Ich habe mir gedacht, im unteren Stock des Haupthauses wäre doch ein geeigneter Platz für euch. Miete musst du keine bezahlen, ich wünsche mir nur, dass ihr das Haus und den Garten, was sage ich, die ganze Anlage pflegt. Den oberen Stock richten Esther und ich für uns ein. Wir werden immer zwischen dem Bodensee und hier pendeln. Außerdem möchte ich, dass du die Verantwortung in der Brennerei und in der Obstpresse übernimmst. Bist du einverstanden?"

„Selbstverständlich, Tobias, ich bin dir sehr dankbar. Wir kümmern uns um das Haus und den Hof, auch mit der Arbeit ist alles so richtig, wie du es festgelegt hast."

„Gut. Morgen kommen die Maschinen, dann haben wir noch ein wenig Zeit, bis die Ernte losgeht, und bis dahin kannst du mit deiner Familie umziehen."

Lutz drückte Tobias fest die Hand. Er wäre vor Freude am liebsten in die Luft gesprungen. Doch er konnte sich gerade noch zurückhalten.

Mittlerweile war es Herbst geworden. Beide Gutshöfe hatten reiche Erträge gebracht, und alle machten sich zufrieden an die Vorbereitungen für den Winter. Wie versprochen hatten Esthers Eltern die Pflege des Anwesens übernommen, und mit einer Begeisterung, die ihresgleichen suchte, kümmerte sich Esthers Mutter um Haus und Garten. Sie war unendlich dankbar, hier wohnen und leben zu dürfen. Rührend kümmerte sie sich auch um Jutta, die seit einiger Zeit im neuen Seitenflügel lebte und glücklich war.

Tobias hatte Esther mit einem Wochenende in Paris überrascht. Sie stiegen in einem Luxushotel mitten in der Stadt ab. Zwei Tage lang waren sie in der Stadt der Liebe mit all ihren Sehenswürdigkeiten unterwegs. Am letzten Abend vor der Heimreise hatte Tobias einen Tisch im Hotelrestaurant bestellt und ließ bei Kerzenschein ein romantisches Fünf-Gänge-Menü servieren. Sie genossen den stimmungsvollen Abend sehr.

Nachdem der letzte Gang serviert worden war, griff Tobias nach Esthers Hand: „Esther, ich möchte mich noch einmal bei dir entschuldigen, dass ich dich damals einfach so alleine gelassen und mich aus falschem Stolz nicht mehr bei dir gemeldet habe. Verzeih mir bitte!"

„Es gibt nichts zu verzeihen. Das Leben geht oft seltsame Wege. Nur der Herrgott weiß, warum. Und ich, ich liebe dich, und deshalb ist es gut so, wie es jetzt ist."

„Danke für dein Verständnis." Tobias hielt kurz inne.

„Esther, ich möchte dich fragen, ob du meine Frau werden möchtest."

„Ja", sagte sie nur.

Tobias griff in seine Jackentasche und zog einen wunderschönen, aber schlichten Diamantring aus einem Etui. Er war genau das passende Geschenk und Symbol für seine Esther, von der er wusste, dass sie niemals dick auftragen würde. Dennoch sollte es etwas

Wertvolles für sie sein, so wertvoll, wie sie es für ihn war. Und das waren nun einmal Diamanten. Tobias hatte ein gutes Gespür und einen guten Geschmack bewiesen. Während er Esther den Ring überstreifte, trat wie von Geisterhand gesteuert ein Mann an den Tisch und reichte ihm einen großen Strauß mit roten Rosen, den er an Esther weitergab.

Esther war sehr gerührt: „Danke, vielen Dank, du verwöhnst mich wirklich sehr. Ich bin so froh, mein einziges Glück gefunden zu haben. Ich danke dir."

Es war für die beiden ein unvergessliches, traumhaftes Wochenende, das sie sich immer in ihrer Erinnerung bewahren wollten.

Doch mitten in der Nacht erreichte sie ein Anruf von Lutz. Im neuen Anbau, der erst im Frühjahr eingerichtet werden soll, war ein heftiges Feuer ausgebrochen, das beinahe auf das Haupthaus übergegriffen hätte. Nur Lutz und der freiwilligen Feuerwehr war es zu verdanken, dass es verhindert werden konnte. Die Bewohner mussten alle raus aus dem Haus und Jutta haben sie in die Klinik mitgenommen, wegen einer leichten Rauchvergiftung.

Tobias hörte ich das alles an, aber sein Herz hämmerte gegen seine Brust, weil er sich Sorgen machte und eben nicht gerade vor Ort sein konnte.

„Mein, Gott! Was da hätte alles passieren können."
„Ja, wir haben Glück gehabt, beruhigte in Lutz. Ich trommle in der Früh gleich alle verfügbaren Kräfte zusammen, die mit mir aufräumen. Wir müssen allerdings warten, bis die Ermittlungen abgeschlossen sind."

Als Tobias und Esther am nächsten Tag wieder auf dem Gut ankamen, sahen sie erst das ganze Ausmaß. Nicht nur der neue Anbau, sondern auch der Ausbau des Flügels den Klaus bewohnen wollte und ein Teil der neuen Abfüllstation standen unter Wasser. Das alles würde sie einige kostbare Wochen kosten.

21

Klaus' Leben war nur noch ein einziger Terminkalender. Nur mithilfe seines Agenten Jörg Birkenfeld und seines Musiklehrers Friedrich Kuhn, der auch auf der Gefühlsseite ein Ersatzvater für Klaus geworden war und ihm inzwischen das Du angeboten hatte, konnte er dieses Leben bewältigen. Es war eine außerordentlich straffe Organisation nötig, was für Klaus als eigentlich heimatverbundenen Menschen sehr gewöhnungsbedürftig war.

Endlich hatten sie ein freies Wochenende gefunden, um die Einladung nach Paris annehmen zu können. Der Musikagent hatte stets dazu gedrängt und immer wieder angefragt. Er buchte für Klaus und sein Team Zimmer in einem sehr guten Hotel und lud sie in seine Agentur ein. An diesem Tag war nun es so weit. Gut ausgeschlafen, mit einem internationalen Hotelfrühstück im Magen, ließen sie sich vom Fahrdienst zu ihrer Verabredung bringen.

Klaus staunte nicht schlecht. In einem der teuersten Stadtteile von Paris betraten sie ein sehr elegantes Haus aus dem achtzehnten Jahrhundert, das mit Stuckdecken und Marmor edel saniert war. Die Agentur selbst war nicht weniger edel: Parkett, Marmor, Perserteppiche, Kunstgegenstände und Antiquitäten, wohin das Auge reichte. So viel Luxus auf einmal hatte er noch nie gesehen.

Ein grauhaariger, schlanker Mann kam ihnen entgegen, begrüßte sie herzlich und bat sie, auf einem antiken Sofa Platz zu nehmen. Es schloss sich ein stundenlanger Austausch über Kunst, Musik, Konzerte, Auftritte in Frankreich und viele Kontakte nach Amerika an. Der Mann hatte ein solches Beziehungsnetzwerk, dass einem ganz schwindlig werden konnte.

Friedrich allerdings, ein gesunder Skeptiker, der sich von keinem Glanz der Welt sofort vereinnahmen ließ, schweifte immer wieder mit seinen Gedanken ab. Warum hatte sich der Mann zu einem so frühen Zeitpunkt gemeldet? Wo und wie hatte er Klaus wirklich wahrgenommen? Dieser kleine Zeitungsausschnitt, den er erwähnt hatte, konnte es ja nicht gewesen sein. Warum dieser absolute Einsatz dieses Mannes? Er hatte das Gefühl, diesen Mann schon einmal gesehen zu haben, ihn zu kennen.

Klaus und Jörg aber waren erfreut. Sie sahen sich bereits als Weltenbummler unterwegs in den Konzertsälen aller Herren Länder. Alles in ihnen war auf Erfolg programmiert.

„Sie kommen vom Bühlertal, nicht wahr", fragte der Mann Klaus unvermittelt.

„Ja, das stimmt." Klaus kam leicht ins Stottern, weil er mit seinen Gedanken noch bei der Konzertplanung war. „Kennen Sie das Bühlertal?", fragte er zurück.

„Ja, ich kenne es sehr gut."

Klaus blickte ihn verwundert an, und auch Friedrich wurde jetzt besonders aufmerksam. „Woher, wenn ich fragen darf?", kam es wie aus der Pistole geschossen von ihm.

„Ich bin früher sehr oft da gewesen", antwortete der Mann. „Meine Eltern haben dort vor vielen Jahren immer ihren Urlaub verbracht."

Klaus wunderte sich nicht, dass er den Mann niemals im Bühlertal gesehen hatte. Schließlich hatte er nur ganz selten den Hof verlassen. Aber Friedrich gab sich noch nicht zufrieden. Auch wenn der Mann früher mit seinen Eltern oft im Bühlertal gewesen war, erklärte das immer noch nicht seine Beweggründe. Schließlich war er ja ein berühmter Musiker und jetzt auch ein berühmter Agent. Weshalb sollte er sich ausgerechnet für Klaus, der ja noch am Anfang seiner Karriere stand, interessieren?

Auch der Mann schien relativ schnell zur Sache kommen zu wollen. Rasch begann er das Thema, das ihn seit Monaten beschäftigte und nicht mehr losgelassen hatte.

„Seit ich denken kann, habe ich die Lokalzeitung aus dem Bühlertal abonniert, weil ich dieses Tal liebe und ich als Kind und Jugendlicher viele Sommer dort verbracht habe. In dieser Zeitung habe ich viele Artikel über Ihre Konzerte gelesen und vieles über Ihre Familie, auch die traurigen Vorkommnisse, dass Ihr Vater verunglückt ist. Mein herzliches Beileid."

Nun lehnte sich auch Friedrich beruhigt zurück. Er hatte jetzt eine plausible Erklärung für das Interesse des

Mannes.

„Ja", antwortete Klaus, „meine Familie musste einiges mitmachen."

„Ich habe auch Fotos in der Zeitung gesehen, die mich zum Nachdenken gebracht haben. Kann ich Sie bitte alleine sprechen, Klaus? Zu einem Thema, das sehr privat ist."

Er blickte Klaus abwartend an. Dann fuhr er fort und wandte sich an Friedrich und Jörg: „Entschuldigen Sie bitte, meine Herren. Ich möchte Sie nicht ausschließen. Aber dieses Gespräch hat nichts mit dem Künstler Klaus Glotz zu tun, sondern mit einer ganz privaten Angelegenheit. Ich bitte um Ihr Verständnis."

Klaus stimmte zu, obwohl er nicht wusste, was ihn nun erwarten würde. Er bat seine Begleiter, vor der Tür zu warten.

Der Mann hatte sich inzwischen erhoben und stand am Fenster. Mit auf dem Rücken gekreuzten Armen starrte er hinaus. Er hatte sichtlich Mühe mit sich und seinem Anliegen. Als Friedrich und Jörg den Raum verlassen hatten, begann er endlich zu sprechen: „Mein Name, den Sie kennen, ist mein Künstlername. Ich hatte ihn während meiner Karriere als Pianist benutzt und ihn anschließend für meine Agentur beibehalten, weil ich damit einen gewissen Bekanntheitsgrad erreicht hatte. Mein richtiger Name ist Hans Brämer."

Klaus sagte der Name nichts, und er wartete darauf, dass der Mann ihm endlich sagte, was er ihm sagen wollte.

„Meine Eltern hatten im Bühlertal ein Blockhaus für unseren Sommerurlaub gekauft. Während eines Sommers bin ich Ihrer Mutter im Krämerladen begegnet. Ich war damals ein junger Mann von gerade einmal achtzehn Jahren."

Schnell sprang Klaus aus seinem Sessel, zu frisch waren noch die Erzählungen seiner Mutter, die ihm von einem Blockhaus und einem jungen Mann berichtet hatte. Er war aufgeregt wie schon lange nicht mehr. Das konnte gar nicht sein. Das wäre ja der reinste Zufall. Nein, das konnte nicht sein, schoss es ihm durch den Kopf.

„Ich habe deine Mutter später noch einmal kurz getroffen", fuhr Hans fort. „Entschuldige bitte, dass ich dich geduzt habe. Ich bin so aufgeregt, denn ich habe da eine Vermutung."

„Welche Vermutung?", fragte Klaus leise.

„Können wir uns setzen?" Hans zeigte auf die Couch.

Fast synchron setzten sie sich.

„Wie schon gesagt, ich hatte deine Mutter nur ganz flüchtig kennengelernt und mich auch wieder von ihr verabschiedet, ohne dass etwas zwischen uns passiert war. Es war kurz vor ihrer Hochzeit. Ich hatte mich so sehr in sie verliebt, dass ich sie von diesem Moment an schmerzlich vermisste. Durch einen Jugendfreund im Dorf erfuhr ich, dass ihr Ehemann nicht besonders gut mit ihr umging, und ich habe sie bei vielen Besuchen still und heimlich beobachtet. Ich musste zusehen, wie schwer sie unter der Bürde trug, die in der ganzen Zeit ihr Alltag war."

Hans hielt kurz inne, dann fuhr er fort: „Eines Tages konnte ich mich nicht mehr zurückhalten. Ich bin in unsere Hütte gefahren und habe mich dort versteckt. Ganz instinktiv bin ich dorthin gefahren, es war keineswegs meine Absicht. Ich wartete auf den Moment, in dem deine Mutter mir begegnen würde, ohne dass gleich das ganze Dorf zuschauen konnte. Und siehe da, sie fuhr mit dem Traktor an unserer Hütte vorbei."

Seine Gefühle übermannten Hans nun. Mit zittriger Stimme erzählte er weiter: „Sie flog mir entgegen wie ein Vögelchen, das sich verirrt hat, und sie gab sich mir hin, als ob wir schon ein ganzes Leben vereint gewesen wären. Wir genossen die schönsten Stunden, die zwei Menschen nur miteinander erleben können."

Hans weinte nun bittere Tränen der Erinnerung. „Und doch sind wir ein zweites Mal einfach so auseinandergegangen", schluchzte er.

„Wir haben uns in unser altes Leben zurückbegeben, ohne zu versuchen, eine Lösung zu finden. Danach hörte ich auf, sie zu beobachten. Es hat mir einfach zu sehr wehgetan. Mit einer Ausnahme: Mein Zeitungsabonnement habe ich behalten."

Er blickte auf. Klaus sah einen Mann, der in seinem Privatleben völlig zerbrochen war. Er fragte sich, wie es ihm unter diesen Umständen gelingen konnte, eine so erfolgreiche Agentur zu führen. Und was nun für ihn besonders wichtig war: War er sein Vater? Er wollte gerade ansetzen zu fragen, da hob Hans die Hand und gebot ihm, noch zu schweigen.

„Vor einigen Monaten", berichtete Hans, „habe ich in der besagten Zeitung ein kleines Foto von dir und deinem Konzert gesehen. Als ich dich auf dem Bild sah, blieb mein Herz für einen kurzen Moment stehen. Ich sah einen Jungen, der mir wie aus dem Gesicht geschnitten schien und der ebenso am Klavier saß wie ich. Ich holte ein Jugendfoto aus meinem Album heraus und verglich es mit deinem Foto. Es bestand für mich überhaupt kein Zweifel: Du musstest mein Sohn sein, eine andere Erklärung gab es für mich nicht."

Währenddessen war er aufgestanden und brachte Klaus das Bild, das für ihn der Beweis schlechthin war.

Und Klaus erschrak ebenso wie Hans. Ja, er sah genauso aus wie er. Es gab keinen Grund, daran zu zweifeln.

Mit zitternder Stimme sprach Hans weiter: „Ich habe auf die Liebe meines Lebens verzichtet, nicht um sie gekämpft, und ich habe einen Sohn, der begabt ist und in meine Fußstapfen treten könnte. Doch er versauerte mit seinen Fähigkeiten bei einem Obstbauern, der seiner Frau nicht gerecht wurde und meiner kleinen Familie kein schönes Leben geboten hat. Und außerdem durfte ich meinen Sohn nicht beschützen und lieben. Wie soll ein Mensch das alles aushalten? Sag mir, wie?"

Hans brach in sich zusammen und ließ all seine aufgestauten Gemütsbewegungen heraus.

„Ich habe mich damals schließlich mit einer Opernsängerin zusammengetan und bin mit ihr auch eine Vernunftehe eingegangen. Meinen Schmerz über die verlorene Liebe konnte sie allerdings nicht betäuben. Daraufhin habe ich mich so in der Arbeit vergraben, dass ich nach vielen Jahren einen Herzinfarkt bekam und meine Bühnenkarriere beenden musste. Deshalb die Agentur und die Musikschule."

Zum zweiten Mal innerhalb kurzer Zeit musste Klaus ein Wechselbad der Gefühle durchleben. Urplötzlich hatte er scheinbar einen Vater, der ihn auch noch fördern und lieben wollte. Aber war Hans wirklich sein Vater? Einen DNA-Test hatten sie ja noch nicht gemacht. Doch eigentlich gab es aufgrund der Fotos überhaupt keinen Zweifel.

Nach geraumer Zeit stand Klaus auf, nahm Hans in die Arme und drückte ihn an sich. Der Apfel fiel eben nicht weit vom Stamm, dachte Klaus. Er war wohl Hans' Apfel und hatte viel von seinem Stamm.

„Du musst nicht weinen", sagte er schließlich. „Meine Mutter hat mir erst vor Kurzem von ihrem Verdacht, dass du mein Vater sein könntest, erzählt. Ich hätte sowieso versucht, dich zu finden. Aber dank deiner Zeitung bleibt uns das ja jetzt erspart."

Klaus lächelte Hans an. „Ich bin froh, nach zweiundzwanzig Jahren endlich einen Vater und eine Mutter zu haben, die mich lieben, und einen tollen Bruder habe ich auch. Dazu kommen meine geliebte Musik und meine Förderer da draußen vor der Tür. Was will ich mehr? Mehr kann es nicht für mich geben!"

Hans war erleichtert. Seit vielen, vielen Jahren war er zum ersten Mal richtig glücklich und nicht nur beruflich zufrieden.

„Sag einmal, mein Junge, ich habe in der Zeitung gelesen, dass Gerhard Glotz verunglückt und gestorben ist. Wie geht es denn Jutta damit?"

„Wie es ihr mit dem Tod ihres Ehemannes geht?" Klaus dachte kurz nach.

„Darüber spricht sie nicht. Aber gesundheitlich geht

es ihr wieder besser. Sie hat richtig viel Glück und einen Schutzengel gehabt. Es hätte auch ganz anders ausgehen können."

Hans blickte ihn sorgenvoll an. „Weshalb, was fehlt ihr denn?"

„Sie war schwer krank, sie hatte einen Schlaganfall."

Dann erhob sich Klaus und zog Hans mit aus dem Büro. Mit kurzen Worten klärte er Friedrich und Jörg über die neuen Entwicklungen auf und schickte sie zurück ins Hotel. Schließlich bat er Hans, einen ruhigeren Ort aufzusuchen, wo er ihm über die Jahre seines Lebens berichten konnte. Hans fuhr mit ihm in seine Villa.

Klaus hatte noch nie so ein luxuriöses Gebäude gesehen. Eine Stadtvilla die eine unglaubliche Ausstrahlung hatte. Er kam aus dem Staunen nicht mehr heraus, der wunderbare Stuck, die edlen Tapeten, die schweren Samtvorhänge, dann, die erlesenen Möbel, die großen weißen Flügeltüren, die unglaublich großen Räume, die er ihm zeigte. Es war alles wie ein Traum.

„Du hast ja ein tolles Haus. Lebst du hier alleine?"

„Ja", antworte er kurz und lenkte ab.

„Ich möchte alles wissen, alles über dein Leben, an das du dich erinnerst und das von klein an, auch wenn es schmerzen wird.

Und dann berichtest du mir über deine bisherige Karriere, über deine Förderer und Betreuer und natürlich über deine Pläne und wenn wir dann nicht zu müde sind, dann erzählst du mir von deiner Mutter."

Klaus lachte. „Und du berichtest über dich, über dein Leben, deine Karriere, deine Ehe und wenn du hast über deine weiteren Kinder. Ich bin nämlich auch neugierig."

Die Nacht wurde lang, sehr lang.

22

Auf dem Obstgut im Bühlertal, war mittlerweile der totale Stress und auch ein bisschen das Chaos ausgebrochen. Tobias hatte alle Hände voll zu tun, die Behörden bei der Suche nach dem Grund für den Brand zu unterstützen. Für einen Moment gar rückte er als Besitzer und auch Lutz als Vorarbeiter in den Vordergrund und damit in den Verdacht, selbst Hand angelegt zu haben. Esther konnte ihren Vater kaum noch beruhigen. Der einfache aber immer ehrliche Lutz verstand gerade die Welt nicht mehr. Wie konnte man auf so schräge Gedanken und Vermutungen kommen, fragte er sich.

Jutta indes behielten die Ärzte länger als gedacht in der Klinik, weil sie sich doch nicht so schnell erholte.

Klaus fragte seinen Bruder, ob er zurückkommen und helfen solle, aber der verneinte, bat ihn lediglich, die Daumen zu drücken, dass alles gut ausgeht.

„Ich habe noch nie so ein Durcheinander und so viele Schwierigkeiten auf einem Haufen gehabt", stöhnte Tobias müde, als er abends zusammen mit Esther in ihrem neuen Wohnzimmer im ersten Stock saß.

Esther sah ihm an, wie erschöpft er war, seine dunklen Augenränder warfen Schatten und seine Augen waren ganz stumpf, die Hände fuhren fahrig über den Tisch.

Sie strich ihm zärtlich über die Wange, als ob sie die Sorgen wegstreichen könnte.

„Ja, das waren jetzt heftige Tage, aber ich habe mich heute mit dem Kommissar unterhalten, nein, ich habe ihm mal mächtig meine persönliche Meinung serviert und meine Fragen dazu gestellt."

Tobias musste lächeln. „Und, hat er dir ernsthaft zugehört?"

„Du wirst staunen. Ja, hat er! Ob, du es glaubst oder nicht, aber er hat mir nachher gesagt, dass er es von der Seite noch gar nicht betrachtet hatte, sondern nur immer die Fakten in Erwägung zog, die aber auch in die falsche Richtung zeigen können. Er meinte, dass manchmal die weibliche Logik sehr hilfreich sein kann, will noch einmal alles durcharbeiten und prüfen."

„Na dann, wollen wir mal hoffen, mein Schatz, denn wir müssen bald an den Bodensee."

Am nächsten Morgen, strahlte die Sonne vom herbstlichen Himmel und das Obstgut hätte man im Schlaf wähnen können, wären nicht die schwarzen Gebäudeteile und davor die vielen Handwerker gewesen, die Krach machten eifrig hin und her liefen.

Dann kam das Auto des Kommissars um die Ecke und Tobias bekam schon wieder ein flaues Gefühl im Magen.

„Guten Morgen", sagte er freundlich und gab Tobias und Esther die Hand. Er lächelte sogar.

„Ich habe heute eine erlösende Nachricht für sie, denn wir wissen jetzt, dass es Brandstiftung war und wir kennen auch den Übeltäter, der mittlerweile verhaftet wurde."

„Puh, mir fällt ein Stein vom Herzen." Tobias nahm Esther in seinen Arm.

„Ja, und wenn sie mir gestern nicht so energisch ihre Meinung gegeigt hätten, wäre ich bestimmt noch eine Weile in den Ermittlungen stecken geblieben."

„Und wer war es jetzt?", fragte Esther.

„Das war ein junger Mann aus dem Dorf, der bei euch beschäftigt ist. Allerdings war es keine Absicht, sondern eine Zigarette, die er angetrunken wegwarf, als er sich einen Strohballen in den Neubau reinzog und schlafen wollte. Den Strohballen haben wir zwar gesehen, aber die Zigarettenkippe lag außerhalb des Gebäudes, weil er sie aufgehoben mit hinausgetragen hat."

Einen Tag später kam auch Jutta zurück und das junge Paar reiste an den Bodensee.

Für Esther und Tobias war die Zeit gekommen, ihre Hochzeit vorzubereiten. Sie saßen im großen Wohnzimmer des Händel-Hofes am Bodensee, um die Einzelheiten zu besprechen. Anna hatte den Kamin angemacht und ihnen eine gute Flasche Wein gebracht.

„Liebling, ich bin so froh, dass wir uns wiedergefunden haben!", sagte Tobias. „Was für ein Idiot war ich doch, zu denken, du könntest einen anderen Mann geheiratet haben. Wie konnte ich nur so viel kostbare Zeit verschenken? Kannst du mir das sagen?"

Esther schmiegte sich an ihn und schlang die Arme um seinen Hals.

„Hör auf, dir Vorwürfe zu machen, das bringt nichts. Schau, wir sind noch so jung. Wir haben noch alle Zeit der Welt und können uns glücklich schätzen."

„Du hast ja recht. Ich darf jetzt nicht undankbar sein."

Genüsslich zog er sie in die Arme.

Sie waren sich einig, dass sie sich eine kleine Hochzeitsfeier wünschten. Die Zeremonie sollte nur im engsten Kreis stattfinden. Auf einer kleinen Halbinsel des Bodensees in einer wunderschönen Kapelle wollten sie sich das Jawort geben. Esthers Familie sollte mit dem Auto anreisen, Klaus würde die Mutter mitbringen. Außerdem sollten Bauer Händel mit seiner Frau und Tobias' frühere Freundin Tanja mit ihrem neuen Freund und ihren Eltern dabei sein. Das war es schon, mehr Menschen wollten sie nicht dabeihaben.

Am nächsten Morgen telefonierte Tobias mit Klaus. Mit ihm musste der Termin für die Hochzeit abgestimmt werden, denn er hatte Verpflichtungen, und für Tobias kam es nicht in Frage, ohne seinen Bruder zu heiraten.

„Können wir über meinen Hochzeitstermin reden?", fragte er Klaus. „Ohne dich, mein Lieber, kann ich ja nicht heiraten. Gib dir also Mühe, deine Termine zu sichten."

„Wie ich mich für euch freue!", rief Klaus und gab ihm rasch seine wenigen frei verfügbaren Tage durch. „Aber sagt mir bitte schnell, für welchen Termin ihr euch entscheidet, damit mir keiner mehr dazwischenfunken kann."

„Keine Sorge, wir werden uns noch heute bei dir

melden.“

„Wie geht es zu Hause? Mutter habe ich nicht erreicht.“

„Wir haben nichts Nachteiliges gehört. Esthers Mutter hätte sich bestimmt gemeldet, wenn etwas Außergewöhnliches passiert wäre. Sicher war Mutter im Garten.“

„Das beruhigt mich. Hat sie sich wieder eingelebt?“ Tobias musste lachen.

„Ja, klar. Sie ist der Meinung, dass man einen alten Baum nicht verpflanzen sollte.“

Die Brüder lächelten über die Ansichten ihrer Mutter.

„Ich habe noch eine Neuigkeit für Euch und vor allem für Mutter“, erzählte Klaus. „Ich möchte noch einen Gast mitbringen, aber das geht nicht, ohne sie darauf vorzubereiten. Ich möchte Mutter nicht aufregen oder sogar einen Herzinfarkt riskieren.“

„So schlimm? Was ist denn los?“ Tobias wunderte sich.

„Ich habe meinen Vater gefunden. Oder besser gesagt: Er hat mich gefunden.“

„Na, das ist ja mal eine Nachricht! Wie ist er und wie stehst du zu ihm?“

„Für mich ist er mein Traumvater, und für dich wird er sicher ein guter Freund sein. Für Mutter ist er ihre große Liebe, die sie nicht leben durfte, und umgekehrt ist es genauso. Und deshalb müssen wir sie vorbereiten und noch vor der Hochzeit ein Treffen vereinbaren.“

Die Stimme von Klaus überschlug sich fast vor Aufregung.

„Es gibt so vieles zu besprechen und zu erzählen. Sie können sich nicht auf der Kirchentreppe zu ersten Mal wiederbegegnen. Wir müssen das vorher machen, damit der Schreck nicht zu groß und das Fest nicht getrübt wird durch andere verliebte Paare", sagte Klaus und lachte.

„Klaus, du hast das gut erkannt", lobte ihn Tobias. „So werden wir das machen. Ich erzähle es jetzt Esther und dann verabreden wir uns erst einmal ohne Mutter. Danach bringen wir ihn zu ihr."

Wie sie es besprochen hatten, flog Tobias gemeinsam mit Klaus nach Paris zu dessen Vater. Lediglich Esther war eingeweiht. Tobias lernte Hans Brämer als einen sehr gebildeten, klugen und angenehmen Menschen kennen. Sie verstanden sich auf Anhieb. Klaus und Hans erzählten Tobias alles, was es zu berichten gab über die Liebe zwischen Hans und Jutta. Für Hans bedeutete es die größte Freude, Jutta wiederzusehen. Er sah ein, dass sie wegen ihrer medizinischen Vorgeschichte mit Bedacht auf dieses Treffen vorbereitet werden musste. Klaus und Tobias versprachen ihm, dies in den nächsten vierzehn Tagen zu erledigen, damit Hans endlich anreisen konnte.

Sehr zufrieden flogen die Brüder einen Tag später zurück. Klaus hatte noch zwei Konzerte, die er spielen musste und wollte dann mit seiner Überraschung im Gepäck ins Bühlertal zu seiner Mutter fahren. Er war jetzt schon ganz aufgeregt.

23

Hans war so voller Vorfreude, dass er nicht ahnte, was mit seiner Tochter Sarah noch auf ihn zukommen sollte. Er wähnte sie in Australien, denn für diese Reise hatte sie sich vor einigen Wochen Geld bei ihm abgeholt.

Aber am Abend stand sie überraschenderweise vor der Tür, als er gerade gehen wollte. Während sie immer noch den Schlüssel in der Hand hielt, mit dem sie die Tür öffnen wollte, schaute er sie von oben bis unten an. Er sah, dass sie seit Tagen wohl ungewaschen und in der gleichen, jetzt riechenden, Kleidung unterwegs sein musste. Ihre Pupillen zeigten ihm, dass sie Drogen konsumierte.

„Wo kommst du denn her, solltest du nicht in Australien sein und arbeiten?"

„Habe ich abgebrochen, die spinnen doch, mich neun Stunden am Tag zur Arbeit zu zwingen."

Sarah drückte sich an ihm vorbei und lief über den Flur, dann rasch die Treppe hoch, wo sich ihr Zimmer befand.

Hans schüttelte den Kopf und lief ihr hinterher. Wie erwartet, hatte sie sich auf ihr Bett geworfen und die Augen geschlossen.

„Kannst du mir mal sagen, wo du das Geld für einen verfrühten Rückflug herhattest", knurrte er sie an, obwohl er die Antwort schon ahnte.

„Deine Mutter hat mal wieder nachgegeben, stimmts?", erklärte er sich selbst.

Er bekam keine Antwort.

Mit einem Stöhnen verließ er das Zimmer und eilte in sein Büro. Dort ließ er sich in seinen Schreibtischstuhl fallen und stütze den Kopf mit den Armen. Dabei war es nicht seine Tochter Sarah, die ihm die Sorgen auf die Stirn zauberte. Ihr Verhalten, sogar ihr Drogenkonsum war nicht neu und da alle Versuche sie auf den rechten Weg, mit einem Beruf, einem Arbeitsplatz, gesunder Lebensweise, bisher gescheitert waren, mussten sie, Ella und er dafür sorgen, dass sie eine Schocktherapie bekam und so nicht weitermachen konnte.

Was ihn jetzt allerdings das schlechte Gewissen und eine gewissen Angst spüren ließ, war die Tatsache, dass Klaus nichts von seiner Tochter und seiner gescheiterten Ehe erzählt hatte. Irgendetwas hat ihn abgehalten, wahrscheinlich, weil er sich für seine Tochter schämte und für seine gescheiterte Ehe wohl ebenso.

Aber was denkt Klaus über ihn, wenn er davon erfährt? Er wird sich fragen, warum sie beide eine ganze Nacht über das Leben gesprochen haben, er aber so etwas wichtiges, wie eine Halbschwester und eine geschiedene Ehefrau, einfach mal außen vorgelassen hatte. Ist das ein Zeichen von wenig Vertrauen?

Nein, es war ihm, ohne nachzudenken, einfach nur peinlich, über die beiden zu reden.

Und dann ist da auch noch Jutta. Er möchte sie ohne Ballast sehen und mit ihr sprechen. So viele Jahre sind vergangen und er wünschte sich insgeheim, dass der Funken wieder überspringt, wenn sie sich begegnen. So lange hatte er im Geiste von dieser Liebe gezehrt und sich ausgemalt, wie es wäre sie wiederzusehen und zu schauen, ob die starken Gefühle immer noch vorhanden waren.

Aber was, wenn nicht? Was, wenn sie für ihn gar keine Gefühle mehr hatte, oder was, wenn er sich die vermeintlich erhalten gebliebenen Gefühle eingebildet hat?

Egal. Er wollte jetzt einfach kein Risiko eingehen, zumindest so lange nicht, bis er wusste, wie ihre Gefühle zueinander sind.

Hastig griff er zum Telefon und wählte die Nummer seiner seit vielen Jahren geschiedenen Ehefrau.

„Bonjour Ella, hast du unserer Tochter ein Rückflugticket bezahlt?“ Er kannte die Antwort, es lief immer nach dem gleichen Schema ab.

„Bon. Sie hat geweint, weil sie so schlecht behandelt wurde. Was sollte ich machen, dich ruft sie ja nicht an?“

„Ja, warum wohl“, nuschelte er und zog tief die Luft ein.

Wenn wir ihr jetzt nicht den Stecker der Faulheit ziehen, dann sehe ich für sie schwarz. Sie kann doch nicht ihr ganzes Leben ohne sinnvolle Aufgabe, aber mit unserem Geld verbringen“, rief er. Sein Herz bollerte vor lauter Aufregung und Wut.

„Ich steuere auf den nächsten Herzinfarkt zu, wenn das nicht aufhört.“

„Beruhige dich doch, die wird schon noch vernünftig. Was ist da ein bisschen Geld, das sie jetzt noch braucht.“

„Ne, ne Ella, mein Leben soll sich in naher Zukunft ändern. Ich muss mit dir reden. Können wir uns morgen treffen?"

„Wenn du möchtest, na klar."

Sie machten noch schnell Zeit und Ort aus und beendeten das Gespräch.

Als er sein Lieblingsbistro betrat, sah er sie schon sitzen. Für einen Moment blieb er aber am Eingang stehen, weil er sich erschrocken hatte. Sie war blass, hatte dunkle Augenränder, die Haare, die sie sonst fast wie einzeln hindrapiert, akkurat am Kopf lagen, hingen herunter und sahen ungewaschen und stumpf aus. Ihre Kleidung war heute auch nicht so elegant wie gewohnt.

Ihre Hände hatte sie um die Kaffeetasse gelegt und schob diese in gleichmäßigen Bewegungen immer hin und her. Er schüttelte den Kopf, denn da stimmt irgendetwas nicht.

„Salut Ella! Wie geht es dir?" Hans griff zu dem Stuhl ihr gegenüber und setzte sich.

„Geht schon."

Er betrachtete sie schweigend und schaute in ihre Augen, aber sie konnte nicht lange standhalten und senkte den Blick.

„Raus mit der Sprache, dir geht es nicht gut."

„Gerard hat mich gestern Abend verlassen und das wegen einer Jüngeren natürlich."

„Und deshalb hast du dich heute mit deinem Outfit so hängen lassen?"

Ella lachte hart auf. Für was soll ich mich noch zurechtmachen, wenn ich zu alt bin?"

„Merde! Wie kann man nur so denken? Du bist ein eigenständiger Mensch, der sich wohlfühlt, wenn er gut aussieht. Du hast ein gutes Einkommen, warst erfolgreich und wenn du Sorgen hast, dann kannst du dich auf mich verlassen. Auch wenn wir geschieden sind."

Hans machte eine Pause, damit sie seine Worte aufnehmen konnte. Er wusste, dass sie oft spontan und ohne nachzudenken, reagierte.

Er nahm einen Schluck aus seiner Kaffeetasse, die ein Servicemitarbeiter aus Gewohnheit, ohne zu fragen, hinstellte.

„Klar schmerzt es sehr, verlassen zu werden, aber es gibt noch andere Männer, die dich mögen werden und er, er hat dich nicht verdient."

Ella strich ihm über den Arm. Diesen Zuspruch hatte sie gebraucht und jetzt war es ihr etwas peinlich, so derangiert hier zu sitzen. Aus ihren Augen blitzte schon wieder der Schalk.

„Du könntest als Paar-Psychologe arbeiten."

Hans musste lachen und bestellte sich einen weiteren Kaffee, als der junge Mann am Tisch vorbeikam.

„Ich kann mich im Moment nicht gerade um anderer Menschen Liebesleben kümmern. Jetzt bin ich mal wieder an der Reihe und das nach gefühlt unendlich vielen Jahren."

„Du? Hast du eine Frau kennengelernt."

Ellas Augen hatten sich vergrößert vor Neugierde.

Hans strahlte über das ganze Gesicht.

„Besser, viel besser. Ich werde nach mehr als zwanzig Jahren meine einmalige Sommerliebe wiedersehen und hoffe die Gefühle wiedererwecken zu können."

„Oh, das ist schön, romantisch und schön. Ich wünsche dir von ganzem Herzen, dass deine Wünsche in

Erfüllung gehen.“

„Danke dir, ich freue mich über deinen Zuspruch. Und dann muss ich dir noch etwas sagen. Etwas, was ich aufgrund eines Fotos geahnt hatte, aber nicht sicher war, ob es tatsächlich auch so ist. Ich habe aus dieser einmaligen Begegnung, einen Sohn.“

Éllas Körper schoss nach vorne an die Tischkante.

„Einen Sohn?“

„Ja, ich beobachte ihn schon eine Weile über Zeitungsnachrichten, weil er Musiker ist. Und das Foto von ihm, das zeigte auch mich in jungen Jahren. Es gibt für mich keinen Zweifel. Mittlerweile habe ich ihn gesprochen.“

„Dann hast du neben unserer Tochter auch noch einen Sohn.“

„Ja, und ich möchte ihm, wenn das Familiäre geklärt ist, die Firma geben, weil er eben ein Musiker ist.“

Er stockte und beobachtete sie. Doch sie schwieg.

„Aus diesem Grund müssen wir beide uns jetzt überlegen, wie wir Sarah auf den rechten Weg bringen, damit auch sie eine Zukunft hat. Für Musik konnten wir sie ja nicht begeistern.“

Ella zuckte die Achseln. „Was willst du machen? Sie hört nicht und wir können unsere Tochter nicht im Stich lassen.“

Sie wiegte den Kopf und spielte mit ihrem Kaffeelöffel. Als ob das eine Lösung wäre.

Hans fasste nach ihrer linken Hand. „Ich wollte dich nicht aufregen, aber jetzt sollte ich dir sagen, dass ich den Verdacht, nein die Bestätigung habe, dass sie Drogen konsumiert. Deshalb hält sie es nirgendwo aus, kommt immer schnell zurück, um ihre Bezugsquellen mit unserem Geld aufsuchen zu können."

„Nein!"

Ella hielt sich spontan mit der rechten Hand den Mund zu, weil sie das Gefühl hatte, zu laut gewesen zu sein. „Bist du sicher?"

„Ja."

„Und was machen wir jetzt?", fragte sie leise.

Hans schwieg noch ein bisschen, weil er wusste, dass jetzt der schwerste Teil des Gespräches stattfinden musste.

Dann lehnte er sich vor und hielt ihre Augen mit seinen Augen fest.

„Wenn wir jetzt nicht konsequent sind und wenn wir nicht wie Pech und Schwefel zusammenhalten, verlieren wir unsere Tochter. Wir müssen ihr Fristen setzen und sagen was bis wann zu geschehen hat und wenn nicht muss sie wissen, dass wir sie rauswerfen und wir ihr nicht mehr helfen."

Ella traten die Tränen in die Augen und Hans strich ihr tröstend über die auf dem Tisch liegende Hand.

„Ich werde jetzt der Böse sein und ihr sagen, dass sie mit mir morgen in die Privatklinik, am Ufer der Seine gehen muss. Ich habe schon mit dem Professor telefoniert. Macht sie das nicht, muss sie mir den Schlüssel geben und ohne Unterstützung gehen. Im Klartext heißt das, dass ich sie dann rauswerfe. Und wichtig ist, dass ich ihr gleich sage, dass du ebenso verfährst. Du darfst dann nicht schwach werden."

Hans schaute sie ernst an. „Kannst du das?"

„Wenn nicht macht es für mich keinen Sinn, dann kann ich sie gleich zu dir schicken."

Ella sagte einige Minuten nichts und schaute aus dem Fenster, oder eher durch dieses hindurch. Sie führte gerade einen inneren, schweren Kampf, der einer Mutter fast das Herz zerreißt.

Sie ließ noch einmal die letzten beiden Jahre im Schnelldurchlauf vorbeiziehen und jetzt erst merkte sie, wie lange Sarah sich schon merkwürdig verhielt, wie lange das schon andauerte und jetzt wo Hans ihr die Augen geöffnet hat, erkannte sie auch die Drogenabhängigkeit.

Sie schaute ihn an und nickte. „Ja, ich schließe mich an. Sie braucht jetzt eine Ansage und sie braucht Hilfe, wenn wir sie retten wollen."

Hans fuhr nach Hause und klopfte an die Tür seiner Tochter Sarah, die, als er einfach die Tür öffnete, immer noch im Bett lag.

„Sarah stehe bitte auf. Ich muss mit dir reden."

Sie rekelte sich und konnte kaum die Augen öffnen.

„Lass mich in Ruhe, ich bin müde, habe immer noch Jetlag."

„Das ist mir nun völlig egal. Ich habe dir was Wichtiges zu sagen."

Er setzte sich auf den Rand ihres Bettes und wartete.

Unter Stöhnen zog sie sich aus dem Kissen.

„Was willst du?"

„Mach die Augen auf und höre mir gut zu, damit du alles verstehst. Für dich geht es jetzt um sehr viel."

„Ist ja schon gut. Ich höre."

„Wir beide fahren in die Klinik von Professor Gerard und du machst eine Entziehungskur von sechs Monaten."

Kaum hatte er es ausgesprochen, raste Sarah aus dem Bett hoch, ihre Augen traten hervor und waren fast nur noch weiß, dagegen die Pupillen ganz klein.

„Ich muss in keine Klinik, ich habe nichts genommen", schrie sie völlig aufgelöst.

„Doch, das hast du und das musst du. Deine Mutter und ich sind einer Meinung. Gehst du jetzt nicht mit mir mit, dann werfe ich dich raus und du kannst auf der Straße und ohne Geld leben."

„Das könnt ihr doch nicht machen, ich bin doch euer Kind!"

„Das bist du nur noch, wenn du in die Klinik gehst und dir helfen lässt."

Unter Tränen und Schluchzen stieg Sarah in sein Auto und ließ sich in die Klinik einweisen. Dass ihr Vater in nächster Zeit nicht in der Nähe sein würde, sagte er ihr nicht. Sie durfte ja ohnehin keinen Besuch bekommen.

24

Endlich war es soweit. Klaus fuhr mit seinem Leihwagen auf den Hof. Er kam gerade aus Zürich, wo er sein letztes Konzert für die nächsten zwei Wochen gegeben hatte, und freute sich sehr auf diese kleine Pause und auf seine Mutter. Schnell betrat er den Seitenflügel, den Jutta bewohnte. Er nahm sie liebevoll in die Arme. Sie hatte schon sehnlichst auf ihn gewartet und begrüßte ihn herzlich.

„Gut siehst du aus, Mama, ich freue mich. Hast du noch deine Therapeuten?"

„Ja, sie kommen immer noch jeden Tag. Aber ich bin sehr dankbar. Immerhin kann ich fast ohne Stock gehen und meine Sprache ist viel besser geworden. Auch die Lähmungen im Gesicht sind deutlich zurückgegangen." Jutta setzte sich.

„Und wie geht es dir, mein Sohn?"

„Sehr gut." Klaus strahlte.

„Meine Konzerte sind ausverkauft und ich bekomme immer mehr Angebote. Es ist alles gut. Mama, ich möchte dir etwas erzählen. Ich hatte ein sehr schönes Erlebnis. Sagt dir der Name Hans Brämer etwas?"

„Hans Brämer? Nein, mein Sohn, der Name sagt mir nichts."

„Die Hütte am Wald, Mama."

„Die Hütte …", stammelte Jutta.

„Ja, Mama, deine große Liebe. Mein Vater heißt Hans Brämer und nicht ich habe ihn gefunden, sondern er mich. Und ich bin glücklich. Ich habe einen liebevollen Vater bekommen. Und er möchte dich nun gerne sehen. Er hat dich niemals vergessen."

Jutta errötete, als sie diese Worte hörte. Sie hatte nur den Namen Hans, nicht aber seinen Nachnamen gekannt. Die Nachricht nahm sie ruhiger und gelassener auf, als Klaus es befürchtet hatte.

Es wurde ein langer Nachmittag. Klaus musste Jutta alles berichten. Bis ins kleinste Detail wollte sie wissen, wie es ihrem Traummann ergangen war. Und sie freute sich sehr, Hans endlich wiederzusehen.

Nur wenige Tage später kam Klaus mit seinem Vater auf den Hof. Wortlos, wie viele Jahre zuvor, nahm Hans seine große Liebe wie selbstverständlich in die Arme. Klaus zog sich zurück und ließ die beiden alleine.

Es gab eigentlich nicht viel zu bereden. Beide hatten von Klaus in allen Einzelheiten gehört, wie es dem anderen ergangen war. Blieb noch das, was er Klaus gegenüber ausgelassen hatte.

Über das Innere und ihrer beiden Seelenleben würden sie sich auch später noch in aller Ruhe auslassen können. Das eilte nun nicht mehr.

„Ich habe lange Zeit noch nicht einmal deinen Namen gewusst. Nach unserer zweiten Begegnung musste ich einen guten Freund aus Kindertagen fragen, damit ich wusste, wer die Frau ist, die ich liebe", erzählte Hans.

„Es tut mir so leid, dass wir beide nicht den Mut hatten, gemeinsam durch das Leben zu gehen. Es wäre uns und vor allem dir viel erspart geblieben," flüsterte Hans.

„Ja, das ist sicher so. Das können wir nicht mehr zurückholen. Zu viel ist geschehen und die Zeit heilt nicht immer alle Wunden, zumal dann, wenn einem immer neue zugefügt werden", philosophiert Jutta.

„Deshalb werden wir den Rest des Lebens gemeinsam genießen, wenn du möchtest. Wir werden jetzt jeden Tag so leben, als wäre er der letzte, und wir werden hoffen, dass wir noch lange Zeit den jeweils letzten

Tag leben werden."

Jutta lächelte ihn an und strich ihm zärtlich mit der Hand über die Wange.

„Das kommt alles ein bisschen schnell, Hans. Ich bin sehr krank gewesen und gerade erst auf dem Weg der Besserung und eigentlich kennen wir uns ja gar nicht."

Jutta hob die Hand und legte sie auf seinen Arm. Ihr Herz pochte.

„Ich weiß nur aus Erzählungen, wer du bist, wie du lebst, was dein Leben ausmacht, ja selbst die wichtigen Kleinigkeiten des Alltags mit dir sind mir fremd. Eigentlich erinnere ich mich nur einen jungen Mann, mit dem ich ein einziges Mal in den Himmel der Liebe gefahren bin."

Hans schüttelte den Kopf. „Ach Jutta, meine Liebe. Ich kann deine Fragen und die Besorgnis verstehen. Aber ich bin nicht so, wie dein Mann war. Es ist noch nicht einmal ein Hauch von Ähnlichkeit vorhanden und ich will auch gar nichts überstürzen."

In Juttas Augen schwammen Tränen der Rührung.

„Dann erzähle mir selbst aus deinem Leben", flüsterte sie.

Hans führte sie in den Garten und dann breitete er sein bisheriges Leben in allen Einzelheiten vor ihr aus.

Als es an der Zeit war auch über seine Ehe und seine Tochter zu sprechen, stockte er einen Moment.

„Einen wunden Punkt habe ich noch und es fällt mir gar nicht leicht, mein Versagen gestehen zu müssen."

Er suchte ihre Augen und er suchte Verständnis,

obwohl er noch gar nicht gesprochen hatte.

„Ich habe kein Recht, dein Leben zu werten, aber wenn du mir davon berichtest, dann ist das ein Zeichen, dass wir zueinander offen sind", erklärte sie ihm.

Hans blickte in das ihm zugewandte, offene Gesicht von Jutta und wusste, dass er ihr alles sagen konnte.

„Das ist sehr großherzig von dir. Ich bin vor vielen Jahren mit einer Opernsängerin eine Vernunftehe eingegangen, weil ich dich einfach nicht vergessen konnte. Die Ehe verlief ruhig und eher auf einer freundschaftlichen Basis, schließlich waren wir beide ständig unterwegs. Eines Tages sagte sie mir, dass sie schwanger sei und ich war geschockt, hatte sie mir doch erklärt, dass sie gar keine Kinder bekommen könnte und auch wegen der Karriere gar keine wollte."

Hans schloss die Augen.

„Keine Kinder, das war etwas, was mir damals sehr entgegenkam und dann diese überraschende Botschaft. Ich war wie vor den Kopf gestoßen."

„Hat sie dir keinen medizinischen Grund genannt, für die Überraschung?"

Er griff zur Kaffeetasse und nahm einen Schluck.

„Sie meinte, dass sie sich freuen würde, dass es ein Wink des Schicksals sei und, dass wir das schon schaffen würden. Was blieb mir anderes übrig, als gute Miene zu machen."

Hans schaute Jutta wieder an. „Es folgten Jahre, die für das Kind und seine Erziehung nicht gut waren. Ich vergrub mich weiter in meine Arbeit, die das Einzige war und mich vergessen ließ. Meine Frau steckte in ihrer Karriere auch nicht zurück. Unsere Tochter

wuchs bei ständig wechselnden Kindermädchen auf."
Hans griff nach Juttas Hand.

„Wir alle drei sind nicht unbeschadet aus diesem Hamsterrad heraus gekommen."

Jutta schüttelte den Kopf und strich ihm aufmunternd über den Arm. „Was ist geschehen?"

Hans zögerte, wollte es aber hinter sich bringen. „Ella hatte vor zehn Jahren eine schwere Erschöpfung und ging nie wieder auf die Bühne. Unsere Tochter Sarah ist drogenabhängig, rennt rastlos durch die Welt und bekommt ihr Leben in keinem Beruf in den Griff und ich hatte einen Herzinfarkt und musste ebenso vom Stress weg und die Bühne verlassen."

Er schlug sich die Hände vor das Gesicht und dann kamen ihm die erlösenden Tränen, die die Klammer um seine Brust lockerten.

Jutta schwieg und ließ ihm Zeit. Ganz sachte strich sie ihm mit der Hand über den Rücken. Was hatte das Schicksal und die beiden Treffen im Bühlertal mit ihnen gemacht? Sie waren beide mit Partnern zusammen, die sie nicht liebten und beide bekamen sie für ihre Mutlosigkeit die Quittung. Jutta musste aufpassen, dass sie sich nicht aufregte und vor allen Dingen, dass sie jetzt nicht auch noch ein schlechtes Gewissen bekam, weil Hans sein Leben auch nicht schmerzfrei leben konnte.

Hans schaute sie an, er beruhigte sich langsam. „Ich habe Klaus noch nichts von seiner Halbschwester und meiner Frau erzählt. Gib mir bitte die Gelegenheit, es ihm selbst zu sagen. Meine Frau lebt sehr gut von dem, was sie einst erarbeitet hat. Aber, wenn sie menschliche

Zuwendung und Hilfe benötigt, dann bin ich für sie da und meine Tochter zwingen wir gerade in einer Klinik ihr Leben zu ändern. Ob es gelingt, weiß ich noch nicht. Aber sie braucht Hilfe."

Jutta nickte verstehend. „Das ist gut, dass ihr das macht. Wissen sie, wo du gerade bist?"

„Meine Frau ja, meine Tochter nicht. Die muss erst einmal die Entziehungskur hinter sich bringen. Aber Ella hat mir viel Glück gewünscht."

„Das ist sehr nett." Jutta lächelte ihn an.

„Schicke mich nicht weg, Jutta. Wir haben so viel Zeit verschenkt und ich möchte dich endlich jeden Tag sehen und umsorgen dürfen. Ich liebe dich seit Jahrzehnten, und bin zum Glück in der Lage, uns ein schönes und sorgenfreies Leben zu organisieren. Wenn du Zeit brauchst, dann ziehe ich in den Gasthof, aber lasse mich hier sein, bitte."

Jutta brauchte seinen Worten nicht mehr viel hinzufügen. Sie freute sich über ihr Glück. Endlich hatte sie das, was sie sich so lange gewünscht hatte: eine intakte Familie, obwohl das alles so schnell ging gerade.

Einen Moment zögerte sie, war man doch als älterer Mensch etwas zurückhaltender, etwas rationaler. Auch stürzte man sich nicht so schnell in eine neue Beziehung und schon gar nicht, wenn man wie sie ein Fiasko erlebt hatte.

Aber hatte sie nicht allen Grund etwas mutiger zu sein? War es nicht so, dass ihr das Leben noch einmal geschenkt wurde und die Zeit zum glücklich sein nicht ewig lang sein konnte? Musste sie aufgrund dessen nicht alle Bedenken über Bord werfen? Sie entschied, dass sie das musste, dass sie nicht noch einmal zulassen würde, dass sie beide sich aus den Augen verlieren. Es war Schicksal und es war ein großes Glück.

Sie rückte näher an in heran, nahm sein Gesicht in ihre Hände und gab ihm einen zarten Kuss.

„Es fühlt sich gut an, fast wie nach Hause kommen. Bleibe bei mir, wohne nicht im Gasthof, gehe mit mir durch das neue Leben."

Jutta lächelte ihn an und war etwas verschämt, über ihre Offenheit.

„Eine Bitte habe ich aber noch. Wenn Klaus Bescheid weiß, dann bringe mir deine Tochter hierher. Hier ist der richtige Platz um gesund zu werden und eine neue Perspektive zu finden. Ich möchte es versuchen."

Für Hans öffnete sich der Himmel, der wie bei einem Pennäler voller Geigen hing. Er nahm seine Jutta in die Arme, hörte ihrer beider Herzen schlagen und genoss dieses unendlich schöne Gefühl.

25

Am zwanzigsten Oktober sollte die Hochzeit von Esther und Tobias stattfinden. Alle Vorbereitungen liefen auf Hochtouren. Esther war so aufgeregt wie noch niemals zuvor in ihrem Leben. Mittlerweile hatte sie auch Tanja kennengelernt. Sie war nicht eifersüchtig, im Gegenteil, sie spürte, dass Tanja ihr eine wirkliche Freundin sein konnte. Tobias hatte ihr erzählt, dass sie lange Zeit zusammen gewesen waren, aber dass sich die

Liebe nicht so eingestellt hatte, wie es hätte sein müssen. Tanja wiederum war Tobias dankbar, dass er ihre Beziehung vor einiger Zeit beendet hatte. Dadurch war sie wieder frei und ungebunden gewesen. Inzwischen hatte auch sie sich wieder verliebt und war über allen Maßen glücklich. Bald wollte auch sie ihren Liebsten heiraten.

An diesem Tag waren die beiden Frauen in Konstanz unterwegs. Sie wollten ein Hochzeitskleid kaufen, was nicht ganz einfach war. Stundenlang zogen sie durch die Geschäfte und fanden einfach nichts, was sie zufriedenstellte. Erst im letzten Laden wurden sie fündig: ein Traum aus weißer Spitze, dessen schlichte Verarbeitung Esthers Figur optimal zur Geltung brachte. Dazu gab es die passenden Schuhe und eine kleine Tasche. Auf einen Schleier wollte Esther verzichten. Zufrieden und glücklich erteilten sie den Auftrag, das Kleid zu liefern. Dann gingen sie ins nächste Café, um ihren müden, brennenden Füßen eine kleine Erholungspause zu gönnen.

„Bin ich müde", stöhnte Esther. „Das war viel anstrengender, als den ganzen Tag im Garten oder auf dem Feld zu arbeiten."

„Die Mühe hat sich aber gelohnt", antwortete Tanja. „Wir haben das ideale Kleid für dich gefunden und du wirst sehr schön darin aussehen."

„Danke dir vielmals, Tanja. Du bist jetzt meine Freundin, was gar nicht so selbstverständlich ist bei unserer Vorgeschichte. Ich danke dir sehr für deine Unterstützung."

„Esther, du brauchst dich doch nicht zu bedanken.

Wenn es dich nicht gegeben hätte, hätten Tobias und ich uns vielleicht nie getrennt. Dann hätten womöglich zwei Freunde, nicht aber zwei Liebende geheiratet. Schau, es ist gut, wie es gekommen ist. Ich habe mein Glück gefunden, weil du dein Glück gefunden hast."

Esther nickte. Du hast recht. Ich bin sehr dankbar, denn nie hätte ich daran gedacht, dass Tobias und ich und noch einmal begegnen. Das Leben geht doch oft verschlungene Wege.

Esther rückte näher an Tanja heran und umarmte sie kurz voller Dankbarkeit.

Nach einer Stunde gemütlicher Plauderei unter Frauen brachte Tanja ihre neue Freundin nach Hause. Herzlich verabschiedeten sie sich voneinander.

Nach dem Einkaufsmarathon betrat Esther müde, aber glücklich das Gutshaus, wo Tobias sie bereits erwartete.

„Hallo, Schatz, ich bin wieder da", begrüßte sie ihn. Sie schlüpfte aus ihren Schuhen, stellte die Einkaufstüten in der Diele ab und ging in den Salon. Dort ließ sie sich neben Tobias auf das Sofa fallen und rieb sich ihre schmerzenden Füße.

Tobias musste lachen. „Wie könnt ihr Frauen mit Stöckelschuhen einkaufen gehen, wenn ihr wisst, dass ihr stundenlang auf den Beinen sein werdet? Es gibt so viele schöne und moderne flache Schuhe. Ich werde euch in der Beziehung nie verstehen."

„Typisch Mann", antwortete sie, „musst du auch nicht."

„Na gut. Ich habe eigentlich eine Überraschung für

dich. Wenn dir aber deine Füße so wehtun, dann kann ich sie dir heute nicht mehr zeigen", meinte Tobias verschmitzt.

„Aber ich möchte nicht auf die Überraschung warten, dazu bin ich viel zu neugierig. Das geht schon. Ich ziehe jetzt Jeans und meine Turnschuhe an. Oder gehen wir irgendwo hin, wo ich in dieser Kleidung falsch bin?"

„Nein, das geht ganz sicher. Ich warte im Hof auf dich."

Esther ließ nicht lange auf sich warten und stand nach wenigen Minuten ungeduldig vor Tobias. Er fuhr mit ihr in die Fußgängerzone von Konstanz. Dort parkte er in einem Innenhof. Er führte sie zunächst hinaus auf die Straße. Auf einmal standen sie vor einem kleinen Fachwerkhaus mit einem Ladengeschäft.

Tobias schloss die Tür auf und führte Esther in einen wunderschönen Verkaufsraum, der auch innen im Fachwerkstil mit Holzbalken und weißen Wänden saniert war. Esther ahnte, was sich Tobias dabei gedacht hatte, und umschlang ihn voller Freude mit den Armen. Sie konnte sich nicht sattsehen. Vom Laden gingen noch drei weitere Räume ab. Und über einen Flur gelangte man zu einer kleinen Küche, zur Toilette und zum Obergeschoß, wo zwei weitere Räume vorhanden waren.

„Schau, hier hast du einen wunderschönen Verkaufsraum", erklärte Tobias. „Zwei der angrenzenden Räume kannst du als spezielle Ausstellungsräume nutzen und einen Raum, um Porzellan-Malkurse anzubieten. Die Küche brauchst du für dein Personal und oben hast du ein Büro und einen Personalraum."

Esther staunte nicht schlecht. Mit allem hätte sie gerechnet, nur nicht damit. Es war aber noch nicht alles. Tobias zog sie durch die Hintertür zum Hof, der recht groß war. Auf der anderen Seite befand sich eine Remise. Dort hatte er Esther eine Werkstatt und weitere Schulungsräume mit allen Schikanen eingerichtet. Im hinteren Teil des Hofes befand sich noch ein Gebäude, das er für die Verpackung und den Versand ausgesucht hatte. Esther sollte nämlich ihre wunderbaren Töpfchen auch an ihn zum Füllen mit Konfitüre und eingelegten Früchten verkaufen. Außerdem plante er noch einen Internethandel.

„Mir fehlen einfach die Worte, werde ich dieser großen unternehmerischen Aufgabe gewachsen sein?", fragte Esther immer wieder.

Tobias ging gar nicht darauf ein: „Du wirst dich nun sicher fragen, was das hier alles mit deinem Erbe und deiner Werkstatt im Bühlertal zu tun hat. Bevor du aber darüber nachdenkst: Ich habe auch dort alles aufgefüllt und vorbereitet. Übrigens gibt es auch bereits Strom und Wasser, denn da kommt ein neues Baugebiet hin. Ich habe veranlasst, dass dein Haus mitversorgt wird. So kannst du dort auch Mitarbeiter einstellen und produzieren. Auch dort brauchen wir deine Töpfchen."

Jetzt war Esther mit ihrer Beherrschung am Ende. Tränen der Freude liefen ihr wie ein Sturzbach über das Gesicht. Sie konnte gar nicht mehr aufhören zu weinen.

„Beruhige dich, Liebling. Ich gestehe, ich habe nicht ganz uneigennützig gehandelt. Schließlich muss ich ja immer pendeln, und wenn du das auch musst, dann sind wir immer zusammen", meinte Tobias verschmitzt.

Esther musste lächeln. Die Überraschung war Tobias durch und durch gelungen.

Den ganzen Abend diskutierten sie über die neuen Geschäfte und Tobias hatte alle Mühe, Esthers Bedenken bezüglich der Verantwortung und der Kenntnisse als Unternehmerin zu zerstreuen.

„Ich habe doch gar keine Ahnung von Betriebswirtschaft und ich habe mir das Töpfern selbst beigebracht, wie soll es dann anderen beibringen. Ich und eine Schule leiten? Tobias!"

Dieser lachte nur. „Erstens kann man das, wenn man muss und wenn man jemand hat, der einen berät und der mitdiskutiert. Zweitens kann man sich fähiges Personal einstellen, das einen unterstützt, und drittens bist du so eine gescheite Frau, dass du das ruckzuck lernen wirst. Ein bisschen mehr Selbstbewusstsein bitte!" Tobias zog sie in seine Arme.

„Zusammen sind wir unschlagbar."

Endlich führte Tobias seine Esther zum Traualtar. Es war eine wunderschöne, ruhige Hochzeit im ganz privaten Kreis. Tanja und Klaus waren die Trauzeugen. In einem kleinen Hotel neben der Kapelle hatte Tobias ein köstliches Dinner bestellt. So saßen sie nach der Zeremonie gemütlich beisammen, denn ein rauschendes Fest wollten sie nicht feiern.

Klaus hatte sie überrascht. Er war direkt aus Amerika gekommen und hatte eine Frau mitgebracht, in die er sich verliebt hatte. Sie war Opernsängerin mit der gleichen Leidenschaft für Musik wie er selbst, eine angenehme und liebe junge Frau, die ursprünglich aus München kam und seit Jahren in Amerika lebte.

„Und wann feiern wir eure Hochzeit?", fragte Tobias.

„Bald", antwortete Klaus strahlend. „Im Frühjahr machen wir eine künstlerische Pause und ziehen uns auf das Gut zurück. In dieser Zeit heiraten wir, so haben wir es zumindest geplant. Außerdem will mir mein Vater die Agentur und die Schule übergeben. Wir müssen auch noch organisieren, wer die Leitung übernehmen soll, wenn ich nicht da bin."

„Klaus, ich freue mich so für euch! Bitte gestattet mir, eure Hochzeit auszurichten. Oder wollt ihr in der Öffentlichkeit feiern, bei eurer Berühmtheit?"

„Du bist verrückt, Tobias! Wir brauchen keine Kameras bei unserer Hochzeit. Du darfst dir ruhig Mühe geben für unser Fest, großer Bruder."

Lange saßen sie noch beisammen, sie genossen diesen Tag, der endlich die Erfüllung gebracht hatte.

Am nächsten Morgen verabschiedeten sich Tobias und Esther. Für zwei Wochen wollten sie nach Frankreich reisen, und auf dieser Hochzeitsreise sollte ihr neues Leben beginnen.

Die Zeit, die sie für sich alleine hatten, genossen sie in vollen Zügen. Dennoch freuten sie sich, bald wieder in ihr schönes Heim zurückzukehren. Es ging eben nichts über die eigenen vier Wände, gerade dann, wenn man zwischen dem lieblichen Bühlertal und dem schönen Bodensee wählen konnte.

26

Hans und Jutta hatten es sich im Bühlertal gemütlich gemacht. Der Seitenflügel des Hauses war inzwischen ihr Paradies, indem sie ein ruhiges Leben führten. Klaus wusste mittlerweile Bescheid über seine Halbschwester und seine geschiedene Ehefrau, er hat die Nachricht auch prima aufgenommen.

Sarah hatte in der Klinik durchgehalten und wurde in den nächsten Tagen entlassen.

Hans wollte deshalb nach Paris reisen und auch mit ihr die neue familiäre Situation besprechen. Er dachte daran, Sarah die Villa zu überlassen, aber nur, wenn sie ihr Leben in die Hand nimmt.

Jutta indes war der Meinung, dass er das zu rational und zu schnell macht.

„Du musst Sarah Zeit geben. Entweder sie geht erst einmal für ein paar Wochen zu ihrer Mutter, damit sie weiterhin eine Ansprache und Fürsorge hat. Oder du fährst nach Paris und gehst mit ihr in deine Villa."

„Warum denn? Sie ist doch mittlerweile erwachsen."

„Hans, das kannst du nicht machen. Wenn ihr als Eltern das nicht wollt, dann rede mit ihr und versuche sie zu überreden, dass sie mit hierherkommt. Sie braucht noch viel Zeit und möglichst ein anderes Umfeld, damit sie nicht rückfällig wird."

Hans stöhnte. Er wollte das eigentlich nicht. Jetzt nicht mehr.

„Stöhne nicht und nimm dein Herz in die Hand." Jutta umarmte ihn. „Wenn du mich brauchst, dann bin ich für dich da."

Drei Tage später schloss Hans die Tür seiner Villa auf. Sarah würde er am Nachmittag abholen und Ella würde am Abend zu ihm kommen, damit sie gemeinsam beschließen konnten, wie es mit Sarah weitergehen kann.

Aber das alles war gar nicht so einfach, wie sie sich das vorgestellt hatten. Sarah war schweigsam, redete kaum ein Wort, schien eher apathisch und lustlos zu sein. Ihr Gesicht drückte weder Freude noch Schmerz aus und der Arzt sagte ihm, dass das alles nur mit viel Geduld und Liebe auf die Reihe käme. Sie hatte sich auf ihrem Zimmer versteckt.

Das Problem aber war, dass sie beide keinen guten Draht zu ihrer Tochter hatten. Zu viele Fehler waren in den ganzen Jahren gemacht worden, als dass sie ein vertrauensvolles Verhältnis aufbauen konnten, zumal sie auch noch diejenigen waren, die sie zwangen, in die Klinik zu gehen.

„Sarah, Schatz, wir müssen über deine Zukunft und dein Leben sprechen", fing Hans an, als sie gemeinsam am Tisch saßen.

„Ich will aber nicht reden." Sarah erhob sich und rannte in ihr Zimmer.

„Sag doch du auch mal was", blaffte er Ella an.

„Ich bin keine gute Psychologin und ich habe auch keine Zeit und keine Geduld."

„Wieso hast du keine Zeit?"

„Ich habe einen neuen Partner, der mich mitnimmt auf seine Reisen. Deshalb bin ich sehr selten in Paris. Sie kann doch hier bei dir wohnen und ein Studium beginnen."

Hans lief rot an vor Zorn. „Das glaube ich jetzt nicht. Hast du keinen Funken Mitgefühl für unsere Tochter? Du gehst einfach?"

„Hör doch auf, Hans. Du bist doch auch nicht besser. Du wolltest sie jetzt bei mir abstellen und auch schnell ab durch die Mitte, in den Schwarzwald."

Jetzt war es an Ella wütend, zu sein. Ihre grünen Augen funkelten und ihre rote Mähne schwappte hin und her.

Sein schlechtes Gewissen meldete sich und er dachte an die Worte, die Jutta ihm ans Herz gelegt hatte.

Er schaute Ella an und nickte. „Wir sind beide ganz schlechte Eltern. Wir müssen uns das eingestehen und wir müssen das auch zugeben. Wenn du aber nicht mit mir an einem Strang ziehen willst, dann muss ich sehen, ob sie mit mir mitkommt."

Er ließ sie einfach sitzen und sie verließ gleich darauf die Villa, während er die Treppe hochlief.

Hans klopfte an und öffnete die Tür. Sarah saß weinend auf ihrem Bett. Er nahm sie wortlos in die Arme und wiegte sie wie ein kleines Kind hin und her.

Dann strich er ihr über die Haare und hob ihr Kinn an. „Schau mich an, meine Kleine. Es ist so vieles schief gelaufen und auch ich habe Schuld, dass deine Kindheit nicht ideal war. Wir müssen jetzt gemeinsam daran arbeiten, dass du wieder glücklich wirst."

Sarah schwieg und wartete, was er zu sagen hatte.

„Es wäre jetzt vielleicht einfach, wenn ich sagen würde, dass wir hier in deiner gewohnten Umgebung bleiben."

Sarah runzelte die Stirn, denn sie war davon ausgegangen, dass es so sein wird.

„Selbst, wenn ich das auch wollte, wäre es nicht gut für dich. Du brauchst ein neues Umfeld."

„Und wo soll das sein?"

„Ich muss dir was erzählen, das mir jetzt nicht ganz leichtfällt."

„Mach schon." Sarah stand auf und lief zum Fenster. Sie hatte keine Lust auf irgendwelche neuen Dinge. Sie wollte nur ihre Ruhe.

„Setz dich zu mir, sonst kann ich nicht reden."

Sie drehte sich um und tat ihm den Gefallen.

„Ich war im Bühlertal, das ist im Schwarzwald, wo ich mit meinen Eltern immer die Ferien verbracht habe. Ich hatte dort damals eine Jugendliebe, sie aber nie wiedergesehen." Er hielt die Luft an.

„Erst in diesem Jahr trafen wir uns wieder."

„Was willst du mir damit sagen, soll ich mit in den Tannenwald kommen?"

„Ja, wir werden ins Bühlertal fahren. Ich lebe dort mit Jutta und du kannst dich erholen. Später schauen wir, ab du lieber ihr in Paris einer Arbeit nachgehst, oder auch woanders."

„Und wenn ich nicht mitkomme?"

Ich bitte dich sehr. Mir liegt viel daran, dass du wieder gesund wirst."

Hans schaute sie liebevoll an und strich ihr zärtlich über die Wange.

„Was sagt denn deine Neue dazu und wie ist sie überhaupt?"

Hans plumpste ein Stein vom Herzen, weil sie nicht gleich ausgetickte und ihm wenigstens eine Chance gab, darüber zu reden.

„Jutta ist ein feiner Mensch. Als sie jung war, habe ich mich sofort in ihre Augen und ihre langen dicken Zöpfe verliebt. Leider war sie einem Obstbauer versprochen und deshalb haben wir Abstand gehalten und uns lange Zeit nicht wiedergesehen.

Dann erzählte er ihr alles bis dahin, wo sie sich das erste Mal getrennt haben.

„Ich bin dann nach dem Abitur in Hamburg, gleich ans Konservatorium in Paris. Mein Vater hatte mir etwas außerhalb der Stadt, ein kleines Appartement gemietet, was natürlich ein großes Privileg war. Er konnte das auch nur machen, weil er als Direktor einer großen Werft relativ gutes Geld verdiente. Und trotzdem sind meine Eltern immer sehr bescheiden geblieben, denn sie hätten der Zeit entsprechend eher in die Schweiz, nach Davos gepasst, als in ein einfaches Blockhaus im lieblichen Bühlertal.“

Hans stand auf und holte eine Flasche Wasser und zwei Gläser.

„In Paris hat mich dann einer meiner Professoren mit einem Agenten zusammengebracht, weil er der Überzeugung war, dass ich als Musiker ebenso talentiert war, wie als Dirigent. Und so kam es, dass ich eine Karriere als Musiker startete und gleichzeitig weiterstudierte. Jutta konnte ich nie vergessen und mein Freund im Bühlertal berichtete mir das Schlimmste über sie.“

Und dann schilderte er, was sein Freund schrieb und wie schlecht es Jutta ging. Immer wieder schüttelte er sogar jetzt noch den Kopf, wenn er sich vorstellte, was die arme Jutta erleiden musste.

Selbst Sarah schwieg, weil sie sich das Gehörte kaum vorstellen konnte.

„Eines Tages hielt ich es nicht mehr aus und fuhr ins Bühlertal. Ich musste sie sehen und wartete darauf, dass sie irgendwann an unserem Haus vorbeikam."

Er strich sich über die Augen und rieb eine kleine Träne aus dem Augenwinkel. Und dann erzählte er seiner Tochter über das erneute Treffen, auch über die neuerliche Trennung.

„Ich fuhr nicht mehr hin, ich konnte es nicht mehr sehen, wie schlecht und unförmig sie aussah, wie traurig sie mit ihren eingefallenen Schultern herumlief."

Hans nahm einen Schluck aus seinem Glas.

„Etwas später lernte ich deine Mutter kennen. Wir standen gemeinsam auf der Bühne. Wir kamen uns irgendwie näher und um die Sehnsucht und die Gedanken zu verbannen, habe ich sie geheiratet. Zu diesem Zeitpunkt wusste ich aber nicht, dass ich auch ein Notnagel war, weil auch sie gerade eine Beziehung beendet hatte."

Hans rutschte auf seinem Sessel hin und her. Er brauchte jetzt die richtigen Worte.

„Dass du dann geboren wurdest, war ein Versehen deiner Mutter, die glaubte keine Kinder bekommen zu können. Aber dennoch freuten wir uns nach einer kurzen Zeit der Panik. Das Problem war nur, dass wir beide weiter an unseren Karrieren festhielten und glaubten, dass es dir gut geht, wenn du von einem Kindermädchen betreut wirst."

Hans legte den Arm um sie.

„Und leider blieb es nicht bei der einen Bezugsperson, sondern sie wechselten so oft, wie andere Leute die Hemden."

Sarah schaute den Vater an, wie sie das noch nie getan hatte. Sie wusste nicht, was in ihrer Familie los war, denn man hatte alles vor ihr verborgen.

„Ich habe so viel in mich hineingefressen, war so unglücklich, so tief in der Arbeit verstrickt, dass ich eines Tages einen Herzinfarkt bekam und die Karriere als Musiker aufgeben musste. Selbst die Musikschule stellte mich nicht zufrieden."

Sarah schüttelte den Kopf. „Und dann kam Mama auch noch mit ihrer Erschöpfung und auch sie musste aufgeben."

„Ja, mein Kind. Wir haben alles gewollt und haben alles verloren. Und dich, dich möchte ich nicht auch noch verlieren."

Hans nahm sie fest in die Arme.

„Ich bin noch nicht ganz fertig", sagte er leise.

„Meine Kontakte zu Bühlertal hatte ich alle eingestellt, mit einer Ausnahme, den über die regionale Zeitung, die kam weiterhin mit der Post. Meine Eltern fuhren auch schon lange nicht mehr hin und das Blockhaus hatte mein Vater über einen Makler verkauft."

Hans wusste nicht, ob er jetzt die letzte Karte auf den Tisch legen sollte. Er wollte die gute Stimmung nicht aufs Spiel setzen. Aber er sagte sich, dass es jetzt alles bereinigt werden musste, wenn sie einen guten Anfang haben wollten.

„Eines Tages blätterte ich wie immer die Zeitung durch und las die Überschriften. Da sah ich im Feuilleton ein kleines Bildchen von einem Musiker, einem jungen Mann, der am Klavier saß. Daneben ein kleiner Artikel, der von Klaus Glotz berichtete, wie er sein erstes Konzert in einer Kirche gab. Die örtliche Presse lobte ihn über den grünen Klee. Aber ich erstarrte, denn als ich das Bild näher betrachtete, sah ich mich selbst dasitzen."

„Wie meinst du das?"

„Der junge Mann, sah exakt so aus wie ich, und da ich den Namen des Obstbauern kannte, wusste ich, dass er ein Sohn von Jutta ist. Da er aber aussah wie ich, war ich mir sicher, dass unser einzigartiges Zusammensein nicht ohne Folgen geblieben ist."

Sarah sprang auf und blieb vor ihm stehen.

„Willst du mir damit sagen, dass ich einen Halbbruder habe?"

Hans schloss die Augen und schickte ein Stoßgebet zum Himmel.

„Ja, das will ich. Aber die gleiche Frage hat mir Klaus auch gestellt und er hat auch einem Halbbruder, der ihm diese Frage gestellt hat. Du siehst, dass wir alle überrascht wurden und alle damit klarkommen müssen."

Sarah stampfte mit dem Fuß auf. „Das kann ich nicht."

„Wieso kannst du das nicht? Klaus und Tobias konnten das, Jutta konnte es, ohne nachzudenken. Sie hat mir aufgetragen, dich mitzubringen, weil du da besser gesund werden kannst."

„Ich kann nicht mein Leben lang alleine sein und plötzlich eine große Familie haben. Das erdrückt mich."

Sarah setzte sich und wischte sich die Tränen von den Wangen.

„Nein, mein Kind. So wird das nicht sein." Hans rückte neben sie, nahm ihre Hand und streichelte sie beruhigend.

„Wir sind im Bühlertal keine Großfamilie, wie du dir das vorstellst. Jutta, du und ich wohnen in einem Seitenflügel des Hauses. Wir und sonst niemand. Alles wird gut, du wirst sehen.

Am nächsten Nachmittag trafen sie im Bühlertal ein. Jutta ging ihnen entgegen und begrüßte sie liebevoll. Als sie Sarah die Hand reichte, blickte sie ihr in die Augen und sah, dass die junge Frau in sich unglücklich und sehr zurückhaltend war.

„Hallo Sarah. Ich freue mich sehr, dich kennenzulernen."

Sarah nickte nur und biss sich auf die Lippen.

Hans zuckte die Achseln, ein Zeichen der Hilflosigkeit.

„Ich bringe deinen Koffer nach oben und zeige dir dein Zimmer", sagte er einer leichten Verzweiflung nahe.

Jutta nickte und ließ sie vorbei. Sie wusste, dass es ein langer Prozess werden würde, bis dieses junge Menschenkind wieder gesund ist.

Einige Wochen später saß Sarah immer noch fast den ganzen Tag in ihrem Zimmer. Sie nahm so gut wie nicht am Familienleben teil. Alle Versuche von Jutta und Hans und auch von Esthers Mutter, die regelmäßig vorbeischaute, halfen nichts. Es schien alles aussichtslos und Jutta dachte schon daran mit einem Arzt zu reden, denn eine psychische Erkrankung, musste ernst genommen werden.

An einem Samstag kam Klaus, der einige Tage Pause hatte. Er umarmte seine Eltern und war auf seine neue Schwester neugierig, nur sie zeigte sich nicht.

„Was ist mit ihr?"

„Wir wissen es nicht. Als ich mit ihr in Paris losfuhr, und zuvor ihre Bedenken ausgeräumt hatte, war alles noch einigermaßen in Ordnung. Aber seit wir hier sind, redet sie kein Wort mehr. Wir schaffen es gerade noch, sie dreimal täglich, an den Tisch zu bitten, erklärte ihm Hans."

„Soll ich mal mit ihr reden?"

Jutta schüttelte abwägend den Kopf. „Nein, das macht keinen Sinn. Du bist ihr fremd. Ich muss mit irgendjemand reden, der eine Ahnung hat."

Am Abendbrottisch ging es ziemlich schweigsam zu. Sarah blickte starr auf ihre Teller und die anderen ließen sie einfach in Ruhe und führten ihre Unterhaltung.

„Klappt das jetzt zeitlich mit dem Termin zur Übergabe der Musikschule und der Agentur?", wollte Hans von Klaus wissen.

Plötzlich sprang Sarah so schnell senkrecht in die Höhe, dass der Stuhl umfiel und ihre Stoffserviette den Teller mit herunterriss, der auf der Erde zerschellte. Ihr Gesicht war eine wutentstellte Maske, ihre Augen schossen Blitze und ihr ganzer Körper zitterte wie Espenlaub.

„Was?", schrie sie. „Wieso bekommt er die Schule und die Agentur? Und wo bleibe ich? Bin ich niemand? Die Schule hätte doch gereicht und ich hätte in der

Agentur meine Zukunft sehen können."

Sie konnte sich gar nicht mehr beruhigen und dann rannte sie hinaus auf den Hof, sprang auf den kleinen Minitraktor, der neben dem Eingang stand, und startete den Motor. Mit allem was er hergab, fuhr sie vom Hof.

Alle schauten ihr für einen Moment versteinert nach, dann kam Bewegung in Klaus.

„Ich muss ihr hinterher, die kleine Maschine kann umkippen."

Er rannte in den Anbau, schnappte sich ein Fahrrad und trat in die Pedale, so gut er das vermochte.

Jutta rief nach Lutz, der das Auto nahm und ebenfalls losfuhr. Hans stand stocksteif. Er war unfähig, zu reagieren, und fühlte sich hilflos.

Jutta spürte, dass ihr die Aufregung nicht guttat, aber, noch ehe sie etwas sagen konnte, wurde ihr übel und sie sackte vor dem Eingang zusammen. Hans konnte sie gerade noch auffangen und festhalten. Zum Glück war Esthers Mutter in der Nähe und rief sofort den Notarzt. Sie wollte sichergehen, dass Jutta nicht einen erneuten Schlaganfall erlitten hatte.

Lutz und Klaus fanden Sarah im Graben liegend neben der umgekippten kleinen Landmaschine, genauso, wie er es befürchtet hatte. Er ließ das Fahrrad fallen und kniete sich über sie.

„Tut dir was weh?"

Sie schüttelte nur den Kopf. Klaus nickte und half ihr vorsichtig beim Aufstehen. Lutz setzte sie ins Auto und fuhr mit ihr zurück auf den Hof. Er schickte ein Arbeiter los, den Mini-Traktor rein zu holen.

Inzwischen hatte der Notarzt Jutta vorsorglich zur

Untersuchung in die Klinik gebracht. Hans war bei ihr.

Als Klaus davon erfuhr, reichte es ihm. Er würde nicht zulassen, dass seine Mutter wegen dem Rumgezicke seiner Schwester erneut schwer krank wird.

Schnell lief er nach oben und klopfe an ihre Zimmertür. Sie antwortete nicht, also öffnete er ohne Erlaubnis.

Mit verschränkten Armen und gespreizten Beinen stand er vor ihr und Sarah sah sofort, dass jetzt ein Donnerwetter auf sie herniederprasseln würde.

„Sarah, jetzt ist Schluss mit deinem Affentheater. Ich werde nicht zulassen, dass meine Mutter wegen dir gesundheitlichen Schaden nimmt."

„Ich kann ja gehen!", rief sie.

Klaus lachte hart auf.

„Ja klar. Du willst die Märtyrerin spielen, damit alle die hier zurückbleiben, unglücklich sind. Kommt nicht in Frage. Wir alle sind überraschend auf neue Familienverhältnisse gestoßen und meine alte Familie hat eine zusätzliche Odyssee hinter sich. Es ist kein Platz für deine Sperenzchen."

Klaus trat näher an sie heran und sein Gesicht war rot vor Wut.

„Du fährst jetzt mit mir in die Klinik, in der Hoffnung, dass es meiner Mutter einigermaßen gut geht und du dich bei ihr entschuldigen kannst. Auch bei unserem Vater wirst du dich entschuldigen."

Sein Gesicht kam dem ihren ganz nahe.

„Ab morgen arbeitest du wie alle Angestellten im Büro mit, und lernst von der Picke auf das Onlinegeschäft. Ich spreche mit Esther und Tobias, wenn sie aus den Flitterwochen zurück sind."

Klaus erhob seine Stimme. „Und wenn du alles kannst, wenn du Verantwortung trägst, dann kommst du zu mir in die Agentur. Und erst dann, wenn ich das für richtig halte, dann reden wir darüber, wer hier was verantwortet. Unsere Eltern haben es verdient nicht belastet zu werden. Wenn du was wissen willst, dann komme zu mir oder zu meinem Bruder. Alles gut verstanden?"

Sarah sackte zusammen und der Damm brach. Die Tränen flossen unaufhörlich aus den Augen, ihr Körper bebte. Klaus nickte, setzte sich neben sie und nahm sie in die Arme.

„Du bist nicht meine Halbschwester, du bist meine Schwester, hörst du. Wir sind alle eine Familie, wir sind füreinander da, wir helfen und beschützen uns. Uns gehört alles gemeinsam, niemand wird überfordert oder bevorzugt. Ist das klar?"

Sarah nickte. „Entschuldige bitte mein Verhalten. Ich habe wirklich nur an mich gedacht, mich in meinem Selbstmitleid gebadet. Ich gelobe Besserung."

Klaus lächelte, erhob sich und zog sie mit.

„Komm, lass und fahren."

Im Krankenhaus angekommen suchten sie nach den Eltern. Da kam ihnen der Arzt entgegen, der Jutta seinerzeit behandelt hat. Klaus freute sich, ihn wiederzusehen, und begrüßte ihn herzlich.

„Wie geht es meiner Mutter?"

„Alles in Ordnung. Es war nur ein kleiner Schwächeanfall, vermutlich von der Aufregung, wie ich hörte."

„Gott sei Dank! Sind wir froh, dass alles so glimpf-lich ausgegangen ist. Danke.", sagte Klaus und schüttel-te ihm die Hand.

Sie verabschiedeten sich und betraten das Kranken-zimmer.

Klaus umarmte seine Mutter und zog Sarah neben sich.

„Diese junge Dame hat euch was zu sagen", sagte er und zwinkerte Sarah ermutigend zu.

Sie nahm Juttas Hand, die auf der Bettdecke lag, in ihre. „Es tut mir so leid, dass du wegen mir im Kran-kenhaus liegst. Klaus hat mir mächtig den Kopf gewa-schen. Ab morgen arbeite ich im Büro und lerne fleißig. Ich verspreche euch keinen Kummer mehr zu machen. Wir sind jetzt eine Familie."

Hans und Jutta sahen sich an. Es berührte sie sehr, was Sarah gesagt hatte, und stimmte sie optimistisch für die Zukunft.

Epilog

Bei ihrer Ankunft in Konstanz trug Tobias seine Frau über die Schwelle und sah ihr tief in die Augen. „Esther, ich liebe dich! So wie jetzt werde ich dich mein Leben lang auf Händen tragen."

„Ich liebe dich auch, aber ich möchte nicht, dass du dir den Rücken verrenkst", antwortete sie und lachte los.

„Machst du dich lustig über mich?", fragte er grinsend.

Eng drückte er sie an sich und drehte sich schnell im Kreis, bis ihnen schwindlig war. Dann erst stellte er Esther wieder sacht auf die Füße.

Nach einer kurzen Verschnaufpause zog er sie ins Wohnzimmer und ließ sich auf das Sofa fallen. Esther kuschelte sich eng an ihn.

„Wir haben noch gar nicht darüber gesprochen, ob wir irgendwann unsere Familie vergrößern wollen", sagte Tobias plötzlich.

„Dazu ist es schon zu spät", antworte Esther mit ernstem Gesicht.

Tobias wurde auf der Stelle blass. Esther bemerkte sofort, dass er sie gründlich missverstanden hatte. Mit einem Schmunzeln erlöste sie ihn: „Wir haben schon vor der Hochzeit vollendete Tatsachen geschaffen: In wenigen Monaten werden wir unser erstes Kind bekommen. Du hast also keine Wahl mehr, deine Familie wird größer werden. Ich wünsche mir nur, dass es nicht der einzige Zuwachs bleibt. Mindestens zwei sollten es schon werden."

Voller Freude zog Tobias sie in seine Arme. Er küsste sie lange und ausgiebig. „Ich bin der glücklichste Mensch, den du dir vorstellen kannst! Dann habe ich ja bald einen Erben!"

„Ja, und wenn du Glück hast, dann fällt der Apfel auch nicht weit vom Stamm."

„Danke, Esther, für deine tröstenden Worte", unterbrach er sie. Leise fügte er hinzu: „Und danke, dass du mich zum Vater machst."

Am nächsten Morgen nachdem alles mit dem Verwalter besprochen war, besuchten sie noch kurz Bauer Händel und seine Frau. Danach fuhren sie ins Bühlertal, wo sie knapp drei Stunden später ankamen. Der erste Weg führte zu Jutta und Hans, danach begrüßen sie die Familie von Esther und zu guter Letzt trafen sie sich mit Klaus, der Ihnen alles berichtete, was sich während ihrer Abwesenheit zugetragen hatte. Auch die ganzen Aufregungen und seine Anweisung für die Mitarbeit von Sarah.

Tobias nickte ihm zu, nachdem er hörte, dass alles wieder im Lot sei.

Am Abend saß die ganze Familie zusammen am großen Tisch in der ehemaligen Küche des Guthauses und jetziger Küche der Eltern von Esther, die sich mal wieder selbst übertroffen und ein wunderbares festliches Essen auf den Tisch gezaubert hatten.

Jutta fühlte sich wohl in ihrer alten Küche. Sie hatte nur Menschen um sich, die sich gegenseitig respektierten, sie liebten und zusammenhielten.

Sie wünschte sich, dass es noch viele Jahre und Jahrzehnte so bleiben möge.

Tobias klopfe an sein Glas.

„Ich habe euch noch etwas zu sagen. Unsere Familie wird sich vergrößern. Wir erwarten unser erstes Kind."

Er erhob sein Glas, prostete allen zu und nahm zusammen mit Esther alle guten Wünsche für das Baby entgegen.

Klaus trat zu seinem Bruder. „So kann das aber nicht bleiben mein Lieber. Ich werde mich sputen und beeilen, damit auch ich bald zur Erbfolge beitragen kann."

Alle lachten.

ENDE

Pflaumenkuchen (Hefeteig)

500 g Mehl
1/4 l Milch
80 g Zucker
1 Ei
1 Prise Salz
30 g frische Hefe
30 g Butter oder Margarine
1 kg Pflaumen
1 saure Sahne
Etwas Zimt/Zucker/1 Eigelb

Hefe mit etwas lauwarmer Milch und dem Zucker verrühren. Mehl
in eine Schüssel geben und in die Mitte eine Mulde für die Hefe in das Mehl drücken, Hefe hineingeben und ein kleines Teiglein rühren. Zugedeckt an einem warmen Ort gehen lassen. Ist der Vorteig gegangen, die zerlassene Butter, das Ei, Salz sowie nach und nach die restliche Milch zugeben.

Den Teig so lange schlagen, bis er sich von der Schüssel und von der Hand ablöst. Dann nochmals gehen lassen.

Die Teigmenge reicht für ein Backblech (Fettpfanne). Für eine Springform die Zutatenmenge halbieren.

Selbstverständlich kann statt der frischen Hefe auch Trockenhefe verwendet werden. Dabei rechnet man 2 Tütchen Trockenhefe auf einen Würfel (42 g) Frischhefe.

Pflaumen waschen, einschneiden, fächerartig auf den Teig legen, mit einem Löffel Klekse saure Sahne verteilen,
Zucker mit etwas Zimt mischen drüberstreuen. Mit Eigelb den Rand bestreichen.

Elektroherd bei 200 Grad, Gas Stufe 3, ca. 45 Min. backen.

Die „Blaue Königin"

Unter diesem Namen kennt man weltweit die Bühler Frühzwetschge.

Sie wurde 1840 als Sämling im Bühlertal entdeckt.

Danke

Als ich in meiner dreijährigen Schaffenspause die neuen Projekte plante, merkte ich, dass ich eine Geschichte, die ich vor etwa 10 Jahren geschrieben hatte, aus ihrem Dornröschenschlaf holen muss, wohin ich sie allerdings selbst geschickt hatte.

Ich spürte, dass ich hätte mehr aus dieser Idee machen können. Diese Geschichte gehört zu mir und meinen Anfängen und hat mittlerweile meine höchste Beachtung verdient.

Also, habe ich sie intensiv überarbeitet, stark ausgebaut, ihr ein neues Gesicht gegeben und auch den Titel deshalb verändert, weil die Erzählung in einem zweiten Band mit den Erben weitergeht.

Und jetzt, jetzt ist es wieder ein Buch des Herzens, dem ich ganz viel Glück und Erfolg wünsche. Ich werde zumindest alles dafür tun.

Herzlichen Dank all denen, die mich dabei unterstützt haben.

Diese Geschichte hat Ihnen gefallen? Dann möchte ich Ihnen noch weitere Romane aus meiner Feder empfehlen:

Das Obstgut – Die Erben-Teil 2

Seit dem Tod des Obstbauern sind etwa fünfundzwanzig Jahre vergangen. Tobias hat damals den Betrieb seiner Vorfahren im Bühlertal in letzter Minute gerettet. Sein Bruder Klaus ist ein berühmter Musiker geworden.

Inzwischen haben die beiden Brüder ihre Söhne, die zukünftigen Erben, in die Betriebe eingebunden. Als das Obstgut im Bühlertal erneut finanzielle Probleme bekommt, hat Tobias das Gefühl, eine ähnlich schlimme Situation durchleben zu müssen wie damals, als seine Eltern und sein Bruder einen hohen persönlichen Preis bezahlen mussten.

Das darf sich unter keinen Umständen wiederholen. Doch dann ist es plötzlich vorbei mit dem Familienfrieden. Wut, Intrigen Beschuldigungen, Diebstahl und Krankheit bestimmen den Alltag. Ob die Probleme gelöst und der erneut brüchige Familienfrieden wieder hergestellt werden können?

https://heidezimmermann.de/

Gerda rockt die Bühne Oma dreht durch

Sie hat ihren starrköpfigen, dominanten Ehemann überlebt und ist sich sicher, dass es jetzt nur noch besser werden kann. Doch anstatt endlich das Leben neu zu beginnen, wird sie von ihrer Tochter und ihren Kindern eingespannt. Als sie eines Tages das Zimmer ihrer Enkelin aufräumt, stolpert sie über deren E-Gitarre.

Wie unter Zwang legt sie los und lässt die Rock 'n' Roll-Zeit ihrer Jugend wiederauferstehen.

Der kurze Ausflug in die Vergangenheit legt in Gerda einen Schalter um. Sie erinnert sich an das alte Motorrad ihres Mannes, das immer noch im Schuppen steht, packt einen Koffer und ihre winzige Rente und verlässt das Haus. Eine abenteuerliche Reise beginnt, in deren Verlauf Gerda sogar eine Musikerkarriere startet …

Ein turbulenter und kecker Roman über das Leben der alten Junggebliebenen – erzählt mit einem Augenzwinkern und einer großen Portion Humor.

Buch 978-3-749486038
eBook 978-3-753401164

Violas Vermächtnis

Die Geschichte zweier Schicksale, die sich vor der prachtvollen, geschichtsträchtigen Kulisse der Kurstadt Baden-Baden begegnen. Renate steht vor dem beruflichen und privaten Scherbenhaufen ihres Lebens. Doch dies bleibt nicht der einzige Schicksalsschlag, den sie einstecken muss. Im Kampf um ihre Existenz erkennt Renate schließlich die Magie des Zufalls und die starke Kraft zwischen Himmel und Erde. Auch Gero macht eine schwere Zeit durch. Als seine Schwester Viola stirbt, bittet sie ihn, eine Frau zu finden, die seine Hilfe braucht. Doch wie kann Gero diese Frau finden? Wann und unter welchen Umständen wird er ihr begegnen? Durch Zufall? Oder wird auch der Himmel seine Finger im Spiel haben?

Die Fragen und Antworten auf Zufälle und andere mystische Zufälligkeiten in verschiedenen Lebenssituationen unserer Zeit sind die perfekte Würze dieses Romans.

Mehr als 20 Schwarzweiß-Fotos führen die Leser*innen an die Schauplätze in Baden-Baden.

Buch 9783753454900
Ebook 9783753492650

Jolandas Reise in die Vergangenheit -Der Schatten im Mond

Nach dem Tod ihrer Mutter findet Jolanda in deren Nachlass eine Schatulle mit Briefen und Fotos. Ihre vermeintlich heile Welt stürzt ein, als sie erfährt, dass ihre verstorbenen Eltern gar nicht ihre leiblichen Eltern waren. Sie begibt sie sich auf die Reise in den Schwarzwald und nach Sizilien, um die Familiengeheimnisse ihrer Stiefmutter zu lüften und ihre richtigen Eltern zu finden. Bei ihrer Suche tun sich ungeahnte menschliche Abgründe auf, die sich noch über Jahrzehnte bis in die Gegenwart auswirken.

Ein bewegender Roman über eine Familie, die den strengen und althergebrachten Werten sowie den Vorurteilen gegenüber den italienischen Gastarbeitern zu Beginn der Sechzigerjahre Tribut zollen muss, auf diese Weise ihren inneren Zusammenhalt verliert und letztendlich daran zerbricht.

Buch 9783753416892
E-Book 9783753436272